MARGUERITE, PROPHÈTE

De la même auteure :

Un bourgeon deviendra famille, Office de la famille de Montréal, 1997

Voyage sur Angélica, Éditions de la Paix, 1999

La force de l'amour, Éditions Guido Amabili, 1999

Les anges d'Angélica autour de mon pays, Éditions Parenthèses, 2001

Guido, le roman d'un immigrant, Éditions Hurtubise HMH, 2004

Un fil poétique, Tout comme une prière, Tome 1, Éditions Guido Amabili, 2007

Un fil poétique, Tout comme une prière, Tome 2, Éditions Guido Amabili, 2007

Un fil poétique, Elles, assurément !, Tome 3, Éditions Guido Amabili, 2007

Un fil poétique, Et puisque j'aime les enfants, Tome 4, Éditions Guido Amabili, 2007

Un fil poétique, Poésies diverses, Tome 5, Éditions Guido Amabili, 2007

Un fil poétique, Notre Père, Tome 6, Éditions Guido Amabili, 2007

Saffia, femme de Smyrne, Novalis, 2007

La fiction est-elle un outil pour transmettre l'Évangile ? Éditions universitaires européennes, 2012

Traductions :

In mio figlio vivrai per sempre, Edarc Edizioni, 2010

Guido : The story of an immigrant, In My Son You Will Live Forever, Éditions Guido Amabili, 2010

Rita Amabili-Rivet

MARGUERITE, PROPHÈTE

roman

CARTE **BLANCHE**

Projet dirigé par : Normand de Bellefeuille
Révision linguistique : André Lamarre et Marie-Claude Huot
Illustration de la couverture : Eva Amabili-Rivet

Les Éditions Carte blanche
Téléphone : 514 276-1298
carteblanche@vl.videotron.ca
www.carteblanche.qc.ca

Distribution au Canada : Édipresse

Dépôt légal : 3ᵉ trimestre 2014
Bibliothèque et Archives nationales du Québec
Bibliothèque et Archives Canada
ISBN 978-2-89590-233-1

En vérité, je vous le déclare,
partout où sera proclamé l'Évangile
dans le monde entier, on racontera aussi,
en souvenir d'elle, ce qu'elle a fait.

Marc 14, 9

… en souvenir d'elles, ce qu'elles ont fait.

*À Marguerite et à tous les chercheuses
et chercheurs de l'« Autre »*

À Benoît Rivet, Eve, Vincent et Raphaël

Préambule

Si, par ailleurs, le voyage dans l'histoire de votre vie vous intéresse, donnez-vous le temps de le bien faire. Vous aurez à diviser votre histoire selon les périodes, les lieux, les personnes-clés. Faites bien attention aux tournants, pris ou refusés. Évitez le piège qui consiste à chercher Dieu surtout dans le religieux[1].

Montréal, mai 2010

Cher Dieu, je viens d'éteindre le téléviseur. Ma journée a été bien remplie et la fatigue me gagne. À toute heure, mon discours intérieur s'adresse toujours à Toi. Depuis de nombreuses années, cela me permet d'approfondir notre relation tout en T'impliquant dans chaque moment de mon existence, si léger soit-il.

Je m'étire, je laisse mes yeux courir autour de moi. Je m'applique à faire mes extensions de bras, les jambes bien écartées. Mes muscles du cou apprécient leur allongement alors que je tourne ma tête de droite à gauche, de gauche à droite. Lentement. Satisfaite, je respire profondément.

Mes mains se referment sur le dossier de la chaise devant moi. Ainsi placée, je fais des arabesques en allongeant chaque jambe loin derrière moi. Oh, ce mouvement n'était pas approprié. Bon, je reprends.

Les mains sur les hanches, je me penche avec application : vers l'avant, côté droit, côté gauche. Voilà. Mon corps s'étire avec précaution vers l'arrière. J'inspire.

Bon, il est temps que j'aille au lit…

Oh mon Dieu ! Es-Tu là ? Comment se fait-il que l'on sonne à ma porte alors qu'il est presque vingt-trois heures ? Immobile sur le store que je fermais, ma main hésite comme si elle ne dépendait pas de moi. Dans mon condo à aires ouvertes, le carillon retentit et son écho incessant m'indique que quelqu'un a laissé son doigt sur la sonnette durant plusieurs secondes.

Je respire un bon coup et me dirige près de la porte d'entrée, vers l'interphone.

— Oui ?

Je réalise que ma voix frémit et qu'il en est de même à l'intérieur de moi. Ne fait-il pas pratiquement nuit ?

J'ai le temps de regretter d'avoir donné signe de vie et je jette un bref coup d'œil à mon téléphone, abandonné sur la table de salon quelques heures auparavant.

Soulagée, j'expire bruyamment alors qu'une voix familière me répond :

— Marguerite, s'exclame Dyela, la jeune Haïtienne que je connais bien, j'avais tant besoin de te voir aujourd'hui !

Sa voix brisée me prend au cœur.

— Monte, ma chouette, je t'attends.

PREMIÈRE
PARTIE

Comme il devait traverser la Samarie, Jésus arriva dans une ville de Samarie appelée Sychar, près du champ que Jacob avait donné à son fils Joseph. Là se trouvait le puits de Jacob. Jésus, fatigué du voyage, était assis au bord du puits. C'était environ la sixième heure. Une femme de Samarie vint puiser de l'eau. Jésus lui dit: Donne-moi à boire.

En effet, ses disciples étaient allés à la ville pour acheter de quoi manger.

La femme samaritaine lui dit: Comment? Toi, un Juif, tu me demandes à boire à moi, qui suis une femme samaritaine? Les Juifs, en effet, n'ont pas de relations avec les Samaritains. Jésus lui répondit: Si tu savais le don de Dieu et que tu connaissais celui qui te dit Donne-moi à boire, tu lui aurais toi-même demandé à boire et il t'aurait donné de l'eau vive.

Seigneur, lui dit la femme, tu n'as rien pour puiser et le puits est profond. D'où aurais-tu donc cette eau vive? Es-tu, toi, plus grand que notre ancêtre Jacob qui nous a donné ce puits et qui a bu de son eau, lui-même, ses fils et ses troupeaux? Jésus lui répondit: Toute personne qui boit de cette eau-ci aura encore soif. En revanche, celui qui boira de l'eau que je lui donnerai n'aura plus jamais soif et l'eau que je lui donnerai deviendra en lui une source d'eau qui jaillira jusque dans la vie éternelle. La femme lui dit: Seigneur, donne-moi cette eau afin que je n'aie plus soif et que je n'aie plus à venir puiser ici.

Va appeler ton mari, lui dit Jésus, et reviens ici. La femme répondit: Je n'ai pas de mari. Jésus lui dit: Tu as bien fait de dire Je n'ai pas de mari, car tu as eu cinq maris et l'homme que tu as maintenant n'est pas ton mari. En cela tu as dit la vérité.

Seigneur, lui dit la femme, je vois que tu es un prophète. Nos ancêtres ont adoré sur cette montagne et vous dites, vous, que l'endroit où il faut adorer est à Jérusalem.

Femme, lui dit Jésus, crois-moi, l'heure vient où ce ne sera ni sur cette montagne ni à Jérusalem que vous adorerez le Père. Vous *adorez ce que vous ne connaissez pas; nous, nous adorons ce que nous connaissons, car le salut vient des Juifs. Mais l'heure vient, et elle est déjà là, où les vrais adorateurs adoreront le Père en esprit et en vérité. En effet, ce sont là les adorateurs que recherche le Père. Dieu est esprit et il faut que ceux qui l'adorent, l'adorent en esprit et en vérité. La femme lui dit: Je sais que le Messie doit venir, celui que l'on appelle Christ. Quand il sera venu, il nous annoncera tout. Jésus lui dit: Je le suis, moi qui te parle.*

Là-dessus arrivèrent ses disciples, et ils étaient étonnés de ce qu'il parlait avec une femme. Toutefois, aucun ne dit: Que lui demandes-tu? ou Pourquoi parles-tu avec elle? Alors la femme laissa sa cruche, s'en alla dans la ville et dit aux habitants: Venez voir un homme qui m'a dit tout ce que j'ai fait. Ne serait-il pas le Christ? Ils sortirent de la ville et vinrent vers lui. Pendant ce temps, les disciples le pressaient en disant: Maître, mange. Mais il leur dit: J'ai à manger une nourriture que vous ne connaissez pas. Les disciples se disaient donc les uns aux autres: Quelqu'un lui aurait-il apporté à manger? Jésus leur dit: Ma nourriture est de faire la volonté de celui qui m'a envoyé et d'accomplir son œuvre. Ne dites-vous pas qu'il y a encore quatre mois jusqu'à la moisson? Eh bien, je vous le dis, levez les yeux et regardez les champs, ils sont déjà blancs pour la moisson.

Celui qui moissonne reçoit un salaire et amasse du fruit pour la vie éternelle, afin que celui qui sème et celui qui moissonne se réjouissent ensemble. En effet, en cela cette parole est vraie: L'un sème et l'autre moissonne. Je vous ai envoyés récolter une moisson qui ne vous a pas demandé de travail; d'autres ont travaillé et vous êtes entrés dans leur travail. Beaucoup de Samaritains de cette ville crurent en Jésus à cause des paroles de la femme qui rendait ce témoignage: Il m'a dit tout ce que j'ai fait. Ainsi donc, quand ils vinrent le trouver, les Samaritains le prièrent de rester avec eux. Il resta là deux jours. Un bien plus grand nombre crurent à cause des paroles de Jésus, et ils disaient à la femme: Ce n'est plus seulement à cause de ce que tu as dit que nous croyons, car nous l'avons entendu nous-mêmes et nous savons qu'il est vraiment le Christ, le Sauveur du monde.

Jean 4, 4-42

L'entourage
de Marguerite

Et puis même dans le deuil, la relation évolue, c'est quelque chose
de vivant. Vous savez, on peut avoir une relation avec les morts,
pour autant qu'on accepte que notre représentation de ce qu'ils
sont et de l'aventure qu'on a eue ensemble puisse encore évoluer.
Découvrir de nouvelles choses sur nous-mêmes et sur l'autre, c'est
aussi une aventure[2]!

Dieu, je regarde ma visiteuse de la nuit et T'offre déjà notre tête-à-
tête nocturne.

— Je ne sais pas de qui il est, murmure Dyela.

J'apporte l'eau bouillie à la table de la cuisine. Je ne sais trop à
quoi mon invitée fait allusion. Je m'applique à préparer la tisane,
laissant à la jeune femme le temps qu'il lui faut pour se reprendre.

Bien que sa voix soit plus rauque qu'à l'habitude, de toute évidence, Dyela s'efforce de demeurer calme. Ses mains entourent la
tasse qui reçoit le liquide chaud.

Je termine ma tâche et m'assois. Les bruits nocturnes reprennent
vite l'espace que les êtres humains leur laissent. Le vent extérieur et
les cliquetis familiers amènent une intimité à la nuit qui progresse.

Je connais Dyela depuis la fin de son adolescence. Son histoire
peu banale ressemble à celle de plusieurs enfants. Née de mère
québécoise, la jeune femme ne connaît qu'une seule caractéristique
de son héritage paternel : sa nationalité haïtienne. L'aînée de deux
frères aussi blancs que du lait, comme elle le dit un peu à la blague,
elle recherche depuis son enfance ses origines paternelles.

Ce manque persistant a alourdi l'adolescence de la jeune femme, devenue rebelle à force de se sentir incomprise des siens. Au moment de notre rencontre, dix années auparavant, ce qui m'a attirée le plus chez elle était sa fausse rudesse. Cela ressemblait si fort à une recherche d'affection que je n'ai pu résister. Nous sommes devenues de vraies amies...

Je la vois brusquement courir vers la salle de bain.

Ne faut-il pas beaucoup de courage pour s'épanouir alors que notre destinée, à l'heure même de notre naissance, est déjà marquée par une absence?

Jean-Sébastien n'a pas fermé l'œil. Il s'est appliqué à faire semblant, le temps que Christiane s'endorme. Maintenant, il désire se lever et quitter la chambre trop chaude. Sachant que la femme de sa vie a le sommeil léger, il a attendu plusieurs minutes avant de se permettre de bouger. En fait, il ne sait pas depuis combien de temps il lui a dit bonne nuit. Tout en écoutant le souffle régulier près de lui, il a senti les secondes s'accumuler, formant un entassement de moments flous chargés d'inquiétude venus se blottir directement contre sa poitrine. Déjà un peu coupable d'avoir gardé pour lui le désarmant secret, il aimerait tenter de le repousser, forçant du même coup la peur tapie en lui à reculer, reculer, reculer.

Il est pourtant totalement semblable à ce qu'il était hier matin. Il se revoit sortant de la maison, sous la pluie, prêt à partir enseigner, n'ayant que cette sensibilité au dos et une douleur au niveau du diaphragme réapparue un peu plus forte après plusieurs jours d'absence.

Dans la journée, la douleur a suffisamment augmenté pour qu'il décide de se rendre à l'urgence immédiatement après son travail. Au téléphone, il lui a dit qu'il passerait une partie de la soirée avec ses collègues.

Il ne s'explique pas la raison pour laquelle il ne lui a pas dit la vérité. Soupçonnait-il inconsciemment le diagnostic qu'on poserait à la fin de la soirée?

Pauvre Christiane, à sa place il serait… troublé.

∾

Cher Dieu, depuis notre corridor commun, je peux voir la cuisine. Je suis devant l'embrasure de sa porte, tenant la main de son fils de quatre ans, que j'ai gardé quelques heures. À peine éveillé de sa sieste d'après-midi, Pascal n'a pas encore retrouvé sa vivacité habituelle. Il abandonne son bras entier à ma poigne tendre et ferme, attendant sagement, perdu dans son reste de sommeil d'enfant, confiant, l'esprit embrumé.

Assise à sa table, immobile, Julie paraît bien loin de tout événement concret. La tête lourdement appuyée sur sa main, elle fixe d'un œil glauque l'objet qui lui fait face. L'urne en grès verdâtre a de toute évidence arrêté le temps pour elle. La sculpture en son sommet évoque vaguement un personnage masculin. De curieux rayons en verre rouge partent de sa tête pour simuler une courte trajectoire dans les airs, rappelant à la fois les courbes et les fils électriques. Le reste du corps indéfini de la poterie se termine par une plaque dorée où je peux deviner une inscription. Sûrement le nom d'Édouard, conjoint de Julie et père du petit.

Je décide de pousser la porte.

— Julie…

Encouragé par mon appel, Pascal se dégage et entre chez lui. Le mouvement qu'il fait vers sa mère est vite réprimé par l'indifférence dans le regard maternel. Il attend, incertain, et se tourne vers moi.

— Va dans ta chambre, mon poussin, lui dis-je, nous viendrons te voir bientôt.

Je suis le petit des yeux et ramène ensuite ma pensée sur la mère. Son inattention me crie paradoxalement de ne pas la laisser seule. Je m'approche lentement et m'installe sur la chaise à côté de la sienne.

— Il ne voulait aucun rite, commence-t-elle lorsque je suis assise. Il ne croit pas à la vie après la mort.

Je note son verbe à l'imparfait suivi de l'autre au présent: elle parle de quelqu'un qui vient de quitter la vie, qui semble encore dans l'entre-deux, à cheval sur un indéfini. Je respire lentement, permettant à l'air ambiant de gonfler ma poitrine et de la relâcher ensuite. Julie attend une réponse.

— Durant une grande partie de ma vie, la religion catholique romaine me disait quoi faire et quoi penser, c'était rassurant. De mon temps, les rituels funéraires avaient la fonction rigoureuse d'exprimer les émotions de ceux qui survivaient au défunt. Ils ont encore le même rôle mais, aujourd'hui, le choix va le plus souvent à ce qui est plus expéditif...

— Édouard n'aimait pas parler de la mort...

Je comprends. Moi non plus, je n'aime pas particulièrement la mort, mais on doit l'apprivoiser puisqu'elle continue la vie...

— J'ai parfois l'impression qu'elle parfait la vie, dis-je tout haut. Elle est comme un ornement au bout d'un dessin plat. L'artiste ne peut s'empêcher d'ébaucher sa forme, même en sachant qu'elle ne sera pas comprise en totalité. Il sait qu'elle améliore malgré la plaie qu'elle laisse parfois. Elle donne du relief. Elle mène ailleurs, vers l'insondable, l'incommensurable...

Je m'arrête brusquement et reprends de façon plus pratique :

— Il faudra bien que Pascal et toi finissiez par la vivre, cette mort qui vous a touchés...

— Pourquoi ? Peut-être qu'il est temps de passer à un autre sujet...

— Tu veux éviter la souffrance de la mort et c'est normal. Mais si on réussit à l'éviter pour un temps, je crois qu'elle peut nous rattraper et nous faire souffrir encore plus. Tu ne peux pas éviter d'avoir mal, tu ne peux pas faire comme si la mort n'était pas passée dans ta maison, on ne peut pas oublier qu'elle a pris Édouard...

Les lèvres de Julie se sont mises à trembler. Ses yeux se sont mouillés mais sa voix demeure la même.

— Il n'y avait personne de sa famille autour de nous, il avait tellement dit qu'il voulait que ses funérailles soient escamotées. Au salon funéraire, le petit et moi étions presque seuls. J'ai signé des papiers et nous avons quitté les lieux sans cérémonie, sans discours. On n'en fait pas plus quand on enterre un animal.

— Tu as trouvé cela difficile...

— J'aurais aimé marquer d'un trait les mois passés, les années vécues avec lui. Il me semble que je serais restée un peu pour dire aux gens autour de moi : « Regardez, il n'est plus là, on recommence, autrement... On recommence. Regardez, il a l'air de cela maintenant... »

Du menton, Julie désigne l'urne avec un air de dépit tandis que je me répète sa dernière phrase : « il a l'air de cela maintenant... »

— C'est ce qui te fait le plus mal ?

— Non, ce qui me fait le plus mal, c'est que je ne sais même pas si je l'aimais encore.

« LUI »

Je n'appréciais pas mon étoile il y a quelques années. En fait, je n'y trouvais plus de sens. La vie a été longue, et plus j'ai tenté de la contrôler, plus j'ai perdu le fil de mon autonomie. Qu'est-ce donc que cette indépendance, cette faculté des possibles humains qui nous donne un regard autonome, unique ? Qu'est-ce donc que ce monstre que nous construisons au cours des années de notre existence, croyant le modeler, le justifier, le réviser pour l'améliorer encore et encore ? Qu'est-ce donc que cette bête en moi dont j'ai perdu la laisse ? Qu'est-ce donc que ce bateau sur le point de chavirer et de m'engloutir totalement, irrémédiablement ?

C'est curieux ce qui se passe à l'intérieur de nous parfois. Je croyais avoir tout bien placé, j'avais la conviction que l'intime de ma pensée était en ordre parfait. Depuis mon enfance, j'ai acquis des connaissances théoriques. Je reconnais encore aujourd'hui mes talents. J'ai fait l'effort de les maîtriser, je les ai élevés, agencés, installés. J'avais le cerveau rempli, classé.

J'ai reçu une éducation de premier ordre. Je suis allé dans les meilleurs collèges, ai fréquenté les endroits les plus chics et privilégiés. J'ai suivi des leçons de grands professeurs, j'ai beaucoup voyagé, profitant d'un traitement de faveur. J'étais celui sur qui l'on misait pour un avenir au-delà de la perfection.

Quelque part durant mon adolescence, j'ai eu l'impression qu'une lueur s'élevait juste pour moi. J'ai cru sincèrement qu'un chemin se dessinait et que, si j'allais vers lui, je trouverais le bonheur. Quelque part, je me suis bâti une personnalité autour de laquelle j'ai pu élever des règlements, des conventions, des préceptes. On me reconnaissait partout à ma grande capacité de verbaliser ces codes et ces protocoles. J'étais fier de les savoir par cœur, avec mon cœur. Du moins avec ce que je gardais en éveil de cette partie de moi. La portion de mon être en dormance représentait à mes yeux le danger. Elle était la part non soumise, celle que je ne pouvais jamais suffisamment discipliner pour la rendre malléable. Elle représentait mon incertitude, ma douleur. J'ai maintes fois eu envie de l'engloutir avant qu'elle ne m'empêche d'atteindre mes buts.

Pourtant, j'étais bon. Je suis bon. Malgré la lueur éteinte aujourd'hui, malgré le vide. Immense, creux. Malgré le vide.

En sortant de chez elle, Christiane rencontre Marguerite, qui referme la porte de chez Julie. Les copropriétaires de l'immeuble du boulevard De La Vérendrye, à Montréal, s'apprécient mutuellement. Leur boulevard passant et rempli d'action leur fait vivre un peu de la démesure du centre-ville tout en leur offrant les avantages de la banlieue.

Christiane invite Marguerite à l'accompagner pour une courte promenade, en lui promettant d'adapter son pas rapide au sien: celui d'une personne de son âge en pleine forme!

En effet, Marguerite a quatre-vingt-un ans. Lorsqu'il a été plus difficile pour elle de s'occuper de la maison familiale, elle a choisi d'acheter le plus petit des cinq condos. Dès le début, elle le disait sans prétention et confortable. Elle ne s'y est pas isolée et, même si elle ne sort plus aussi fréquemment qu'auparavant, elle reçoit son entourage à sa table et y prend chaque fois beaucoup de plaisir.

Christiane, quant à elle, est terre à terre et logique. Designer de mode, elle demeure créatrice même dans ses idées les plus quotidiennes. D'un naturel souriant, elle habite le condo faisant face à celui de Marguerite, avec son mari, Jean-Sébastien.

En cette fin d'après-midi, le soleil est présent. Encore marqué d'un reste d'hiver où la neige a été abondante, il réchauffe aussi fort qu'il le peut, mimant une petite dose du courage humain de ses rayons frileux. Le ciel le camoufle de son mieux dans un amalgame de nuages gris clair et plus sombres. Les silences des deux amies sont remplis de cette riche nature, pleins également de la difficulté de vivre pour certains, puisque Marguerite repense au petit Pascal et à sa mère.

Les deux compagnes s'acheminent lentement jusqu'à l'entrée du parc Angrignon et empruntent le sentier le plus proche pour une courte promenade. Autour d'elles, les nombreux arbres se préparent à être bientôt emplis de feuilles. Étirant leurs branches encore presque totalement dénuées de jeunes pousses, ils s'imaginent précocement embellis, se rappelant leur dernier été.

À plusieurs périodes de sa vie, Marguerite a emprunté ce charmant parcours qu'elle affectionne. Le sachant visité par les familles des alentours, elle imagine déjà son étang entouré de quenouilles, ses jardins communautaires en voie de fleurir, sa nature toute particulière sur le point d'éclore.

Tout en marchant, les deux femmes échangent sur tout et sur rien, et la plus vieille se détend. Lorsqu'elle confie un bref résumé de sa rencontre avec Julie, cette dernière lui pèse déjà un peu moins sur le cœur, la beauté de l'environnement ayant atténué son malaise.

Pour sa camarade, il n'y a aucun doute : le rite aurait pu aider leur voisine. Marguerite approuve quand elle l'entend lui dire à quel point elle est convaincue qu'à travers un tel processus on réalise la mort de l'autre en accédant à notre vulnérabilité et à notre propre mortalité.

— Toucher la douleur, la rendre actuelle au lieu de la fuir, ne provoque pas une plus grande souffrance mais augmente notre lucidité, termine Christiane.

— Prendre vraiment contact avec cette étape de notre vie exige probablement de faire face à la relation que nous avions avec le défunt...

— N'est-ce pas ce que faisaient d'emblée les gens de ta génération, Marguerite ?

La question surprend Marguerite : elle n'est pas de celles qui croient que son époque était meilleure que celle où elle vit présentement. Les habitudes changent, évoluent ; elles s'améliorent parfois ou empirent. Quel que soit le siècle dans lequel il s'enracine, l'être humain demeure ce qu'il est.

Zakaria est convaincu que son accent marocanise le français sans qu'il puisse rien y changer. Peut-être donne-t-il à chacun l'impression d'avoir devant soi une part de soleil assurant adorer les « tchizeburger »... sans viande ! Depuis que Marguerite l'a rencontré, elle a raffiné ses connaissances sur le Maroc. Elle est maintenant informée que son prénom rappelle que « Yahvé s'est souvenu », et également que son pays est un État d'Afrique du Nord qui fait partie du Maghreb. En dépit de ces différences, elle se sent toujours très à l'aise devant sa bonne humeur et son côté chaleureux. Sa spiritualité rejoint la sienne, même s'ils ne nomment pas Dieu de la même façon.

En plus d'être journaliste et de manger constamment des dattes, Zakaria est l'homme à tout faire le plus débrouillard qu'elle connaisse. Simple et serviable, il ne cache pas ses différences, qui deviennent richesses pour chacun des habitants de l'immeuble. En effet, il est très apprécié boulevard De La Vérendrye, tant pour son habileté que pour son esprit vif. Pas un tuyau ne lui résiste, pas un système de ventilation et encore moins le dispositif d'alarme responsable de la sécurité de tout l'immeuble. Dans ses temps libres, il se rend disponible selon les besoins de ses copropriétaires. Il dit que cela lui permet de les connaître mieux. Marguerite le soupçonne de vouloir être seulement solidaire et ainsi de tromper sa solitude de jeune veuf. En effet, il lui a confié que son épouse est décédée dans un accident d'auto, il y a quelques années, avant qu'il ne s'installe boulevard De La Vérendrye.

La vieille dame vient à peine de terminer son repas du soir lorsqu'il frappe à sa porte. Après l'avoir reconnu, elle lui ouvre tout grand, pour découvrir avec surprise qu'il tient dans ses bras le petit Pascal. Devant sa mimique étonnée, il lui explique que Julie le lui a confié à la fin de l'après-midi en lui assurant qu'elle serait absente dix minutes tout au plus.

Les heures ont passé et, alors que minuit approche, Zakaria se sent impuissant devant le désarroi de l'enfant. Le petit ne comprend pas l'absence de sa mère après l'incertitude des derniers jours et la disparition de son père.

— Maman est morte, elle aussi? s'enquiert Pascal, affligé.

— Non, mon poussin, lui répond Marguerite de sa voix la plus convaincue alors que les yeux de l'adulte qui le tient toujours s'assombrissent. Viens regarder mon DVD de *Fanfreluche*, tandis que Zakaria et moi verrons comment joindre maman.

∾

Fanfreluche n'étant pas vraiment populaire aujourd'hui pour les petits garçons de quatre ans, Pascal fait contre mauvaise fortune bon cœur, et regarde un épisode, un doigt dans la bouche, un des vieux châles de Marguerite faisant office de doudou. Celle-ci a bien téléphoné six fois au cellulaire de Julie avant qu'elle ne lui réponde d'une voix perdue. Oui, oui, elle arrivait bientôt et non elle n'était pas inquiète de Pascal puisque Zakaria le surveillait. La vieille dame a gardé pour elle-même le fait qu'elle le lui avait confié pour dix minutes et l'a poliment priée de venir le chercher chez elle.

Une demi-heure auparavant, elle a renvoyé un Zakaria soulagé en lui disant d'aller se reposer. Elle sait qu'il se lève aux aurores chaque matin pour se rendre aux bureaux de son journal, dans l'est de la ville. Comme Pascal s'est endormi sur son fauteuil et que sa maman devrait arriver sous peu, elle a simplement promis à son ami marocain de l'appeler au besoin.

Julie est finalement arrivée plus d'une heure après leur conversation. Quand Marguerite lui a ouvert, elle est allée s'asseoir à côté de l'enfant endormi, demeurant sans bouger comme si elle attendait une réprimande.

Marguerite est persuadée qu'il faut faire confiance à chacun, à sa capacité de prendre soin de lui-même. Elle a la sagesse de ne pas vouloir imposer sa façon de penser aux autres, mais de prier pour eux ; de s'intéresser aux êtres qui passent sur sa route et de remettre ensuite à Dieu la tâche de les accompagner pour qu'ils ne soient plus seuls.

N'ayant donc aucune intention de lui faire la morale, elle regagne son fauteuil et attend simplement.

— Un ami d'Édouard m'a invitée à prendre un café, commence Julie, mal à l'aise. Il a ensuite insisté pour que nous mangions ensemble et j'ai fini par accepter. Je lui ai raconté comment mon mari a été victime d'un premier arrêt cardiorespiratoire tandis qu'il jouait au football, comment il a subi trois autres arrêts cardiaques dans le vestiaire, et le dernier aux soins intensifs. Il était désolé et m'a dit qu'il m'aiderait... Il m'a promis de prier pour moi et m'invite demain avec le petit.

— Où t'invite-t-il ?

— Je ne sais pas, il doit m'appeler...

Marguerite ne peut s'empêcher de penser que les événements, tels qu'elle les perçoit, cette sortie non prévue, quelques heures après l'inhumation de son conjoint, et surtout l'éclat dans les yeux de Julie tandis qu'elle parle du prochain téléphone d'un ami du défunt, sont un peu étranges.

Tu le sais, Dieu, je ne m'endors jamais tôt. Certains soirs, je chante en m'accompagnant au piano. Je l'ai placé dans une pièce insonorisée pour être ainsi assurée de ne pas déranger les voisins. Très jeune, ma mère m'avait inscrite à des cours de musique et de chant. C'était avant que j'atteigne l'âge de dix ans car, l'année suivante, elle est décédée. Un jour, en revenant de l'école, je l'ai trouvée par terre. Ma vie a ensuite changé, puisque au fil des mois qui ont suivi, papa s'est désintéressé de sa famille. Je me suis retrouvée au couvent, perdue, souffrante et en colère.

Je me souviens de mon désarroi, c'est celui que j'ai vu ce soir dans les yeux de Pascal. Je ne crois pas l'avoir imaginé; ce petit cherche une stabilité, mais le discours et l'attitude de sa mère le maintiennent à distance, dans un état d'incertitude. Tout le temps où il a dormi sur mon fauteuil, il avait des soubresauts incontrôlables. La fragilité qu'il ressent l'accompagne jusque dans son sommeil, j'en ai été très touchée. Je crois que c'est à cause de sa fragilité que j'ai fait le lien avec ma propre expérience.

Dans mon passé, certaines périodes ont été problématiques. Néanmoins, j'ai eu la chance de rencontrer des gens qui m'ont fait confiance, qui m'ont appris à Te voir, Dieu, autrement que celui qui semble la plupart du temps à cent lieues de ce que nous vivons. Ainsi, un jour, je me suis dit qu'il me fallait tenter de partager cette trace de Toi qui m'habite.

On n'a pas besoin de s'étouffer soi-même pour Te faire plaisir. Ton amour n'a pas de limite. Je suis certaine que Tu comprends beaucoup mieux que nous certaines actions humaines.

Je réussis généralement à mettre mon passé en veilleuse très loin au fond de mon cœur. Je suis une femme heureuse maintenant. Je suis parvenue à l'être grâce aux personnes que j'ai rencontrées sur ma route et qui m'ont accompagnée, relevée et guidée. Toutes ces années, il y a eu aussi la musique. Selon moi, la musique se tient à l'orée de notre conscience de l'instant présent, elle enveloppe et lisse, elle reflète l'inexprimable, le sublime. Elle parle encore à l'âme dans un temps où celle-ci est déclassée, niée, pratiquement annihilée. La musique se déploie en nous, elle éveille notre capacité d'être présent à l'immatériel. Elle ouvre grand notre sensibilité et modifie notre complicité avec nous-même, Toi et les autres. La musique élève notre regard jusqu'à nous faire trouver profondément en nous une note de transcendance. La musique et la spiritualité naissent habituellement du silence et nous y ramènent, nous guidant discrètement vers Toi…

Toi qui laisses trouver des traces de Toi-même, mais que l'on ne peut saisir…

J'ai bien étudié mon entourage. Non pas pour juger mais plutôt pour me permettre d'accompagner ceux qui cherchent plus que la vacuité d'une existence consommatrice. Pour diverses raisons, je n'ai pas toujours pu suivre la vague qui portait mes contemporains. À cause de cela, j'ai développé un sens aigu de l'observation. L'Église catholique n'a pas pu me fâcher autant que d'autres. Pourquoi? Parce que, finalement, après une époque pénible, je prenais ce qui faisait « mon affaire ». Le reste, je laissais tomber. J'ai peut-être l'air arrogant, de penser cela. Toutefois, à aucun moment je ne l'ai vécu ainsi. Je faisais de mon mieux, je le faisais avec tout mon cœur. Lorsqu'au fond de soi on est heureux, lorsqu'on se sent bien avec les gens autour de nous, lorsqu'on s'efforce d'aider et de rendre les autres contents, alors on sait qu'on est dans la bonne voie.

Ce qui s'est passé au Québec et bien plus loin, c'est une perte de confiance en Toi. Retrouver cela n'est assurément pas chose facile et je ne souhaite surtout pas que cela puisse nous ramener en troupeau de moutons sous l'autorité de personnes se disant importantes. J'aimerais seulement aider les gens à Te voir de loin, s'ils le veulent. Ils pourraient par la suite se rapprocher. S'ils Te voient de dos, alors ils ne se sentiront peut-être pas menacés.

Je m'étonne encore de la capacité que nous avons eue, comme société, de créer parfois des réalités immédiates et fugaces sur lesquelles nous n'avons aucune prise. Ces matérialités ne nous nourrissent pas, et l'être humain vit de plus en plus un perpétuel manque.

Julie est en manque. Assoiffée de profondeur dans son présent, elle court et s'agite, perpétuant l'évanescence de ses jours et agitant le petit être qu'elle a mis au monde.

Ah, Dieu, mon premier café du matin est toujours un plaisir. À cette heure de la journée, en toutes saisons, le soleil imprègne ma cuisine. Je suis bien avec toi. Assise à mon comptoir, je m'autorise à rêvasser aussi longtemps que je le veux. Je peux prendre mon temps puisque ce dernier est rempli de mes activités quotidiennes à partir de midi seulement. La première partie du jour est à Toi, et je m'enfonce dans mes réflexions.

Je tiens bien fort ma réalité actuelle comme si elle était tangible. Ainsi je me sens en sécurité, capable de retourner dans ces temps passés où ma vie était plus nébuleuse. J'avance dans mes souvenirs, forte de la femme que je suis aujourd'hui. En réévaluant ce qui a été, je peux comprendre les différentes situations vécues par mon entourage, je crois.

J'ai bien mal dormi cette nuit. Prise par mes pensées concernant Dyela, Julie et Pascal, je n'ai pas trouvé le calme nécessaire pour que mon sommeil soit réparateur. J'ai plutôt rêvé sans arrêt. Mes songes agités, entrecoupés de courts moments d'éveil, me ramenaient sans cesse à Pascal et à mon passé, à Dyela et encore à Julie. C'est curieux ce qui peut se retrouver en même temps dans l'inconscient.

En solidarité avec ces gens, il ne reste bien souvent que la prière. Il faudra que je demande à Zakaria ce qu'il en pense…

∽

Mon Dieu, je me suis installée dans ma grande chaise devant la fenêtre. La température extérieure, encore fraîche, m'empêche de m'installer sur mon balcon. Je reste attentive à ma respiration. J'ai relu mon récit biblique sur la Samaritaine. J'aime bien le repenser pour l'arrimer à ma vie…

> *Comme il devait traverser la Samarie, Jésus arriva dans une ville de Samarie appelée Sychar, près du champ que Jacob avait donné à son fils Joseph. Là se trouvait le puits de Jacob. Jésus, fatigué du voyage, était assis au bord du puits. C'était environ la sixième heure.*

Jésus est en Judée, où demeurent les autres Juifs ainsi que les gardiens de la loi juive, les Pharisiens. Ces derniers protègent strictement la loi, indépendamment des besoins de leurs contemporains, tandis que Jésus enseigne d'aimer son prochain et d'être solidaire.

Cependant, à cause du travail des Pharisiens et de leur rigueur, la loi juive s'est conservée jusqu'à nos jours.

Dans ce récit, Jésus n'est pas forcément obligé de traverser la Samarie, il peut allonger son chemin en remontant la vallée du Jourdain. C'est généralement ce que font les Pharisiens, qui ne veulent jamais toucher la terre impure des Samaritains. Peut-être veut-il justement s'éloigner des Pharisiens, qui ne l'apprécient pas, mais peut-être aussi veut-il rencontrer quelqu'un d'exclu. Les Samaritains le sont, considérés à la fois comme des Juifs de seconde classe et comme des impurs puisqu'on dit leur sang mêlé. Les Pharisiens proclament haut et fort que quelqu'un d'impur ne peut prier ou être écouté de Dieu.

Je trouve que tout cela rejoint notre propre existence. Jésus affirme, lui, que la loi est inutile si le cœur ne change pas, si la personne ne veut pas changer sa conduite. Le pouvoir se prononce contre Jésus tandis que lui va à la rencontre des petits et des exclus.

Le puits de Jacob est une source. Il est le réservoir le plus profond de la Palestine. Profondeur du puits, profondeur d'une existence humaine, profondeur de Jésus, assoiffé, fatigué du voyage et assis au bord du puits. Même dans un état de lassitude, il amène la Samaritaine à le reconnaître comme celui qui fait vivre. En général, faire vivre est une fonction de la loi. Cependant, la femme découvre que la loi de Jésus dévoile une vérité intérieure.

Le chiffre 6, celui de « la sixième heure », parle d'imperfection, de faiblesse et de fragilité. Voilà notre humanité devant celle de Jésus immobilisé, altéré, devenant dans sa personne une source nouvelle qui dépasse le puits.

Assise toute droite sur ma chaise de cuisine, j'ai fermé les yeux. Tout en méditant, je repense à la rigidité de l'un, à la vacuité dans l'existence de l'autre et à l'enfant démuni.

Pour moi, les textes du Second Testament ont beaucoup de sens dans mon quotidien.

Tu es là…

Je dois penser à acheter quelques dattes.

À table,
maintenant

Je suis de ce peuple où se côtoient l'héroïsme, la médiocrité, la faiblesse, pendant que continuent les avancées, les drames, les lenteurs de la marche des hommes. Peuple qui peine, qui souffre, qui s'exalte, qui instruit et reconstruit. Qui se souvient de Jésus, célèbre son passage et le garde comme premier de cordée[3].

Dieu, la grosse malle prend beaucoup de place dans mon entrée si étroite. Seulement, Tu seras d'accord avec moi, j'ai pris la bonne décision. En toile brune rudimentaire, le bagage paraît d'un autre âge et est assez mal en point. De larges taches dessinent des ronds irréguliers plus pâles, tandis que des marques foncées parsèment l'ensemble du tissu. Visiblement, la malle a connu de meilleurs jours.

— Merci Marguerite, me dit Dyela avec son sourire timide habituel, en sortant de ma salle de bain.

« Je ne sais pas de qui il est. » La phrase qu'elle avait prononcée quelques jours plus tôt me revient en tête. Si elle n'avait pas voulu élaborer cette fois-là, il n'y a aucune raison qu'elle le fasse ce matin. Au moins, elle a accepté mon invitation et cela me soulage pour elle.

— Tu pourras demeurer aussi longtemps que tu le désires, Dyela.

Les cernes sous ses yeux se sont approfondis. Ils donnent à sa couleur naturellement sombre une teinte encore plus foncée. Son expression de tristesse me touche profondément.

— Et si je finis par te déranger ? Tu as choisi de vivre seule…

Oui, j'ai choisi. Actuellement, je vis seule. Je peux quand même rendre service.

— Écoute, Dyela, je pense que nous serons contentes toutes les deux de partager l'appartement pendant quelques semaines.

J'aimerais ajouter : « Je pense que tu ne dois pas demeurer isolée avec ta peine sur le cœur... » Ce n'est pas bien compliqué de l'accueillir, elle est d'une telle discrétion et, si elle ne sait pas de qui il est, je sais que ses nausées en disent plus que ses mots.

෬

Bien sûr, Dieu, quand j'ouvre ma porte à Magali, un peu plus tard ce matin, j'ai, comme d'habitude, l'impression qu'un bouquet de lumière entre avec elle. Ma jeune voisine a vingt-deux ans. Toujours affairée, généreuse et pimpante, elle trouve quand même le temps de me faire quelques courses. Je sors tous les jours. Lorsqu'il arrive que je ne me sente pas assez énergique pour faire l'achat de certains produits plus lourds, Magali a la gentillesse de me rendre service et de pallier mes oublis. Je la regarde entrer et note avec intérêt sa longue camisole blanche pratiquement cachée sous un chandail noir à manches très courtes parsemé d'une multitude de petits boutons argent. Son encolure ronde dégage bien le cou allongé et mince ainsi que le visage ovale encadré d'une longue chevelure brun doré et bouclée. Durant un bref instant, je me demande ce que j'aurais l'air avec une telle tenue : d'une grand-maman à la mode ou d'une petite vieille voulant se rajeunir ?

— Viens, Magali, je t'offre un jus.

Nous en sommes à notre petit rituel : chaque fois que la jeune femme me ramène mes achats, elle s'assoit à ma table quelques minutes. Hygiéniste dentaire dans un bureau assez important, elle occupe ses heures libres par un tas d'activités qu'elle me relate fidèlement.

Je pose un grand verre de jus d'orange devant elle :

— Alors, dis-moi...

Magali me fait un récit détaillé de ses dernières journées. Elle a une façon bien à elle de rendre ses narrations vivantes en adaptant sa voix à mesure qu'elle cite les paroles des personnes évoluant autour d'elle. Son visage mime de façon expressive et je me surprends à rire de bon cœur plus d'une fois.

— Il y a cependant un sujet dont j'avais hâte de te parler...

Lorsque nous nous sommes connues, je lui ai vite dit que je ne voulais pas me faire vouvoyer. J'aime bien le ton amical qui me semble plus naturel lorsqu'on n'y ajoute pas de fioritures. Magali a repris sa voix normale et, m'installant confortablement dans ma chaise, mon café devant moi, je porte attention à ce qu'elle veut me dire.

Un peu étonnée par le sujet, je l'écoute raconter qu'à sa clinique dentaire, on devise ces temps-ci sur la crédibilité à donner à un fait divers ayant été diffusé au début de la semaine dernière, à Pointe-à-la-Frégate, en Gaspésie. Magali spécifie que la nouvelle est présente partout : une silhouette a été vue, dessinée dans la roche à la nuit tombée. Cette même ombre revient chaque soirée nuageuse : les sceptiques l'interprètent comme une tache humide, alors que les croyants y voient la silhouette de Jésus. Depuis la fin de semaine, des groupes s'amassent pour prier devant le rocher.

— Tu ne trouves pas que c'est un peu insolite que cela fasse le tour de la province ? s'enquiert-elle.

Certainement, je trouve ça étrange. Je fais la moue et elle reprend :

— Dans notre monde aussi avancé, dans cet univers électronique où tout est basé sur la rentabilité et la performance, un événement aussi déconnecté de notre quotidien ne nous incite-t-il pas à nous poser des questions ?

— Nous poser quelle question, Magali ?

— Je ne sais pas, hésite-t-elle, la question de Dieu ? Qu'est-ce que tu en penses ?

— Une coïncidence comme celle-là me paraît simple à expliquer. Selon moi, elle n'est que cela, un hasard. Si cela peut nous faire questionner, c'est bien, mais...

— Tu ne crois à rien de cela ?

Je secoue négativement la tête et tente d'expliquer ma pensée. À mon avis, tu es à la fois bien plus proche et aussi bien plus loin.

Il serait trop facile de te voir dans des objets, sur des pierres. La religion a toujours voulu tout chosifier. Plus tard, elle a également tenté de chosifier Jésus.

— C'est beaucoup moins exigeant de croire que Dieu fait un signe dans cette tache d'humidité que de réaliser qu'il est présent dans l'itinérant, l'exclu ou mon voisin qui m'agace. Comprends-tu, Magali, il n'y a pas beaucoup de mérite à se mettre à genoux devant une ombre ou une statue. Il est beaucoup plus difficile de faire face à une personne qui nous déplaît ou qui nous répugne pour une raison ou pour une autre. Jésus est venu montrer l'Amour. Le véritable amour est toujours près de l'être humain, quel qu'il soit. Il ne se trouve jamais dans un objet.

Magali me regarde attentivement. Sa réflexion se lit sur ses traits fins. Machinalement, elle joue avec une de ses boucles claires et je respecte son silence. Sacraliser, hiérarchiser, endoctriner, moraliser, politiser. Il est humain de diviniser des actions qui se collent au pouvoir. Dieu, Tu es au-delà de ces opérations et l'être humain a la démesure magique facile, très facile. Comme au Moyen Âge, le surnaturel, le fantastique, le féerique ou la sorcellerie nous attirent et nous font rêver de changer notre situation actuelle en un conte merveilleux. Tu ne fais pas dans l'invraisemblance, mais nous invites simplement à partager nos mains et nos pieds pour améliorer ce que nous avons nous-mêmes gâché.

— C'est plus ardu, soupire Magali.

— Plus difficile mais tellement plus incarné. Je me sens participante de ce qui fait ma vie. Je ne voudrais nullement qu'un autre prenne les décisions à ma place et me considère comme une marionnette, même pas Dieu !

Magali écarquille les yeux, mon ton passionné m'a échappé. Je remarque sa bouche entrouverte et me reprends ; tout cela vient de mes expériences antérieures. Elle, mon invitée, n'en a pas la moindre idée…

— Excuse-moi, je me suis laissé emporter. Dis-moi plutôt ce que tu as trouvé pour mon souper de ce soir avec Christiane et Jean-Sébastien. Dommage que tu ne puisses venir… Combien coûtaient les tomates ?

❧

Julie sent ses yeux cligner plusieurs fois involontairement. Ce tic date de son enfance. Rien à faire pour le corriger. Des années plus tôt, un médecin lui a dit qu'elle devait faire une démarche personnelle pour se calmer. Il voulait même lui donner les coordonnées d'un psychologue. Toutefois, que connaissent vraiment ces spécialistes ? Ne sont-ils pas que des gens aisés voulant s'enrichir encore plus aux dépens des autres ?

La jeune femme presse le pas. Longeant le parc Angrignon, le boulevard des Trinitaires, se dentelle de résidences familiales. De là où elle se trouve, elle peut apercevoir le métro, semblant presque surgir d'une allée d'arbres attentifs à la renaissance apportée par l'arrivée du printemps. Une passerelle s'improvise dans la pelouse encore partiellement séchée par le froid. Ses yeux cherchent à l'intérieur de celle-ci.

Autour d'elle, la fin de la matinée hésite entre un vent frisquet et une brise légère. La jeune femme resserre les pans de son manteau, espérant que l'attente sera de courte durée.

Pascal est à la garderie jusqu'à trois heures de l'après-midi, tandis qu'elle a demandé à pouvoir quitter le travail après la matinée. À cause du récent décès d'Édouard, elle n'a plus de journées de congé payées, mais les assurances de son conjoint lui faciliteront bientôt l'existence en lui permettant de se gâter un peu. Finalement, elle l'avait bien mérité. Sa vie était assez compliquée comme cela à cause du petit et de toutes ses responsabilités. Il ne cessait d'appeler son père, tandis qu'elle était débordée depuis le départ de ce dernier. Elle avait fini par se demander ce qui l'avait poussée à accepter cette grossesse. C'est vrai qu'elle était tellement amoureuse d'Édouard à cette époque. Puis, par malchance, tout avait changé rapidement. Elle ne sait pas pourquoi, elle n'a jamais su la raison pour laquelle, un matin, Édouard avait cessé de lui plaire. Elle l'avait soudainement vu d'une autre façon. Encore aujourd'hui, elle se rappelait exactement le vide dans son cœur, dans son corps, alors qu'elle avait réalisé qu'elle n'était plus amoureuse…

Elle l'avait ensuite vu sous un autre jour. Elle se souvient même qu'il lui avait demandé si quelque chose n'allait pas… Rien, lui avait-elle répondu, rien…

Pascal ressemble tellement à Édouard…

En soupirant, elle secoue brusquement la tête et revient à l'instant présent. Alexandre avance vers elle, habitant la passerelle du métro de sa présence tangible, et très dérangeante.

J'ai mis ma robe printanière. Ses manches trois-quarts flottent sur mes bras. Les grosses fleurs bleues dans le tissu en rehaussent la coloration crème. Mon teint naturellement pâle s'accorde bien avec ma toilette, et mes courts cheveux blonds ne camouflent pas entièrement les larges boucles d'oreilles s'agençant avec les fleurs. Je suis coquette, je choisis mes vêtements avec soin et je me maquille chaque matin pour me sentir bien. Je le fais pour moi et pour les autres, un peu pour que les gens que j'aime soient fiers de moi. Je fais attention à moi.

Dieu, mon premier invité, Tu sais que mon repas a été préparé avec soin. J'ai toujours aimé préparer des petits plats pour les gens avec qui je suis bien. Je considère ces repas pris en petit groupe comme un privilège. Ce soir, avec Christiane et Jean-Sébastien, je ne suis pas déçue.

Comme mon voisin est professeur, ses journées débutent très tôt, ainsi je le rencontre rarement dans les couloirs de notre immeuble. J'aime l'entendre parler de ses jeunes. Aujourd'hui, à ma table, Jean-Sébastien se dit de plus en plus frappé par ceux qui vivent en transit à l'école, impatients de retourner à leur «matérialité électronique». L'expression, qu'il a lui-même créée, parle des adolescents de la première moitié du secondaire, submergés par un monde irréel, généré artificiellement. La virtualité de leur quotidien les emprisonne dans un univers faux qui banalise la mort et simplifie la vie jusqu'à la rendre inutile. La fin humaine devient moins terminale, dépersonnalisée et normalisée. Ces adolescents manquent de repères et certains semblent sombrer dans un automatisme où la vie scolaire, familiale ou autre n'a que peu de prise.

— Certains élèves ont un tel engouement pour le sport, les artistes ou la sexualité que cela me paraît presque dangereux. Comblent-ils un vide existentiel? Si oui, quel sera leur avenir à l'âge adulte? Quels seront leurs repères?

— Nous avions aussi nos passions, remarque Christiane en repoussant son verre de vin.

— Oui, bien sûr, rétorque le professeur. Cependant, il me semble que nous rêvions parfois d'absolu…

Je comprends le souci de Jean-Sébastien. Pourtant…

— Laissez-moi faire la savante et vous citer Socrate, puisque je me souviens de cette réflexion depuis des années. Je vous préviens, si vous m'interrompez, je ne pourrai plus continuer:

> Notre jeunesse est mal élevée. Elle se moque de l'autorité et n'a aucune espèce de respect pour les anciens. Nos enfants d'aujourd'hui ne se lèvent pas quand un vieillard entre dans une pièce. Ils répondent à leurs parents et bavardent au lieu de travailler. Ils sont tout simplement mauvais. Nos jeunes aiment le luxe, ont de mauvaises manières, se moquent de l'autorité et n'ont aucun respect pour l'âge. À notre époque, les enfants sont des tyrans[4].

Tandis que, tout en riant, Christiane m'aide à ranger les assiettes utilisées dans le lave-vaisselle, je prépare le café et l'eau pour le thé. Je suis passablement contente de ma mémoire. Je sors ma jolie théière et place la bonne quantité de feuilles broyées à l'intérieur. Je garde un humble petit sourire en les écoutant me complimenter. Je connais ces phrases depuis tellement longtemps. Je me souviens de l'époque où je les répétais à mes propres enfants.

— Tu veux me dire que, même à cette époque, les jeunes étaient jugés sévèrement? Ce n'est pas ce que je fais, j'aimerais seulement qu'ils soient plus protégés moralement.

Je connais l'attention de Jean-Sébastien pour ses protégés et celle-ci me rassure. Finalement, les générations plus âgées se sont toujours préoccupées de celles qui les suivaient. Ma citation devenait rassurante non à cause de son côté négatif, mais parce qu'elle fait mesurer la différence entre les générations.

En continuant mes réflexions, j'apporte un soin particulier à nettoyer la table du repas et à changer la nappe, par respect pour la foi musulmane de Zakaria. Il nous rejoindra sous peu. Je soupçonne que Zakaria s'abstient de manger avec nous pour ne pas nous priver de vin durant le repas. Il est en effet interdit aux musulmans de manger à la table où l'on en boit. Cela ne nous empêche pas d'apprécier sa compagnie et, chaque fois que je reçois les amis de mon immeuble, je l'invite à se joindre à nous.

Je m'assure que Jean-Sébastien place mes petits gâteaux dans mon assiette de service selon mes directives. Tandis que j'attends l'instant propice pour le taquiner en lui disant qu'il ne s'y conforme pas totalement, je suis brusquement frappée par son teint grisâtre et fatigué. Perplexe, je m'interroge sur la façon opportune de m'enquérir de sa santé. Je n'ai pas encore de réponse lorsqu'il lève les yeux sur moi et que j'y lis un mélange de préoccupation et d'épuisement.

Dis-moi, Dieu, qu'est-ce que je dois faire ?

Julie a quitté Alexandre à la hâte. En fait, elle se savait pressée, mais elle ne le lui a pas montré. Elle ne voulait pas le bousculer. Lorsqu'elle écoute parler son nouveau chevalier, la jeune femme se sent presque étourdie, hypnotisée par sa voix, sa belle voix… Les mots qu'il prononce s'enrichissent de ce ton de basse si agréable. Non, il n'est pas vraiment son nouveau chevalier. Pourtant, Julie aime tellement l'écouter.

Elle apprécie tout autant le regarder. Suivre ses magnifiques yeux foncés dans lesquels elle aurait envie de se perdre un peu, le temps d'oublier ses difficultés.

Cet homme splendide, attentif à tous ses souhaits, répare un peu de cette incertitude qui se répand dans son être et l'habite de plus en plus dernièrement. Par son attitude, Julie se sent soudain capable de répondre à ses désirs. Dans ses yeux, elle se voit gracieuse, intéressante, drôle. Elle qui, depuis les dernières années, se sent même incapable de bien accomplir son propre travail professionnel, se découvre soudainement talentueuse. Il ne lui parle plus d'Édouard et elle lui en est reconnaissante. Quelle délicatesse, alors que Marguerite ramène toujours cette mort dans la conversation lorsqu'elle la rencontre.

Pascal peut bien attendre un peu… De toute façon, il se sent tellement bien à la garderie, parmi ses petits compagnons et ses éducatrices. Bien sûr, il est quatre heures vingt et elle avait dit qu'elle le ramenait à trois, mais ces femmes ne doivent pas vraiment terminer leur journée au beau milieu de l'après-midi.

Tout en clignant nerveusement des yeux plusieurs fois, Julie démarre son auto et se dirige vers la garderie en s'impatientant de la circulation qui contribue à la retarder davantage.

Zakaria ferme les yeux, incapable de retenir la sensation de contentement complet qui se déploie dans son corps comme dans celui d'un oiseau prenant son envol. Les percussions de la musique marocaine lui remplissent parfaitement le cœur, se confondant à la prière qu'il vient à peine d'achever. Fatiha et sourate[5] trouvent leur écho dans cette musique arabo-andalouse qui le conduit, le guide, s'emparant de son être, s'unissant à l'oraison qui retentit encore en lui, esquissant presque l'amour divin. La musique a le pouvoir de mettre Zakaria en contact avec l'intime de son âme. Elle l'étourdit, l'isole, le remplit d'une constance. Par sa création musicale, elle mène vers le Créateur, à l'orée de sa Présence, achevant la prière qu'il croyait terminée quelques instants plus tôt.

Le discours humain sur Dieu est sans cesse nuancé, différent jusqu'à fermer les cœurs, jusqu'à détourner les corps, jusqu'à ébaucher des frontières qui se meuvent en incompréhensions, en conflits et en guerre. Zakaria aspire au contraire à l'ouverture spirituelle, à la mondialisation d'une foi respectée, acceptée dans sa différence et sa richesse… Acceptée également dans sa capacité de nourrir l'âme de tous les croyants. La musique de son pays pouvait-elle être un symbole ramenant vers un là-bas inaccessible ? La vie humaine donne substance, le symbole peut-il nous diriger vers un ailleurs auquel tout être humain aspire ? Le symbole musical nous convoque à la vie autrement… Cet autrement, quel est-il ? Est-il limité par le temps qui nous est imparti ?

L'asr[6] terminée, approfondie durant ces instants musicaux, avait été un moment de prière bénie. En s'arrachant à son fauteuil, Zakaria s'arrête devant son miroir. Il replace ses cheveux bouclés, dégageant d'un geste habituel son large front. Il prend ensuite le temps de déplier les manches de son chandail qu'il avait remontées en haut des coudes. Sa main récupère le veston oublié sur une chaise depuis son retour du bureau.

Se sentant prêt à rejoindre ses voisins chez Marguerite, il ouvre tout grand la porte de son condominium qui donne sur le corridor.

« LUI »

Je suis bon, j'ai fait le bien. Toute ma vie. J'ai écouté les préceptes, absorbé les doctrines jusqu'à les connaître parfaitement.

Dans les prières, on dit que Dieu récompense le juste. Je croyais que c'est ce qu'il ferait pour moi. Je me suis abstenu de lier des liens profonds avec les gens de mon entourage, particulièrement avec les femmes. Durant la majeure partie de ma vie adulte, la mère de Dieu était l'unique figure féminine qui recevait mes hommages. On disait de moi que j'étais un contemplatif et cela me plaisait, me soutenait, m'encourageait à améliorer mes actes, à exceller dans le domaine religieux. On me comparait à de grands saints et je refusais humblement ces correspondances qui auraient pu me faire basculer dans le péché d'orgueil.

Je reléguais au fond de moi toutes mes aspirations d'homme, mes besoins affectifs et, bien sûr, mes pulsions sexuelles. Je voulais dominer la bête en moi et j'étais certain d'y parvenir coûte que coûte. J'étais sincèrement convaincu que j'avais un appel qui me gardait au-delà de l'humanité commune.

En même temps, je tentais d'avoir une réelle compassion pour celui ou celle que Jésus mettait sur ma route. Je m'appliquais à m'oublier au profit de mon prochain. Et pourtant…

Un jour, tout a été irrémédiablement démoli, anéanti, rasé.

Seigneur! Seigneur Jésus! Je n'arriverai jamais à comprendre, à saisir la raison pour laquelle vous m'avez aussi durement abandonné! Oh, Seigneur! Oh…

∽

— J'ai parfois l'impression que le peuple marocain est en marge de la mondialisation. Il semble être resté à l'orée du mouvement mondial…

Très à l'écoute de son interlocuteur, Christiane regarde Zakaria avec attention. Celui-ci, assis confortablement sur la chaise berçante de son hôtesse, approuve. Il est bien conscient que la compréhension d'une partie du monde par l'autre ne se fait pas facilement.

Tel un vieil ami éloigné, le Maroc lui est continuellement une source de préoccupation.

— Je souhaite de tout mon cœur que la situation de là-bas s'améliore, répond-il. Le printemps arabe peut-il se répandre jusque dans les grandes villes de mon pays? Nul ne le sait…

Sitôt après l'arrivée de Zakaria, je me suis réinstallée à la table où Jean-Sébastien est retourné. Christiane, après avoir lavé et rangé quelques plats, vient nous y rejoindre, prenant bien soin de placer sa chaise dans un angle où mon quatrième invité peut se sentir inclus. Elle a terminé sa phrase en laissant poindre la réflexion qui continue à la tenailler. Le sort des pays du Maghreb l'intéresse comme nous tous, et plus particulièrement depuis que nous ressentons un lien d'amitié pour Zakaria.

Je n'éprouve plus la même sensation de bien-être à observer mes invités grignoter mes petits gâteaux. En fait, mes yeux reviennent sans cesse vers l'assiette que j'ai servie moi-même à Jean-Sébastien.

Les morceaux et les miettes qui la remplissent ne me trompent pas. Mon expérience de maman m'a appris depuis longtemps à reconnaître un plat demeuré pratiquement intact. De plus, je sais à quel point le compagnon de Christiane raffole généralement de pâtisseries sucrées. La surprise que j'ai eue plus tôt en notant son teint gris devient préoccupation et sollicitude.

Lui ne semble pas suivre la conversation. Il me paraît prostré, isolé au milieu de nous. Un bref regard à Christiane me confirme qu'elle ne voit rien. Selon moi, quelque chose est changé entre eux. Récemment. Un fantôme s'élève et coupe sa vision à elle. Je me sens désolée de la situation, inutile. Mon questionnement au sujet de Jean-Sébastien n'a aucune base concrète. Flou et nébuleux, il s'élève quand même. Surprenant mon regard, il relève la tête dans ma direction. Je ne baisse pas les yeux : comment puis-je t'aider ?

L'instant magique est passé. Jean-Sébastien se redresse :

— Le Maroc bénéficie de ressources matérielles et de capital humain, énonce-t-il, laissons-lui la chance de se faire connaître mieux et de se démarquer.

En sursautant, je me demande si sa phrase déborde du sujet choisi par mes deux autres invités ; mais non, elle est juste tombée à pic, dérangeant mes ruminations !

Une femme de Samarie vint puiser de l'eau. Jésus lui dit : Donne-moi à boire. En effet, ses disciples étaient allés à la ville pour acheter de quoi manger.

La femme samaritaine lui dit : Comment ? Toi, un Juif, tu me demandes à boire à moi, qui suis une femme samaritaine ?

Dieu, habite ma prière…

Démontrant sa fragilité toute humaine, Jésus demande à boire à une exclue. En effet, cette femme, déjà rejetée par son peuple à cause de sa féminité, est de surcroît déconsidérée en raison de son appartenance à un peuple rejeté par les Juifs. Quant à lui, Juif également, il vit en tension avec les Pharisiens, qui sont les ritualistes de sa propre religion. Cette résistance l'a probablement poussé à faire le détour vers la Samarie pour ne pas entrer en conflit avec eux, mais il est devenu à son tour exclu de son entourage habituel, et exclu de l'endroit où il se retrouve harassé.

C'est la rencontre de deux solitudes, deux exclusions semblables en tout point aux nombreuses disqualifications dont chacun de nous est si souvent victime. L'exil de Zakaria en tant qu'immigrant préoccupé de son peuple et éloigné de lui ; l'isolement de Jean-Sébastien offrant un visage fermé à son entourage inconscient de son inquiétude et de la cause de cette dernière ; le retranchement de Dyela, apeurée par sa grossesse et démunie ; le retranchement de Julie, atterrée par un deuil alors qu'elle arrivait à peine à saisir la vie…

La réalité des isolements de notre société de communications est une source de réflexion intarissable…

Dieu, je m'appuie de tout mon poids au puits où la Samaritaine rencontre sans cesse un Jésus épuisé.

Un mur
sans crucifix

La personne humaine ne se construit pas seulement dans son rapport avec les autres, en communiquant avec l'extérieur, non plus qu'en se projetant vers le haut, en s'ouvrant à la réalité divine ou en concevant d'ambitieux rêves pour l'humanité. La croissance personnelle est marquée avant tout par notre vie intérieure, par notre capacité d'écoute de la sagesse logée au cœur même de notre intériorité et qui peut nous être salutaire dans nos pérégrinations[7].

En passant devant la salle où travaille sa collègue, Magali remarque la jeune femme qui se relève du fauteuil de dentiste après son traitement. À dix minutes de la fin de sa journée, l'hygiéniste dentaire a ralenti la cadence qui a rythmé ses heures. Elle connaît la cliente qui se dirige maintenant vers l'accueil. Tandis qu'elle range quelques instruments, elle en profite pour la suivre des yeux.

Magali voit bien la jeune femme à la réception, où elle se tient maintenant. Sa peau ambrée, ses grands yeux foncés, son maintien, tout en elle paraît solide et sain. Son comportement discret, presque timide, marque un contraste avec l'allure élégante et distinguée qui semble lui être naturelle. Ses cheveux doivent faire l'envie de plus d'une personne. Les centaines de tresses fines qui descendent jusqu'à sa taille sont un peu plus pâles que son épiderme, elles forment un élégant châle ajouré couvrant des épaules vêtues d'un chemisier blanc.

Magali, elle, porte sa longue chevelure brun doré et bouclée sagement attachée lorsqu'elle travaille. Elle sort donc machinalement sa tignasse du chandail qu'elle vient d'enfiler, et se hâte de rejoindre la personne observée.

— On se connaît…, lui dit cette dernière, à son approche.

— Nous avons une amie commune, déclare Magali.

— Marguerite…

Magali peut observer la suspension dans la voix de Dyela, hésitation qui ne dure qu'un moment.

— Je demeure chez elle, commence-t-elle, hésitante.

— Quelle bonne idée, s'exclame la technicienne, j'avais parfois l'impression que la solitude lui pesait.

L'éclaircie dans le regard de son interlocutrice ne peut être niée : les grands yeux verts s'allument à la lueur de ceux marron et… contents.

— C'est plutôt elle qui me rend service, corrige Dyela, je suis enceinte.

Aussitôt les paroles prononcées, la jeune femme reste saisie. Pourquoi a-t-elle laissé son secret franchir ses lèvres ? Peut-être parce que ce ne peut en être un… Dans quelques semaines, son entourage ne devinera-t-il pas ce qu'elle hésite présentement à leur dire ? Peut-être aussi parce qu'elle a envie de formuler ce qui est encore tout nouveau pour elle. Après tout, elle n'avait pas prévu être mère… Elle savait qu'un jour elle le serait. Mais, en dépit de ses trente-quatre ans, elle n'y avait jamais pensé concrètement.

« Je ne sais pas de qui il est… »

Elle ne comprend pas pourquoi ce questionnement lui est une si grande souffrance. Sa grossesse l'apaise… d'une certaine façon…

— Est-ce que vous allez bien, tous les deux ?

La sollicitude dans la voix de Magali l'ébranle. Dyela réalise que le « tous les deux » fait référence à la mère et l'enfant. Pour la toute première fois.

Peut-être qu'à deux, la vie sera différente.

— Oui. Oui, nous allons bien.

Et son rire, tout petit, a des nuances de soulagement.

❧

« **LUI** »
J'ai passé la nuit à l'urgence. J'enrage parfois d'être malade et de devoir attendre des heures avant de trouver un appui. Ma jeunesse s'est écoulée à aider les autres et, lorsque moi, j'ai besoin de soins, je dois patienter, prendre racine !

Ma mère était violente et, tout petit, j'en avais mal au ventre de la voir hurler quand elle était en colère. Je savais ce que ses cris annonçaient pour moi. J'ai su reconnaître très tôt les prémices de ses coups. Cette douleur me revient de temps à autre, comme si elle n'était jamais partie tout à fait ; comme si elle demeurait tapie, sournoisement, attendant de me faire souffrir.

Passer la nuit à l'urgence comme tant d'autres fois dans mon existence.

Longtemps j'ai cru que Dieu finirait par me protéger. Je l'ai supplié de me secourir. Au début, tout semblait une réponse de Lui. Ensuite, j'ai imploré, conjuré son amour. Il ne répondait plus. Il n'était pas là, il n'est pas là, pour rien au monde il ne pouvait être là. C'est qu'il n'existe pas. Il est une invention des hommes et j'ai marché. Enfant, adulte, j'ai mordu à l'appât jusqu'à y laisser toute ma jeunesse !

Ma vie.

Quand ma mère gueulait, alors que j'étais gosse, Dieu n'entendait pas. Quand, plus tard, à l'adolescence, la bête en moi me saisissait, qu'elle s'emparait de mon corps déjà brisé pour le secouer de la violence d'une sexualité dont je ne voulais pas, il ne me répondait pas, ne m'a jamais répondu, n'a jamais été présent. Dieu n'est pas !

Je suis seul.

Tout seul.

Je suis un mur parfait. Un mur sans crucifix.

L'ombre que son absence a laissée sur moi, lorsqu'il s'est séparé de ma vie, a esquissé une trace, un sillon, un vide, un manque…

Ah… mon abdomen se durcit tellement que j'ai parfois l'impression qu'il va éclater. La douleur me prend aux entrailles, me

secoue, m'isole. Je suis dans une bulle d'élancements, de tiraille-
ments, de brûlures. J'ai si mal au bas-ventre que j'en ai la nausée.

Je me suis gavé de médicaments de toutes sortes, mais j'ai encore
mal.

Rien ne peut m'aider.

Je suis un mur sans crucifix.

Christiane s'est excusée auprès de son client. Elle espère qu'elle n'a
pas été trop brusque. Une demi-heure auparavant, elle a été extrêmement surprise. Une collègue de Jean-Sébastien lui a téléphoné,
au beau milieu de l'après-midi, pour lui dire que ce dernier n'allait
pas bien. Il avait dû quitter sa classe avant la fin du cours et il tremblait de froid.

En cette fin du mois de mai, le soleil est pourtant présent.
Depuis les vingt-cinq années qu'ils vivent ensemble, elle a eu
l'occasion de voir son conjoint malade ou grippé, mais c'est la
première fois qu'il est assez mal en point pour qu'une tierce personne l'appelle. Pour qu'il délaisse sa classe en plein cours. La
designer est perplexe. Au volant de son auto, elle pense à cet
homme à qui elle a lié sa vie. Elle pense à leur amour. Ils n'ont pas
eu d'enfants. Cependant, ils ont cherché chacun à sa façon à faire
fructifier leur bonheur au contact des autres. Jean-Sébastien a
recherché la compagnie des jeunes à qui il enseignait, se sentant
capable de leur révéler leurs richesses tout en les guidant vers une
orientation à leur mesure. Année après année, il a prodigué à ses
élèves un enseignement ouvert dépassant le cadre historique dont
il est spécialiste.

Laissant l'auto dans le stationnement réservé aux professeurs et
aux visiteurs, Christiane se dirige vers la polyvalente. Elle le trouve
debout devant la porte principale. Curieusement, en une seconde,
il lui vient des images de toutes les fois où elle s'est hâtée vers lui:
images d'un amour sans mesure à travers le temps.

— Seb, lui souffle-t-elle, qu'est-ce qui t'arrive?

Une lourdeur tombe dans la poitrine de la décoratrice : pour toute réponse, il lui a pris la main.

❧

Homme dans la trentaine offre une heure de rêve à son appartement du centre-ville. Aucun renseignement demandé. Rencontre de deux adultes consentants. Prenez rendez-vous par téléphone, puis fermez les yeux, abandonnez votre corps, ressentez. Esprits clos s'abstenir.

Julie n'avait pas prévu répondre un jour à une annonce. En replaçant machinalement son corsage, elle redescend l'escalier extérieur où elle avait grimpé une heure plus tôt, avide d'attentions et de caresses, pressée de se payer une expérience unique, assaillie d'une envie irrésistible : celle de contrevenir aux diktats de la société ou, pire, de son entourage immédiat.

Elle est surprise du sentiment de déception irrépressible qui monte en elle, augmentant au rythme de sa descente vers le trottoir. Dans la salle de bain où elle s'était rhabillée quelques minutes auparavant, elle avait réprimé l'envie tenace de se laver furieusement.

En théorie, elle est contente d'elle-même ; de son pied de nez à son entourage. Elle vient de tricher consciemment et elle en est fière. Elle est plus forte que la mort, plus robuste que ses années de vie commune avec Édouard. Son corps est puissant, magique, il ouvre la porte à la vie, lui signifie de la prendre à pleines mains, cette destinée, malgré tous les qu'en-dira-t-on.

Depuis le début de son périple de sensations, elle n'a pensé qu'à Alexandre. En souriant, elle décide que, dans les prochains jours, elle lui fera une petite visite surprise, ce qui a pour effet d'effacer du coup son malaise diffus.

Elle opte volontairement pour une légèreté de pensées en glissant mentalement sur sa conscience, comme une petite fille sur un traîneau en plein hiver !

∾

En ce dernier vendredi de mai, les oiseaux font un vacarme incroyable. Dieu ! Je Te sens présent à l'extérieur, et je sais que Tu l'es tout autant dans ma cuisine, où la grande fenêtre, à peine ouverte, offre un spectacle digne des bruits incessants ! De jolis volatiles s'empressent à droite et à gauche, apportant dans leur bec les petits trésors qui serviront à bâtir leurs nids. Magali et moi aimerions bien voir les nouveaux habitants des environs, mais s'ils se font entendre, ils ne montrent bien souvent que le bout de leur queue.

Profitant d'un jour de congé de l'hygiéniste dentaire, je l'ai invitée à se joindre à nous pour déjeuner. Elle est arrivée les bras chargés de croissants et je n'ai eu qu'à faire le café et la tisane tandis que Dyela préparait quelques fruits.

Notre babillage du début porte sur la température. Nous avons levé un peu le ton pour enterrer nos voisins ailés et tapageurs. La légèreté de notre conversation convient parfaitement au gazouillis environnant. Néanmoins, je suis bien certaine qu'elle s'approfondira d'une façon ou d'une autre. N'avons-nous pas la chance de nous épancher avec confiance en ce matin de printemps ?

De plus, je suis vraiment satisfaite que mes deux jeunes amies se connaissent à présent. Lorsque ma locataire s'ouvre un peu à nous, cela me fait chaud au cœur : la discrète future maman se sent à l'aise chez moi et avec sa nouvelle amie.

— J'ai eu une relation stable durant six ans. Elle s'est terminée abruptement deux semaines avant que je sache que j'étais enceinte.

À cause de mon monologue intérieur, j'ai perdu un peu de la conversation. Où en était-elle, pour qu'elle prenne cette tangente ? Je me risque :

— As-tu dit à ton conjoint que tu attendais un enfant ?

— Non.

La réplique est sèche. Puis elle s'efforce de continuer :

— Je ne lui en ai pas parlé.

Je la vois ravaler sa salive, puis elle dit doucement :

— J'ai été… Non, non, ce n'était pas lui… Je vous en reparle…

Elle m'avait dit qu'elle devait partir à midi. Malgré tout, lorsqu'elle se lève, je ne peux m'empêcher de penser qu'elle fuit un peu. Elle me rappelle ce que j'ai été un jour : une jeune fille perdue, isolée et en détresse. Après son départ, mes yeux se tournent vers Magali :

— Au décès de mon père, j'avais dix-sept ans. Ma tutrice m'a fait admettre dans un couvent pour jeunes filles que l'on disait « de mauvaise vie ». Cela voulait dire que mes compagnes avaient pratiquement toutes eu des expériences traumatisantes : grossesse non désirée à cause d'un viol ou d'une connaissance restreinte de la vie ; petits larcins commis par certaines et qui faisaient d'elles des dures. En vérité, avec du recul, je crois que nous étions toutes des enfants abandonnées.

— Marguerite, s'exclame Magali la tendre, je suis tellement désolée pour toi !

— Ne le sois pas, ma belle fille, beaucoup d'eau est passée sous les ponts depuis cet épisode et je ne suis plus la petite malheureuse de mon passé.

Tout en me reservant du café, je pense à Toi, puis à tout ce que la vie m'a donné par la suite. Je suis convaincue du bien-fondé du partage de mon expérience avec mes jeunes amies. Et puis, je ne risque pas d'oublier le chemin qui m'a menée à devenir la femme que je suis à présent.

Les fondateurs du *Journal Maroc* avaient imaginé le bureau de la réception vaste et accueillant. Dès leurs débuts, ils voulaient miser sur le contact avec la population de Montréal, quelle que soit son origine. Ils ont encore la même volonté rassembleuse dix-huit ans plus tard.

Chaque fois qu'il entre au journal, Zakaria prend quelques minutes pour parler avec les personnes à l'accueil. Même les jours de pluie, il observe le grand hall, les larges fenêtres et se réjouit de l'apparence globale de l'entrée. L'équipe des premières loges, comme il les appelle, est toujours composée à la fois de Marocains et de non-Marocains, ils sont le reflet de la population des environs.

Ce matin, la rencontre de l'équipe de rédacteurs a été particulièrement fructueuse. Zakaria a porté à l'attention de ses collègues l'importance de traiter des besoins et des préoccupations des jeunes. Une décision unanime a été prise en ce sens. Dans les mois qui suivent, des efforts seront consacrés pour impliquer les jeunes de toutes provenances. On leur demandera de parler de leurs préoccupations.

Bien que d'origine marocaine, Zakaria ne se voit plus comme un immigré. Son identité personnelle provient à la fois de ce qu'il est présentement et de ce qu'il garde en mémoire de la période avant son immigration. Il se sent parfaitement intégré ainsi et souhaite apporter ce bien-être aux participants qui auront envie de faire part de leur propre expérience.

Julie n'a pas revu Alexandre depuis plus de quatre jours. Elle n'a reçu aucune nouvelle de lui, pas un courriel, pas un texto, pas un téléphone. Ce matin, après avoir conduit Pascal à la garderie, elle n'a pas résisté à la petite idée qui lui trotte dans la tête depuis la veille. Elle a installé son « système de navigation satellite[8] » et laissé la carte de celui-ci la diriger vers l'adresse que lui avait donnée Alexandre à leur première rencontre.

Maintenant, stationnée devant une petite maison coquette de l'Est de Montréal, elle imagine la réaction de celui à qui elle pense souvent lorsqu'il la verra…

Examinant les environs, elle s'étonne un peu de se retrouver dans un milieu de vie familial. Au bout de la rue, un parc d'amusement pour tout-petits, en face d'un restaurant dont la publicité vise directement ce groupe d'âge. À peine plus loin, collées les unes aux autres, les habitations simples offrent un environnement calme et agréable.

Le bref regard circulaire de Julie ne retient aucun détail. Concentrée sur la visite qu'elle veut faire, elle s'imagine déjà à l'intérieur de l'habitation dont l'adresse est la même que sur le papier chiffonné entre ses doigts.

En brique rouge, la façade de la demeure est surmontée d'un toit noir à peine élevé. Deux larges fenêtres blanches décorées d'une plaque de ciment gris laissent entrevoir de longs rideaux ajourés. Assise derrière son volant, Julie aperçoit une ombre en mouvement. Ses lèvres s'étirent aux images de son rêve : il est là, la surprise sera bonne !

Quittant l'auto, elle se dirige hâtivement vers la grande porte blanche au centre de la devanture. Ses yeux brillent et sa tête imagine sans cesse l'instant qui vient.

Elle est sur le point d'appuyer sur la sonnette lorsque la porte s'ouvre lentement. Suspendant son geste, elle attend, surprise.

— Oui ?

La voix du grand vieillard qui lui fait face est douce et ferme. Lui, où est-il ?

— Est-ce qu'Alexandre est là ?

— Alexandre ? Je ne sais pas, madame, je ne sais pas qui il est. Nous habitons ici depuis vingt ans... Vous avez certainement la mauvaise adresse, ici c'est le 4880... Quel numéro avez-vous ?

Julie a tourné le dos sans répondre, courant vers l'auto sans tenir compte de l'appel de l'homme interloqué. De sa main, elle froisse encore plus le bout de feuille sur lequel il avait écrit *4880*. Non, elle ne s'est pas trompée ; il lui a menti.

Nous avons rangé la cuisine, puis Magali s'est recroquevillée dans la causeuse de mon salon. Je me suis assise en face d'elle et j'ai pris un temps pour ressentir Ta présence en respirant profondément. Puis, j'ai continué :

— J'aimais beaucoup certaines de mes compagnes et nous avons passé ensemble de beaux moments. Il est arrivé que nous vivions des instants très difficiles. Non que les religieuses qui avaient soin de nous aient été mauvaises, je crois qu'elles faisaient sincèrement de leur mieux.

— Elles étaient injustes avec toi?

— Nous étions considérées comme des jeunes qui devaient être punies à cause d'un mauvais comportement antérieur. Alors, chacune, nous expérimentions le cachot, la solitude, la peur. Nous devions être «cassées». Ainsi, on nous imposait surtout un Dieu vengeur, omnipotent, omniprésent, qui nous châtiait en nous gardant dans ce couvent austère où nous perdions même nos prénoms. Nous étions persuadées qu'en un sens, nous méritions ce qui nous arrivait.

— Ils ne t'appelaient pas Marguerite?

— Aucunement. Pour eux, je n'étais plus la petite fille d'avant: je n'avais plus de prénom, plus de personnalité, plus rien sauf le devoir de supplier un Dieu rigoriste qui ne demandait en revanche qu'à me châtier.

Je vois dans les grands yeux de Magali à quel point mon récit la trouble et la remplit de compassion. Je ne lui fais pas mes confidences avec l'intention de la peiner. Je pense simplement que mon expérience vaut la peine d'être partagée. Je souhaite ardemment qu'elle en parle à Dyela. Je continue:

— Il arrive que l'on se crée un Dieu, un faux Dieu que l'on croit devoir faire connaître. Bien des êtres humains se sont fait prendre à inventer une divinité à la mesure de leurs propres idées, à la publiciser ensuite, à l'annoncer, à la décréter, à l'imposer, à l'ordonner, à l'infliger aux autres. N'est-ce pas ce qui a été fait souvent jusqu'à rendre négative l'idée même d'une possibilité de Dieu? Je me suis régulièrement posé la question au cours des années qui ont suivi ma sortie de ce couvent.

— Tu en as parlé autour de toi?

— Je n'avais personne à qui en parler. Lorsque je suis devenue majeure, à vingt et un ans à l'époque, dans la chambre exiguë que je louais avec mon mince salaire de domestique, la solitude et la révolte m'ont journellement tenu compagnie.

— Si tu étais révoltée contre Dieu à ce moment, comment as-tu fait ensuite pour tenter de le rendre présent aux autres? se risque Magali.

— Humm, facile…

Mon rire dément mes paroles. Il m'a fallu du temps, de la recherche et des études.

— En théologie?

Ma mimique taquine refait surface, l'espace de quelques secondes.

Ce n'était pas une démarche très populaire dans ma jeunesse, mais je ne connaissais pas un moyen plus efficace pour Te chercher. J'ai étudié longtemps, à petites doses, puisque je devais également gagner ma vie.

— Mon choix était clair: ou j'enterrais définitivement l'idée même de Dieu, ou je cherchais une explication qui ait du sens dans ma vie!

∽

Tenant toujours la clé avec laquelle elle a ouvert la porte, Christiane entre chez elle en inspirant profondément. Le décor familier l'apaise. Elle a l'impression de reprendre le fil de son existence après une absence, une coupure. Silencieux, Jean-Sébastien la suit en portant son maigre bagage. Les traits tirés de l'homme laissent deviner les deux nuits de sommeil entrecoupées d'examens et de traitements et surtout d'attente, d'angoisse et d'abattement.

Les douleurs à la poitrine et le malaise général ont beaucoup diminué. Il lui reste la faiblesse et la sensation de nausée diffuse, accompagnés d'un accablement lui venant probablement du diagnostic qu'il a reçu: cancer du poumon. Une lourdeur l'a envahi aussitôt que les mots ont été prononcés. Cette pesanteur transparaît également dans l'expression de Christiane: Jean-Sébastien a facilement reconnu le faux entrain de sa compagne adorée. Sournois, il est apparu dès l'annonce du médecin et est demeuré présent entre eux depuis. Il est un obstacle, une séparation. Une autre raison de l'aimer: Christiane est terrorisée par sa maladie!

En plus, il a une amygdalite. C'est ce qui cause la fièvre et la nausée. Pour l'instant, il se sent assez mal en point et remet au lendemain le début de sa bataille. Il n'aspire vraiment qu'à dormir quelques heures.

Il suit sa compagne dans leur chambre et la laisse ouvrir le lit tandis qu'il se déshabille. Chacun d'eux a un spectre devant soi. Elle lui apporte la médication qu'ils ont prise au passage et il en profite pour la retenir.

Ils s'immobilisent ainsi : lui, maintenant allongé sur le lit ; elle, assise toute raide sur le rebord. La main de Jean-Sébastien entoure le poignet de sa conjointe.

J'ai mis mon tailleur en lin. Bien sûr, je déteste le repasser. En revanche, je ne peux résister à l'aspect élégant de cet ensemble bleu royal que je porte fréquemment avec un chemisier de dentelle blanc. Après tout, il faut bien montrer par notre toilette que le beau temps est arrivé, et il n'y a pas un meilleur moyen que de faire quelques courses après s'être mise belle.

Après le déjeuner, j'ai un peu poussé Magali à partir de chez moi. Je me suis confiée à elle pour que mon témoignage puisse l'aider. Je ne suis pas la seule à avoir expérimenté des années difficiles… Depuis un bon moment, j'ai compris qu'il fallait que je parte de cette période-là pour reconstruire ce qui avait été brisé. On ne peut pas balancer une trajectoire de vie sous prétexte qu'elle a été négative. Je crois au contraire qu'elle doit servir de repère pour soi et pour les autres. J'ai personnellement beaucoup tiré de tout cela et, ayant vu la richesse à saisir, il me reste à la partager.

Cher Dieu, de Magali, mon histoire ira certainement à Dyela pour me revenir encore, si j'ai un peu de chance. Nous en parlerons. Dyela doit cesser de s'en demander autant, quelles que soient les expériences qu'elle a vécues. Je la trouve très dure avec elle-même, cela me désole. Ne voit-elle pas les nombreuses qualités qu'elle possède ?

« Si tu savais le don de Dieu… », avait dit Jésus à la Samaritaine… Qu'ignorait donc la Samaritaine et qu'est-ce que nous ne savons pas? Que Tu la connais, que Tu me connais, moi, me reconnais dans toute ma spécificité, dans ma diversité, mon intimité...

Tu me dis: «Depuis le début, j'étais auprès de toi... Depuis, avant ta conception, j'ai le souci de toi et tu ne t'en doutes pas...»

L'amour brise notre isolement, ton amour, Dieu, nous garde en relation... Tu me connais et me reconnais sans masque: la Samaritaine n'a même plus besoin de cacher ses cinq maris!

Pourquoi est-ce si important pour elle d'entrer en relation avec Jésus? Parce qu'en percevant le regard d'amour qu'Il pose sur elle, elle entre dans son univers à Lui, et «devient» Celui qui l'aime.

Voilà pourquoi Tu es en nous!

Malheureusement pour nous, l'amour ne peut être découvert qu'en le vivant. Jésus entre dans notre univers comme il est entré dans celui de la Samaritaine en lui demandant à boire. Il nous renvoie un reflet parfait de nos propres expériences d'aimer et d'être aimé. Lorsque je me sens aimée, j'ai l'impression de boire à une source: comme j'aimerais que Dyela comprenne cette expérience de l'eau qui coule sans arrêt tel un amour éternel! L'eau pure, pleine de vie, ton don gratuit! Parfois notre cœur ne s'ouvre que lorsqu'il n'en peut plus, lorsqu'il a pleuré toutes ses larmes, ou après cinq maris comme la Samaritaine.

Prise dans mes réflexions, je ne suis pas tout à fait attentive à l'endroit où je pose mon pied alors que je commence à traverser le boulevard des Trinitaires pour rejoindre la rue Hamilton. Il y a une petite crevasse dans l'asphalte. J'ai été un peu lente et le feu de circulation est sur le point de tourner au rouge.

Trois secondes, marque-t-il. Je dois me dépêcher.

Mon pied n'arrive pas à éprouver la solidité du sol. Il hésite, tremble un peu et s'essaie. Ma cheville tourne. Le feu vert passe au rouge. L'auto qui venait a ralenti, pour accélérer subitement au changement de couleur.

Deux secondes, indique le feu de circulation.

Je suis stressée. Généralement, traverser ce boulevard m'inquiète. J'hésite en me trouvant un peu ridicule. Voyons, on me laissera amplement le temps.

Une seconde.

L'automobiliste n'a rien vu. Il est un peu pressé.

Je fais un pas, ma cheville tourne.

Son accélération s'accentue.

Je tombe. La douleur m'aveugle.

Des pneus crissent. Mes lèvres laissent passer un appel, un gémissement.

La douleur m'aveugle.

Puisque tu
m'accompagnes

La conscience, c'est d'abord l'âme. L'esprit, l'intelligence, la
volonté feront ce qu'ils pourront sous elle, après elle, d'après elle.
L'âme n'a pas d'idée précise et circonscrite[9].

La pièce où elle est entrée bénéficie de la climatisation centrale de
tout l'édifice. Dyela le regrette un peu. La nervosité qui l'habite la
rend frileuse. À l'accueil où, comme convenu, elle a demandé Zakaria, il est venu l'accueillir chaleureusement. Il lui a fièrement fait
visiter les locaux du journal avant de l'installer à cet endroit en lui
disant qu'il allait chercher son supérieur. La jeune femme croit que
la rencontre avec ce dernier s'est bien passée. Elle n'a duré qu'une
vingtaine de minutes.

Comme dernière étape de sa visite, elle attend avec impatience le
retour de Zakaria, espérant qu'il lui apportera de bonnes nouvelles.

— Tout est allé comme je l'espérais, commence le jeune Marocain en entrant dans la pièce.

Son enthousiasme est contagieux, et Dyela, avide d'en savoir
plus, sent monter sa bonne humeur. Elle écoute les informations
et se sent grandement encouragée. Elle travaillera à temps plein et
sera bien rémunérée. Elle remplacera la réceptionniste en poste, qui
lui a déjà offert son aide durant les derniers jours qu'il lui reste à
travailler.

— Merci, Zakaria, commence-t-elle, sincèrement reconnaissante.

— L'islam, rétorque-t-il, incite les croyants à l'entraide et à la coopération. Bref, à faire de bonnes œuvres. Selon moi, notre lieu de vie nous rapproche déjà, il nous invite aussi à nous soucier les uns des autres.

— C'est la première fois que tu me parles de ta foi...

— Ma foi est au centre de mon existence, Dyela. Cela ne m'empêche pas de trouver agréables les moments que je passe avec ceux qui vivent une autre foi.

— Nous apprenons les uns des autres, reprend Dyela, je sais que j'apprendrai beaucoup au milieu de vous...

Jean-Sébastien a dormi quelques heures. Lorsqu'il s'éveille en début d'après-midi, il sent le regard de Christiane sur lui avant même d'ouvrir les yeux. Comme un soldat en faction, elle ne semble pas avoir bougé. Égarée dans un rêve éveillé, la vulnérabilité recouvre l'expression de son visage comme un voile de mariée. Il ne l'en aime que plus tendrement à cet instant de leur vie; il lui faut ouvrir la valve et laisser passer le surcroît d'inquiétude et de peur.

— Parle-moi, murmure-t-il.

Les deux mots provoquent un tumulte dans le cœur qui les reçoit. Depuis la course vers l'école, la designer a accumulé un lot de paroles non dites, d'inquiétudes, d'anxiété, de blessures. Au fil des heures, ce bagage d'émotions a été enfoui en elle, brûlant comme un feu, laissant monter un désarroi inavouable.

— Je ne sais trop quoi te dire, répond-elle sur le même ton.

— Moi, je sais.

La voix de l'homme est rauque mais ferme et décidée. Il débute par ce qu'on leur a dit, leurs certitudes, les résultats d'examens, les prochains rendez-vous, les premières opinions émises. Il enchaîne sur son mal physique, les semaines de secrets pour ne pas blesser ou inquiéter inutilement.

D'abord surpris lorsqu'il la voit réagir, il finit par comprendre : elle s'est sentie mise à l'écart, tenue à distance. Le téléphone de la collègue a marqué un tempo différent dans sa façon à elle de conjuguer leur duo. Cette cadence qui les a menés à une nouvelle fulgurante.

— Je ne voulais pas t'inquiéter, explique-t-il, sachant bien que, finalement, il l'avait blessée.

— Que me cacheras-tu maintenant des étapes de cette maudite maladie?

— Rien, jamais plus rien, souffle-t-il, nous la combattrons ensemble.

Et cette promesse les rassure tous les deux.

$$\sim$$

« LUI »

Je ne me rappelle pas le moment exact où j'ai su que je vivais une télésérie. Je veux dire qu'un jour j'ai eu la conscience que j'avais tout faux. J'ai réalisé au fond de moi que mes prières ne me gardaient pas du mal ou de la tentation, n'avaient d'aucune façon empêché la sève de remonter en moi jusqu'à mes rêves éveillés. Elles ne me préservaient pas des pensées impures qui m'arrivaient soudainement, à tout moment, alors que j'avais cru aplanir mon quotidien à coups de bonnes œuvres et de prières.

Ce jour-là, j'ai expérimenté le gouffre. J'y suis tombé encore et encore, de façon interminable jusqu'à hurler mon cœur, mon âme entière. Ce jour-là, j'ai su que Dieu ne me préservait de rien. Avant ces moments épouvantables, je croyais qu'il me gardait, moi, de façon particulière. En fait, j'avais évalué naïvement qu'il était différent pour moi; moi, l'unique, le contemplatif, le spirituel.

Ces qualificatifs élevaient un mur entre l'humanité « normale » et moi-même, je la savais m'observer, crachant, bavant d'envie et, au fond de moi, je me sentais autre, tellement autre.

L'instant exact où j'ai réalisé que je m'étais jeté de la poudre aux yeux toutes ces années, j'ai cru vraiment toucher l'enfer. L'image de Dieu, qui m'avait porté si haut dans la hiérarchie des gens à part, s'effondrait, m'emportant avec elle. Je devenais déçu, moins croyant, athée.

Un besoin irrépressible d'un autre dieu s'élevait en moi, me secouant jusqu'aux entrailles, jusqu'à me faire vomir la vie que j'avais eue.

❦

Plus faible qu'en matinée, le soleil de mai risque quelques rayons, incapables de revigorer le parc Angrignon et ses alentours. Magali marche d'un pas régulier sur le boulevard des Trinitaires. Elle a décidé d'abréger sa promenade et de retourner chez elle se changer avant de rejoindre ses amis au centre-ville de Montréal. Au préalable, elle s'arrêtera chez Marguerite pour reprendre le chandail qu'elle a oublié ce matin. Autour d'elle, le printemps craintif fait semblant de s'installer alors que la fraîcheur hésite à lui laisser la place ; le vêtement sera utile encore ce soir.

La jeune femme rattrape pratiquement le coin de la rue d'Aragon lorsqu'elle aperçoit l'ambulance. Un peu désolée pour la personne que l'on installe sur la civière, elle regarde d'un œil absent les manœuvres des ambulanciers. Ils semblent serrer les sangles autour du blessé emmitouflé dans l'habituelle couverture rouge.

Une mèche de cheveux blonds attire soudain son attention. Répandue sur le chaud lainage pourpre, la boucle dorée assez mince ramène d'un coup les idées en cavale. Magali, en alerte, presse le pas machinalement. Elle rejoint le camion de secours alors que les deux hommes glissent la civière à l'intérieur.

— Marguerite ?

— Oh, Magali, répond une toute petite voix, je me suis tellement fait mal à la cheville que le souffle me manque.

— Attends ! Je viens avec toi !

À l'arrière de l'ambulance, Marguerite, maintenant rassurée, a posé sa main sur celle de sa jeune amie.

❦

Elle ne l'a pas laissé entrer. En fait, elle tient la porte à peine entrou-verte et s'appuie dans l'espace, l'empêchant de s'infiltrer dans son intimité. Son air buté n'aide en rien l'homme qui tente de trouver un moyen de s'insinuer dans l'embrasure de sa maison, de sa vie. Il avait si bien entamé leur relation. Il l'avait sentie en confiance, prête à avancer. Maintenant, il risquait de tout perdre et ne le voulait absolument pas. Ce rapport entre eux, rapport de forces favorables sur le point de devenir intime, il le désirait de tout son corps. Il aime déjà. Il a appris à aimer.

Actuellement, il réalise l'étendue de l'erreur qu'il a faite. Il a bougé le mauvais pion sur l'échiquier de la drague et il glisse sur le serpent dans le jeu d'échelle de son enfance.

— Julie, laisse-moi une chance.

Son ton plaintif camoufle sa volonté qui, elle, s'érige en maître, prête à empoigner une seconde fois. Pour ne plus lâcher.

— Je ne voulais pas te mentir, je n'ai pas réfléchi, j'étais si mal à l'aise…

— Maman?… Viens-tu?

La petite voix péremptoire arrive peut-être de la cuisine, ou de la chambre d'enfant au fond du corridor, Alexandre ne pourrait le dire. Trop occupé par sa chasse du moment, il souhaite seulement qu'elle demeure lointaine.

— J'étais extrêmement embarrassé…

— De quoi?

— Maman?

— L'endroit où j'habite est si…

Il cherche ses mots, elle lui cherche une excuse. Dans un jeu de ballet d'initié, il avance d'un pas, elle fait le reste pour lui. Le chat attend que la souris s'installe d'elle-même entre ses pattes.

— Tu sais bien que le décor ne compte pas, dit-elle, déjà attendrie par sa propre supposition.

— Maman…

— Reste dans ta chambre, Pascal, ta sieste n'est pas terminée!

Les bouches avides se rencontrent. Les déceptions et les reproches sont annihilés.

Ah, mon Dieu, je suis épuisée. Il est environ une heure du matin. Dans le taxi qui nous a ramenées, Magali et moi, j'ai cru m'endormir plusieurs fois. Maintenant, au contraire, je me sens on ne peut plus éveillée et je soupçonne que les médicaments que j'ai reçus sont la cause de ces changements. Comme on m'a fabriqué un plâtre avec talon, je clopine laborieusement du taxi à la porte d'entrée, aidée d'une canne. On m'a bien spécifié que je devrai marcher le moins possible au cours des prochaines semaines. J'obéirai à la lettre ; j'ai une entorse grave, m'a-t-on dit.

Le hall d'entrée de mon immeuble me paraît accueillant et frais à l'instant où Magali m'en ouvre la porte.

— Viens t'asseoir quelques minutes avant de monter, me suggère la jeune femme, qui m'a suivie partout depuis mon parcours en ambulance.

J'acquiesce et je m'installe dans le fauteuil qui jouxte l'ascenseur. Mes yeux regardent fixement les portes et je les vois s'ouvrir avec étonnement. Christiane en sort et, aussi ahurie que nous, s'aperçoit de notre présence.

Malgré ma fatigue, l'abattement de ma voisine ne passe pas inaperçu. Ses questions sur mon état de santé sont sincères, mais lorsqu'elle se laisse tomber dans le fauteuil à côté du mien, je les élude de la main. Elle ne résiste pas et nous raconte les nouvelles concernant la maladie de son mari, en laissant les larmes couler le long de ses joues. Magali s'installe à côté d'elle de façon à ce qu'elle soit au centre et que le rempart que nous lui faisons de nos corps l'entoure le mieux possible. Nous demeurons en silence durant un bon moment.

C'est ainsi que Zakaria nous trouve. Il a repris son rôle de concierge pour la soirée et a terminé tard. Alors qu'il nous jette un coup d'œil préoccupé, je sais que sa discrétion l'empêchera de nous poser des questions. Il se contente de s'asseoir sur le bord d'un fauteuil pour nous dire à sa façon qu'il est avec nous.

À cause de Pascal, Alexandre a dû quitter Julie au début de la nuit. Il s'est arraché aux draps chauds, aux bras de son amante, à son petit triomphe, à son emprise sur elle encore plus grande depuis les dernières heures. Même s'il n'est pas vraiment heureux d'affronter les rues désertes à cette heure de la nuit, il reconnaît l'étape majeure qu'il a franchie durant cette soirée. Il s'avoue toutefois que son faux pas a été une énorme maladresse et que pour rien au monde il ne doit s'absenter plusieurs jours sans téléphoner. Il pense faire livrer des fleurs, ou laisser dans son sillage quelques marques d'attention.

Lorsqu'il appuie sur le bouton de l'ascenseur, un petit sourire victorieux prend naissance sur ses lèvres. Julie s'abandonne à lui et s'efforce d'arrimer toute son existence à la musique dont il est le maître d'œuvre. Elle se fond sur lui, rive ses jours aux siens, désire se couler comme une eau, épouser ce qu'il est.

Alexandre ne lui veut vraiment aucun mal. Au contraire, il souhaite s'immiscer dans son quotidien pour éliminer sa propre solitude et son mal de vivre. Il a grand besoin de mener lui-même le jeu de leur relation. Autrement, sa propre vulnérabilité menacera encore de le détruire.

Alors qu'ayant atteint le rez-de-chaussée, les portes d'ascenseur s'ouvrent, il reste quelques instants interdit : à moins d'un mètre de lui, un homme est assis, immobile, tandis que trois femmes se tiennent les unes aux autres.

Toi, Tu le sais, Dieu, j'ai quasiment envie de prier là, dans le hall d'entrée de mon immeuble, au beau milieu de la nuit. Oui, je sais, c'est assez inaccoutumé comme idée, mais un accident, une annonce de maladie, un homme aussi dévoué qu'authentique et une belle jeune femme ne sont-ils pas autant de motifs ?

Quand les portes de l'ascenseur s'ouvrent, je suis étonnée d'y voir apparaître un parfait inconnu. Oh, disons que je me reprends : un étranger en sort. Malgré cela, il me rappelle quelqu'un. Un souvenir vague, indéfinissable mais présent.

Ses cheveux noir de jais se font plus rares sur le dessus du crâne et bouclent légèrement aux oreilles. Ses yeux profonds, aussi sombres que sa chevelure, s'enfoncent légèrement dans leurs orbites. Sa barbe en collier poivre et sel cache à peine une mâchoire carrée et un menton troué d'une fossette. De taille moyenne, il est plutôt bel homme si ce n'est cet embarras ambigu qui se dégage de sa personne entière et me touche directement au cœur. C'est de ce dernier point que je me souviens le plus. Qui était-il donc ?

À ma vue, il semble déstabilisé. A-t-il, lui aussi, cette impression indéfinissable ? Il s'avance jusqu'à nous et me regarde.

— Il est inhabituel de rencontrer un groupe assis dans l'entrée d'un immeuble…

Ses mots sont hésitants et son malaise évident. Christiane se lève comme pour faire diversion :

— Vous avez raison. Vous venez souvent ici ?

— Euh oui, enfin non, j'étais en visite.

Devant notre silence, il continue :

— Je suis allé chez Pascal et… Julie… Nous… avons soupé ensemble.

Soudain, la lourde porte se met à grincer et un bruit dans le vestibule nous indique qu'une personne est entrée. Décidément, il y a un regroupement fortuit dans notre immeuble, cette nuit !

Lorsque Dyela se montre le bout du nez, j'ai presque envie de rire : mes quatre amis et un étranger, quelle aubaine ! La nouvelle arrivée marque un temps d'arrêt devant son comité d'accueil, ce qui a pour effet de vraiment dérider l'atmosphère.

— J'étais allée voir un film qui s'est avéré beaucoup trop long. Ah, Marguerite, s'exclame-t-elle en me regardant, que t'est-il arrivé ?

Je résume et me sens un peu mal à l'aise à mon tour. J'ai eu un accident, mais Christiane a une inquiétude beaucoup plus importante. La situation actuelle m'empêche de ne prendre soin que d'elle. Toutefois, j'aimerais tant apaiser son angoisse…

Finalement, je me lance, je ne connais qu'un moyen. Tant pis si j'ai l'air de commencer à perdre la carte.

— Durant mon passage de quelques heures à l'hôpital, je me suis mise à penser à nos fragilités, la mienne, la vôtre, fragilités humaines dans notre monde...

— Tu veux dire que l'on préférerait devenir invincible au lieu d'être comme un roseau courbant au moindre vent?...

Venant de Christiane, la remarque est reçue différemment par le trio qui a entendu ses confidences quelques minutes auparavant. Magali entoure ses épaules de son bras et je continue:

— Pouvons-nous ensemble, maintenant, prendre le risque de nous intérioriser? Je ressens le besoin de prendre contact avec la partie profonde de mon âme que j'appelle Dieu mais que vous pouvez nommer autrement...

Je vois sourciller le nouveau venu. Néanmoins, il ne bronche pas. Comment se fait-il qu'il me rappelle quelqu'un et que je ne puisse ni me débarrasser de cette impression ni la situer dans le temps? Je poursuis:

— Saisir cet instant en solidarité avec vous qui, sans que je l'aie demandé, avez été mis sur ma route aujourd'hui...

Je parle très doucement, juste assez fort pour que personne n'ait à tendre l'oreille. Prier en groupe, c'est ce que j'ai trouvé de mieux pour dire à Christiane, à demi-mots, que je suis avec elle dans cette inquiétude nouvelle à propos de Jean-Sébastien. J'ai vu le merci que ses lèvres ont formé, elle a compris mon message. Pourtant, je suis étonnée de la réaction des autres. Dyela a joint les mains discrètement et semble en prière tandis que, les yeux fermés, Magali régularise sa respiration. Elles se sont tenu spontanément les mains et nous avons suivi, Christiane et moi. La disponibilité ne naît que dans le silence et avec la liberté, c'est ce qui me monte au cœur lorsque Zakaria s'unit à nous. L'inconnu est demeuré à l'écart, mais semble calmé. Notre ami lui a tendu spontanément la main.

J'ai conscience de vivre un moment unique. Je sais que mon âge me permet d'inviter les gens à prier. Je laisse monter ma prière pour chacune des personnes présentes, goûtant ce moment inhabituel, cette occasion intense et vraie. Dyela nous a annoncé sa grossesse.

Ne porte-t-elle pas, comme Julie, comme plusieurs de mon entourage, une des nombreuses fragilités humaines devant l'autorité sociale d'un milieu privé de profondeur ? Fragilité d'un malade, d'une personne enceinte, d'une personne plus âgée pleine de bonne volonté, d'une société en quête et en manque de sens, d'une femme en deuil, guettée par un danger.

Je Te sais présent au milieu de nous, Dieu, que je n'ai même pas nommé. N'es-Tu pas Présence dans l'intime de nos êtres ? N'es-Tu pas attente, dans cette société où on Te croit absence ?

Nous ne saisissons que des traces de Toi, nous disait sans cesse un professeur de théologie. Des traces de Toi dans une population inconsciente de son besoin de Toi, et qui cherche à l'extérieur d'elle-même ce qu'elle trouverait facilement si elle fermait un instant les yeux... On ne peut pas ne pas voir comment les gens cherchent un fil conducteur signifiant dans tout... Comment remplissent-ils leur vide de sens dans le fouillis de notre planète ?

Alors que mon petit groupe commence à entrouvrir les paupières, Zakaria se racle la gorge discrètement :

— C'est la première fois que je prie notre Dieu avec des non-musulmans et je vous en remercie.

Il semble ému. J'aurais envie de lui faire la bise. Bien sûr, nous partageons le même Dieu. Bien sûr...

Je me tourne vers lui du mieux que je peux, empêchée par mon plâtre. J'ai le temps de voir son chaleureux sourire et de remarquer l'intérêt qu'il a suscité dans notre groupe avant qu'un formidable vacarme retentisse dans le hall d'entrée. Dans les secondes qui suivent, mes compagnons et moi sommes figés sur place et observons, ébahis, le mur devant nous s'écraser partiellement, emportant avec lui les meubles de coin et notre vestibule, dans un remarquable éclatement de briques, de plâtre et de poussière.

En quelques secondes, nous apercevons ce qui nous semble être le devant d'une auto et... reprenons notre souffle. Notre paralysie s'estompe, remplacée par un regain d'activité : Zakaria et Magali se ruent à l'extérieur tandis que Christiane attrape le téléphone et que Dyela enjambe les débris pour atteindre la partie de l'auto entrée dans l'immeuble. Par le pare-brise, elle me dit avoir vu une main aux ongles rouges. Ensuite, elle me crie qu'elle ne peut atteindre la femme.

Après m'être levée péniblement pour tenter d'apporter mon aide d'une façon ou d'une autre, je note que l'ami de Julie s'éloigne à grands pas de notre édifice abîmé.

Éveillé en sursaut, Jean-Sébastien, nauséeux, hésite à se mouvoir. Son cœur bat à tout rompre; quel est ce bruit d'enfer et cette secousse démesurée faisant trembler le condo? Malgré l'incertitude, il s'oblige à faire des gestes lents pour ne pas aggraver sa nausée. Il aurait pu se passer de l'amygdalite... Il saisit sa robe de chambre et son porte-monnaie, et se dirige vers l'ascenseur. «Christiane, où est Christiane?»

Il se rend compte assez vite que l'ascenseur ne peut être utilisé et s'oriente vers les escaliers au moment où le détecteur de fumée de l'immeuble retentit.

«Christiane?» s'inquiète-t-il intérieurement. Où était-elle donc, à cette heure de la nuit?

Il descend l'escalier le plus vite qu'il le peut et ne s'arrête qu'au moment où il aperçoit sa silhouette près du téléphone central. Autour d'elle, un décor de mauvais film rassemble ses voisins dans un amas de débris et de flammes. Se sentant au centre d'un cauchemar, il s'interroge, s'alarme, s'émeut. Il ne laisse aucune parole franchir ses lèvres. Il avance vers elle, le visage marqué par la préoccupation.

Le bruit de la sirène des pompiers s'élève au moment où il la prend dans ses bras. Leur étreinte vaut toutes les paroles du monde; elle est également chargée des non-dits des derniers jours. Leur situation actuelle, celle de chaque personne qui les entoure, ramène les gestes que l'on évite parfois, pris dans la charge du quotidien et la routine des responsabilités. Ils ne se regardent que quelques secondes. Christiane sait déjà qu'une mort rôde près d'eux, lui rappelant la peur d'une maladie que l'on croit encore et encore être terminale. En dépit des avancées de la science.

— Non, chuchote-t-elle, ce ne sera pas toi, pour tout l'or du monde, pour les cent mille ans à venir.

Et il ne comprend pas l'allusion.

Les pompiers entrent dans le hall et expliquent qu'ils utiliseront les câbles d'une remorqueuse pour retirer l'automobile de l'immeuble. Ils ne disent pas un mot sur la passagère et, pressentant la nouvelle, aucune des personnes présentes n'a le courage de poser de questions.

En entendant le bruit terrible de l'impact, Pascal a couru vers la chambre de sa mère en hurlant. Mal éveillée de son rêve, cette dernière cherche son amant des yeux plusieurs secondes avant de réaliser qu'il n'y a que son fils près d'elle et qu'il a besoin de toute son attention.

Dans un moment de rare tendresse, peut-être guidé par la peur, elle le serre sur sa poitrine tout en caressant ses cheveux. L'enfant savoure ces secondes de pur bonheur et suit sa mère docilement. Ils prennent l'escalier à la hâte et se retrouvent à leur tour au centre de l'entrée béante, qui a recommencé à cracher plâtre et morceaux de briques à mesure que l'auto tirée par-derrière laisse à sa suite une grande plaie lézardée.

Devant le spectacle inusité qui se donne à voir, Julie se pétrifie soudainement. Ses yeux s'arrondissent au même moment que sa main, quittant celle de son fils, remonte sur sa bouche, la cachant totalement, telle une toile épousant sa peau. Son cerveau tempête à l'intérieur d'elle et laisse tomber sur son cœur des images en bourrasque de son passé récent. Elle revoit en quelques secondes l'urne mortuaire, son amant de la nuit, l'inquiétude, le doute et l'affolement lors des dernières heures d'Édouard, le flirt d'Alexandre et toutes ses promesses, la jolie maison et le vieillard étonné, le complexe funéraire et Édouard, encore Édouard, mais en santé.

Le cri qui monte du plus profond de ses entrailles n'en finit plus de résonner. Il fait trembler les personnes effarées autour d'elle. Lorsqu'elle s'étend sur le sol, telle une poupée de chiffon, la vibration de sa plainte retentit encore aux oreilles de chaque témoin.

Être témoins

Parole de Dieu dans le cosmos, Parole de Dieu dans le prochain, Parole de Dieu dans les kairos[10] des individus et des peuples; Parole de Dieu dans le christianisme et les autres religions. Il est important de mettre ces différentes manifestations de la Parole de Dieu en lien avec la parole divine en moi. C'est dire que les différentes Paroles de Dieu qui se disent en dehors de moi peuvent servir de remparts contre la tentation de faire parler la voix intérieure dans le sens de mes caprices. La Parole de Dieu en moi n'est que le balbutiement d'une immense parole qui prend forme dans le monde[11].

Cher Dieu… Les ambulanciers sont venus à l'immeuble du boulevard De La Vérendrye, au coin du boulevard des Trinitaires. Je les regarde partir emportant une Julie que Magali accompagne, retournant à l'hôpital une seconde fois dans la même journée. J'ai l'impression qu'il fait froid et je resserre mon châle autour de mes épaules. Je suis fatiguée… Une grande lassitude m'accable lorsque je regarde le petit Pascal, complètement abandonné sur l'épaule de Dyela et pleurant sans bruit.

Avec cette dernière et Zakaria, nous avons décidé d'insister auprès de Christiane et Jean-Sébastien afin qu'ils retournent chez eux le plus rapidement possible. Nous pourrons à notre tour nous éloigner: la jeune femme dans la Kia est décédée, comme nous nous en doutions tous. Il semble qu'elle ait planifié cette fin, choisissant de mourir par un excès de vitesse et une brisure violente et destructrice. La morgue est venue la chercher et je me suis sentie extrêmement triste pour cette enfant perdue… On nous confirmera probablement quelques détails dans les jours à venir, mais quelles informations pourront vraiment expliquer la désespérance d'une enfant? Heureusement, Tu seras là pour elle désormais.

Malgré l'heure indue, Zakaria a fait plusieurs téléphones. Il tient sans la voir la feuille remplie par un agent de police: *Dommage à propriété*. Quelques minutes plus tôt, je l'ai moi-même regardée, lisant délibérément autre chose: *Dommage à une petite fille, dommage à un être humain fragile, dommage…* Comme une chose fâcheuse, regrettable… Notre société parfois inhumaine enfanta des êtres qui cherchent la mort, dommage.

Les épaules voûtées, je suis Dyela et les petits qu'elle porte: celui en son sein et l'autre sur son sein…

∽

— Tout semble toujours facile pour toi…

Magali grimace, s'étonnant de la remarque de Julie. Le jour commence à poindre. La jeune femme a eu son congé de l'hôpital après les examens d'usage. On lui a remis un papier de consultation avec un psychologue. Depuis qu'elle a repris conscience, elle a profité de ses instants d'attente pour étudier sa compagne. Comme à son habitude, elle a supposé très vite que la vie de Magali, plus jeune qu'elle d'une dizaine d'années, a été aisée et limpide. À son avis, les autres ont toujours tellement de chance. Incertaine de sa valeur, narcissique et obstinée, Julie se perçoit toujours comme malchanceuse.

Le jour n'arrive pas à se lever et un soleil à peine éveillé s'évertue à émerger d'une escadrille de nuages organisant avec méthode un matin sombre et embrumé. Juin s'apprête à naître sous la pluie.

— Qu'est-ce qui te fait dire cela?

Fidèle à son tic, Julie cligne des yeux en un réflexe irrépressible, ses doigts s'acharnent sans ménagement sur le mouchoir en tissu qu'elle a gardé à la main. Elle éprouve encore au fond d'elle-même le tressaillement de la nuit. La vision du hall d'entrée, de l'auto, de la personne que l'on disait morte. Elle sent ses yeux se mouiller encore une fois et s'agite sur son siège alors qu'ils papillotent de plus belle. Pour elle, perdre quelqu'un, c'est comme se perdre soi-même. Elle a perdu Édouard et éprouvé ce manque une seconde fois hier en voyant le tableau terrible qui s'étalait devant elle au rez-de-chaussée de son immeuble… À cet instant exact, elle a été envahie par la peur panique d'être dépossédée également d'Alexandre. Cette nouvelle relation si parfaite ne peut en aucun cas disparaître de sa vie… Alexandre ne pouvait périr du fait que, contrairement à Édouard, elle l'aimait vraiment.

Au fond, elle désirerait aussi risquer une amitié avec Magali, malgré leur différence d'âge. N'a-t-elle pas besoin d'une oreille attentive pour l'écouter ? Peut-être, mais elle n'est pas prête à écouter elle-même, à donner ; elle a véritablement besoin au contraire que les autres le fassent pour elle…

— Je ne sais pas, répond-elle en haussant les épaules. Merci de m'avoir accompagnée.

Dans le taxi qui les ramène, Magali se questionne sur les gestes à poser pour établir entre elle et Julie un contact qui puisse être favorable à sa camarade. Ne trouvant rien de constructif après la nuit agitée qui tire à sa fin, elle décide de remettre à plus tard sa réflexion à ce sujet.

Ils ont dormi tard ce matin. Levé depuis peu, Jean-Sébastien a pris un soin particulier pour décorer la table du déjeuner. En plaçant les croissants près de la confiture, il se redit à quel point il veut miser sur les acquis au lieu de se laisser sombrer dans l'appréhension et la morosité. Les antibiotiques régleront assez vite son amygdalite. Pour le reste, il est prêt à se battre.

Il en est à verser le café dans les tasses lorsque Christiane le rejoint. Il la regarde et laisse monter en lui cet amour qui le fait vivre depuis tellement d'années. Voilà la raison et la source de son combat. Il sent la douleur dans sa poitrine. Sa main se pose sur la région douloureuse tandis que son visage ne laisse rien paraître. Elle s'approche et il la prend dans ses bras. Le temps s'arrête pour eux durant de longues secondes avant qu'elle ne s'éloigne un peu :

— Parlons, dit-elle.

« J'ai peur. Toutefois, je suis capable de me battre si tu es là », pense-t-il. Tout haut, il reprend les affirmations du médecin.

Ils échangent leurs sentiments et pour ainsi dire toutes leurs craintes. Durant de longues minutes, ils se permettent de partager leurs pensées, ils établissent une manière d'être pour les mois à venir, les nouveaux jours chargés de soins, d'examens et d'attente. Ils établissent presque un plan d'équipe, se redisant encore et encore qu'ils auront besoin de savoir que l'autre ne cache rien.

Il reste quand même un zeste de non-dit dans chacun des cœurs.

Alors que le café refroidit dans les tasses, que les miettes des croissants commencent à sécher dans les assiettes, il dit quelques mots qui la laissent perplexe :

— J'aimerais avoir vraiment appris à prier…

Christiane ne sait quoi répondre. Elle hausse les sourcils, et lui continue sur sa lancée :

— C'est vrai, je suppose que dans une situation comme la mienne, il arrive que l'on veuille s'adresser…

Sa main a fait un geste flou vers le haut. Son regard songeur scrute le visage devant lui comme s'il détenait une réponse.

— On pourrait peut-être demander à Marguerite, qu'en penses-tu ?

Christiane acquiesce. Elle n'aurait jamais osé le suggérer.

Même si elle est conçue pour les plus grands, l'émission qu'il regarde plaît beaucoup à Pascal. Le samedi matin, Julie a donc trente minutes de répit. Cette semaine, ignorant l'eau savonneuse attendant déjà la montagne d'assiettes sur le comptoir de la cuisine, Julie s'étudie dans le miroir depuis dix minutes au moins. Immobile devant la glace, elle se remémore la conversation qu'elle a eue avec son médecin traitant au cours de sa visite à l'hôpital.

Pratiquement à la veille de prendre sa retraite, la professionnelle avait gagné la confiance de la jeune femme en un rien de temps. La malade en avait été surprise. Pour une fois, l'urgence n'était pas débordée, Julie avait donc eu l'occasion de demeurer plusieurs minutes avec elle. Elles avaient d'abord parlé de généralités, puis les questions avaient été plus personnelles : Julie s'était livrée en peu de temps, comme elle ne le faisait pas souvent. Le reste avait probablement été lu dans l'épais dossier... Ne revenait-elle pas à l'urgence plusieurs fois par année ?

Après la visite du médecin, l'infirmière était réapparue. Elle lui avait expliqué avec patience son besoin de plaire à tout prix, son envie exagérée de valorisation d'elle-même, son intense désir d'être le centre d'attention, allant jusqu'à utiliser la dramatisation, la théâtralisation et la séduction pour être sous les regards des autres. Elle avait étalé ses pensées égocentriques, soulignant les nombreux changements d'humeur dans ce qu'elle lui avait raconté. Elle avait ajouté que ses émotions s'avéraient extrêmement intenses. Or, elles ne duraient jamais. Elle avait même été jusqu'à dire qu'il arrivait fréquemment que Julie utilise son aspect physique pour attirer l'attention...

L'intéressée pouffe de rire. Aujourd'hui, son reflet lui renvoie une image assez positive d'elle-même. Elle irait probablement voir le spécialiste, comme on le lui avait conseillé. Et puis, rien ne pressait vraiment... On pouvait toujours lui dire qu'elle n'arrivait pas à maintenir ses relations, le seul lien qu'elle voulait vraiment voir perdurer est celui qu'elle entretient avec Alexandre... Elle serait prête à tout pour le garder, prête à briser toutes ses attaches affectives, même celles avec son propre fils !

— Veux-tu du lait, mon poussin ?

Dieu, Pascal déjeune avec nous ce matin. Lorsqu'il s'est éveillé, il est doucement allé s'asseoir au pied du lit de Dyela. Il attendait qu'elle se lève. Maintenant, il mange avec appétit tout en jetant un œil à ses dessins animés.

Pour ma part, je me sens un peu froissée. J'ai tenté de camoufler les contours bleu-gris de mes yeux causés par ma journée de la veille et ma nuit, mais je pense que mon cache-cerne ne fait pas de miracle… De temps en temps, je réprime un bâillement ou l'envie de m'étirer bruyamment et j'ai la fâcheuse impression de ne pas encore avoir les idées claires. Cela viendra probablement dans quelques heures. En sirotant mon café, je note distraitement l'affairement de Dyela. J'aime bien notre vie à deux. Ma locataire a toujours une attention pour moi et j'avoue que je trouve agréable sa présence réfléchie et tranquille.

Lorsqu'elle vient s'asseoir en face de moi, je me force à sortir de mes nombreuses pensées relatives aux derniers événements. Elle m'annonce qu'elle a été employée par le journal de Zakaria et avoue son soulagement d'avoir trouvé un travail régulier.

— Je serai la seule Québécoise du bureau et également la seule minorité visible, tu ne trouves pas cela curieux?

Non, je ne trouve pas. Je l'invite à expliquer sa pensée et l'écoute avec affection me dire combien la teinte de sa peau a déjà été une souffrance pour elle. Issue d'une famille à la peau blanche et ne voyant jamais son père, enfant, il lui a été difficile d'accepter sa carnation. Elle croyait que le teint pâle était synonyme d'élégance parce qu'elle n'avait pas de références de sa propre couleur à la télévision du Québec.

— Il y avait, bien sûr, les grandes chanteuses noires américaines. Puisqu'elles n'étaient pas québécoises, elles ne vivaient pas ma réalité et ne parlaient pas ma langue.

Dyela me confie à quel point elle s'est sentie différente dans sa propre famille blanche, n'ayant comme rappel d'identité qu'un père absent dont elle ne se souvenait pas. Ensuite, elle me dit tout bas, comme une honte, la peur qu'elle porte au sujet de son enfant à naître.

— Je voudrais lui éviter les grandes crises d'identité qui m'ont fait si mal, mais comment l'en soustraire, alors que sa conception a été aussi obscure?

J'hésite entre l'envie de m'approcher d'elle pour lui signifier mon affection et le besoin de demeurer parfaitement immobile pour ne pas couper le flot de ses confidences. Debout près de la table, me faisant face, elle semble comme à son habitude élégante, courageuse et déterminée. Ses longues tresses, rassemblées au niveau des épaules par un foulard de soie noire, dégagent un cou élancé et un port de tête digne.

J'approche finalement une chaise de la mienne, lui faisant signe de venir me rejoindre, ce qu'elle fait. Elle pose sa main sur mon poignet et précise qu'elle n'est pas malheureuse. Sa relation stable s'est terminée deux semaines avant qu'elle sache qu'elle était enceinte, me répète-t-elle. Elle avait la certitude que son enfant n'était pas celui de son amoureux, puisque ce dernier était en stage en France depuis plus d'un mois…

J'ai l'impression que nous approchons du drame de ma jeune amie. Toutefois, je ne le devine pas aussi triste qu'il l'est en réalité. Elle abrège ses confidences et les termine brusquement : l'époux de sa mère, celui avec lequel cette dernière demeurait depuis vingt ans, avait abusé d'elle un soir où ils étaient seuls. Alors que je réagis vivement, elle m'entoure les épaules de son bras, me consolant ainsi de la douleur causée par son propre drame.

Elle reprend son récit et me raconte leur côtoiement. Durant toute son enfance, l'homme avait été physiquement présent dans sa vie. Elle ne se sentait aucunement liée à lui, acceptant sa constance dans la vie de sa mère et gardant une distance prudente entre elle et lui.

À l'improviste, je la questionne :

— Pourquoi ?

— Parce que ma mère tenait trop à ce que naisse chez moi une affection pour lui…

Un soir, l'homme avait forcé sa porte, l'assurant faussement de la présence de sa mère à ses côtés. Lorsque Dyela s'était laissé convaincre de lui ouvrir sa porte, acceptant finalement la possibilité que sa mère les attende dans leur automobile, il avait été trop tard pour revenir en arrière.

Je ressens fortement le lien qui nous unit, ta Présence insoupçonnée.

— J'ai prié et pleuré durant des semaines, mais la paix est venue, me dit-elle d'une voix calme. Mon enfant naîtra et je me réjouirai de sa venue. La nuit dernière, les événements m'ont bouleversée, comme ils ont secoué chaque personne présente. Marguerite, pourrons-nous prier pour les morts et les êtres à venir ? Prier au présent, au passé et au futur…

— Oui, Dyela, nous prierons avec ceux qui en ressentent le besoin…

« LUI »

Durant la majorité de ma vie, dans le vase clos de mon existence, il a manqué la moitié de l'humanité. Il n'y avait qu'un seul modèle pour le représenter dans sa totalité. Un idéal parfait, sublime, irréprochable, extraordinaire. À la fois immatériel, évanescent et intouchable, ou fait de plâtre, rigide, ingrat, froid, austère et indifférent.

Lorsque je plaçais mes mains chaudes sur cet objet mythique, il m'arrivait d'être au bord des larmes tellement j'aspirais à ressentir la vie en lui. Au plus profond de moi, je désirais sentir le battement de cet objet glacé pour ne plus réaliser à quel point il demeurait impénétrable, obscur. Inaccessible.

La chose avait un nom. On la sanctifiait, l'idolâtrait. La chose, la statue. On l'appelait la Vierge.

Avec sa couronne d'or sertie de pierreries, alors que, de génération en génération, ses sœurs mouraient de pauvreté, elle paraissait indifférente à cette chaîne de femmes.

C'est vers ces dernières que je me suis tourné, sitôt enfui de ces environs qui m'enterraient vivant. C'est vers ces plâtres de chair, faits de sang qui coulait mensuellement en cette lignée, que je me suis perdu une seconde fois, m'enfouissant encore plus profondément dans le cloître de mon corps et au tréfonds du leur.

J'ai jeté par terre le modèle d'albâtre. Je l'ai foulé aux pieds.

En miettes, il n'était plus majestueux. Il ne m'en imposera plus.

Dieu, je les regarde arriver avec bonheur. Pour moi, c'est un grand jour, un temps de grâce et d'exaltation. Dès le début, je me suis donné comme rôle d'être rassembleuse et d'implanter une solidarité véritable et profonde dans ce condo, en dépit des divergences de chacun. Je me suis souvent dit que notre société moderne nie sa mémoire et ses attaches spirituelles à cause d'une espèce d'intolérance à ton sujet, causée par le trop-plein de déloyauté, de tromperies ou de méconnaissances dont chacun a entendu parler.

Aujourd'hui, j'ai l'occasion de partager mes réflexions les plus importantes puisqu'on a eu la gentillesse de me demander de prier.

Ils approchent et viennent me saluer. Dieu, ils ont choisi de vivre ce moment eux-mêmes. Je n'ai poussé personne. Je me suis seulement assurée d'être présente pour chacun depuis mon arrivée au condo. Dyela, Christiane et Jean-Sébastien m'ont demandé de célébrer avec eux... Ils ont également invité les autres à venir célébrer la vie, mais également la mort.

Souriante, Magali vient m'embrasser. Nous avons déjà prié toutes les deux. Je suis étonnée de voir qu'elle est suivie de Julie, tenant la main de Pascal. Impressionné par le décor, la présence des gens assis autour de la table, le petit ne parle pas.

J'ai tenté de penser à tout. Dyela m'a offert son aide. J'invite à la prière autour de ma table! Nous avons mis ensemble une belle nappe de dentelle, ajouté quelques fleurs et une croix. J'ai allumé les chandelles que Dyela a placées à chaque extrémité de la table. Elle a également mis un pain au centre, a ouvert le vin et installé les coupes, posé quelques grappes de raisin sur un plateau. Nous prierons d'abord ici et rejoindrons ensuite Zakaria pour la seconde partie de la prière.

Lorsque mes invités ont fait silence, nous avons pris quelques minutes pour nous intérioriser. Je t'ai demandé brièvement, Dieu, de m'éclairer afin que je parvienne à partager le mieux possible cette histoire d'une rencontre avec Jésus qui m'habitait le cœur depuis de longues semaines. J'ai ensuite pris la parole pour expliquer que je ne suis pas une prêtresse, que j'ai étudié la théologie de longues années, que notre prière n'avait rien à voir avec les sacrements de l'Église catholique. J'ai précisé qu'après la résurrection de Jésus, les femmes et les hommes qui l'avaient suivi ont désiré se souvenir de lui. Ils en avaient d'abord parlé comme on évoque quelqu'un de très cher qui nous a quittés.

— Ils ont pris l'habitude de se réunir dans une de leurs demeures. Ces habitations familiales étaient dirigées par des femmes. Elles étaient les responsables de familles, elles sont devenues responsables de communautés. Elles étaient chargées de voir au bon fonctionnement des maisonnées au niveau de l'argent, de l'alimentation, des serviteurs et de tous les autres secteurs nécessaires au bien-être de cette famille élargie. La communauté lisait des textes parlant de Jésus, rompait le pain et faisait mémoire de sa vie. J'ai préparé pour nous une célébration de notre foi semblable à celles d'autrefois, en souhaitant souligner que, sans tenir compte de ce que l'on entend parfois, des femmes ont présidé ces prières depuis le début de notre ère.

J'ai ensuite attendu que la paix s'installe en moi avant d'inviter tout mon monde à lire avec moi le récit de la Samaritaine. Ensuite, j'ai expliqué :

— Jésus attend quelqu'un. Il est fatigué. Une femme passe. Il ne la connaît pas. Est-il nécessaire qu'il fasse attention à elle ? Il engage délibérément le dialogue. Il fait le premier pas. La première façon qu'il a de s'intéresser à la Samaritaine est de lui demander quelque chose, puisque son amour a toujours besoin de réciprocité. Lui, l'homme et le Juif, s'adresse à la femme, la Samaritaine, l'exclue. Cette dernière acquiert donc un certain pouvoir face à lui : elle n'a qu'à ignorer sa requête et il restera sur sa soif, comme d'autres restent sur leur faim. Jésus, aujourd'hui, nous pose la question : Qui es-tu ? Je ne sais pas qui je suis. Je n'ai pas de mari, je n'ai pas d'appartenance, je suis exclue, perdue dans cette existence qui est mienne.

C'est vrai que souvent nous nous sentons perdus. L'événement du hall d'entrée a-t-il fait remonter cette insécurité que nous portons secrètement en nous-mêmes ? Les gens en recherche d'absolu vont vers des sectes qui promettent un monde meilleur et donnent l'illusion d'apporter un sens à leur vie. Ils ont eux aussi des rituels. Je ne sais pas qui je suis… Les disciples, par leur silence, contribuent également à l'exclusion de la Samaritaine. Nous aussi gardons souvent le silence devant l'injustice, puis-je leur dire cela ? Je préfère affirmer :

— Il m'a dit tout ce que j'ai fait. Par cette phrase, la femme se met en cause, avec courage, pour attester de la vérité qu'elle désire annoncer.

— Nous sommes souvent étrangers aux yeux des autres du seul fait que nous sommes différents, et cela peut devenir une souffrance...

Dyela a parlé sans lever la tête. En pensant à ce qu'elle m'a confié, ses mots me frappent fortement, mais je n'ai pas le temps de m'y arrêter.

— La maladie nous fait peur, remarque Jean-Sébastien. Elle nous pousse à nous refermer sur nous-mêmes.

— La rencontre d'un étranger, pour moi qui suis également étrangère, peut devenir un beau commencement, pour peu que l'on y mette un effort, fait remarquer Magali. Cette femme est enfermée dans un rôle que seule son histoire explique, Jésus ne la critique pas.

— Jésus attend quelque chose de cette femme qui croit qu'elle n'est rien. Sa soif éveille un besoin chez la Samaritaine, l'exclue, la mise à part... Quel est l'élément de ma vie qui me pousse à me sentir exclu ?

Je fais une pause pour laisser à mes compagnons le temps de s'intérioriser en repensant à Jésus et à la Samaritaine. Faire des liens entre leur vie et l'Évangile peut donner un sens aux événements difficiles à comprendre... Cela est arrivé lorsque j'ai comparé les événements de mon passé de jeune fille malheureuse dans un couvent à certains textes bibliques. La Samaritaine qui était mise à part à cause de sa nationalité, de son choix de vie, a rencontré un homme rejeté par les autorités de sa ville, incompris dans ses actions et fatigué, l'attendant près d'un puits. Rendre la Parole actuelle, c'est aussi faire des liens entre le récit et ma propre vie, et comprendre le message qui en ressort comme un cadeau personnel. Je me lève en faisant très attention à ma cheville et je m'approche de la table :

— Nous allons rompre le pain maintenant, tout en réfléchissant à ce que nous venons de partager. Alors qu'il s'était élevé contre le pouvoir dirigeant qui exploitait les indigents, et contre le pouvoir religieux qui faisait alliance avec le premier, Jésus savait qu'il s'était mis à dos les puissants de sa région. Il était conscient qu'ils voulaient le tuer et réussiraient. Lorsque l'atmosphère de la nervosité ambiante a été décuplée, il a réuni tous ses amis, hommes et femmes. Ces gens l'avaient suivi durant tout le temps de son enseignement, il ne pouvait mettre les femmes à part et n'avait aucune raison de le faire. Il avait le désir de leur laisser un message. À tous. Ils avaient souvent mangé ensemble et il a pris un geste simple à la portée de la compréhension de tous. Il a pris le pain et l'a rompu en expliquant que la déchirure, la plaie qui en résultait, signifiait ce qui allait advenir de sa propre vie qui serait déchirée parce qu'il avait été près des pauvres et des exclus; parce qu'il avait dit à chacun qu'ils n'avaient aucun besoin de gloire et de richesse pour s'approcher de Dieu; parce qu'il avait partagé l'Amour de Dieu jusqu'à se mettre à dos ceux qui voulaient le contrôler. Il a rompu le pain et a partagé chaque morceau, irrégulier, déchiré, lacéré, broyé. Il leur a dit que, chaque fois qu'ils reprendraient ce rituel en mémoire de son message de partage et d'amour, il serait près d'eux. Il leur a demandé de refaire cette action encore et encore pour se remémorer son don, son message, son amour toujours présent, actuel. Tant que la faim existe dans le monde, nos gestes demeurent incomplets. Jésus a faim dans le monde des affamés. Il ne vient pas à nous tout seul, mais avec les pauvres et les opprimés. Il n'exclut personne, jamais personne, puisque son amour est accueil. Il a connu le rejet et l'incompréhension. Pourquoi reprendrait-il à son compte ces rejets qui tuent?

Je me tais et je les regarde avec émotion. Je suis le témoin profondément touché de ce balbutiement de foi. Dieu, cette recherche de transcendance sincère me chavire. J'observe chaque personne qui, à ma suite, prend le pain, en fractionne une part qu'il offre à son voisin avant de lui remettre la miche dont une autre partie sera détachée pour le participant suivant. Je souhaite qu'ils se souviennent que chaque portion de pain rappelle la blessure de cet homme plus grand que nature ainsi que celle de chaque être humain, où qu'il soit, quel qu'il soit.

Lorsque le reste de la miche a été remis au centre de la table, je me prépare à accueillir leurs réflexions et leurs prières.

∾

Zakaria est content. Il sait qu'en ce moment les propriétaires des condos de l'immeuble et peut-être quelques amis sont réunis chez Marguerite pour une célébration chrétienne. Si elle était à côté de lui, Marguerite le corrigerait en spécifiant : pour une première partie de célébration. La seconde partie sera uniquement adressée à Allah, que les chrétiens appellent Dieu le Père. Il a préparé une table dans l'alcôve du hall. Quelques jours plus tôt, ce dernier a été fermé temporairement. Sa partie abîmée sera refaite au cours de la semaine suivante.

Les bougies brûlent déjà gaiement entre le coran et la bible. Le jeune homme a apporté un soin particulier aux feuillets qu'il a préparés sur le conseil de Marguerite. Il jette un œil satisfait aux minces livrets contenant à la fois des prières chrétiennes et musulmanes en se disant qu'il lui tarde de vivre cette prière commune avec des gens qu'il côtoie régulièrement.

Lorsqu'il sent une présence près de lui, il regarde machinalement sa montre : le petit groupe serait-il en avance ?

— Avez-vous vu Julie ?

Zakaria reconnaît l'homme qu'il a vu le jour où l'auto a défoncé l'entrée. Il est celui à qui il a tendu la main lorsque Marguerite les avait invités à prier. Le Marocain le trouve un peu particulier. Il se garde de le faire paraître ou de lui faire remarquer qu'il ne l'a pas salué.

— Elle arrive dans quelques minutes avec les autres propriétaires des condos. Ils ont fait la prière chrétienne chez Marguerite et viendront sous peu prier avec moi.

Voyant le visage perplexe de son vis-à-vis, Zakaria se demande s'il a bien fait de parler de prière. Sa surprise augmente d'un cran quand l'autre poursuit :

— Pourquoi priez-vous ? À cause de ce qui est arrivé ?

Devant la réponse affirmative, Alexandre insiste. Il explique qu'il veut savoir la raison réelle qui amène un être humain à prier. Ne comprenant pas vraiment d'où venait cette question abrupte sollicitant une réponse personnelle, Zakaria se lance simplement :

— D'une très grande importance, la prière est le deuxième pilier de l'islam. Elle permet au croyant d'exprimer son adoration envers Dieu, l'Unique Créateur. C'est un lien direct et sans intermédiaire entre l'homme et Dieu. Je sais que, pour le chrétien, c'est se mettre au diapason de Dieu. Pour lui, Dieu est présent et agissant dans l'actualité de sa vie.

— Est-ce que je peux rester ? demande l'autre sans relever un mot de ce qui vient d'être expliqué.

Zakaria acquiesce. Décidément, certains chrétiens sont difficiles à suivre !

∽

— Au nom de Dieu : celui qui fait miséricorde, le Miséricordieux. Louange à Dieu, Seigneur des mondes : celui qui fait miséricorde, le Miséricordieux, le Roi du Jour du Jugement. C'est toi que nous adorons, c'est toi dont nous implorons le secours. Dirige-nous dans le chemin droit : le chemin de ceux que tu as comblés de bienfaits ; non pas le chemin de ceux qui encourent ta colère, ni celui des égarés[12].

À ma suite, Zakaria lit les plus beaux noms de Dieu. Leur écoute servira au recueillement du groupe :

— Le Miséricordieux, le Souverain, le Roi, l'Infiniment Saint, la Paix, la Sécurité, le Salut, le Fidèle, le Confiant, le Surveillant, le Témoin, le Préservateur, le Dominateur, le Tout-Puissant, l'Irrésistible, le Superbe, le Créateur, Celui qui donne la mesure de toute chose, le Producteur, le Novateur, le Formateur, le Tout-Pardonnant, Celui qui ne cesse d'ouvrir et d'accorder la victoire, le Très-Savant, l'Omniscient, Celui qui retient et qui rétracte, Celui qui étend Sa générosité et Sa miséricorde, Celui qui élève, Celui qui donne puissance et considération, le Juste, l'Équitable, Celui qui rétablit l'Équilibre, le Subtil, le Bienveillant, le Bon, le Longanime, le Très-Clément, l'Immense, le Magnifique, l'Éminent, le Pardon-nant, le Premier, dont l'existence n'a pas de commencement...

Autour de la table sur laquelle sont réunis le coran et la bible, Zakaria, Christiane, Jean-Sébastien, Dyela, Magali, Julie, Pascal, Alexandre et moi-même lisons ensemble la Fatiha. Au préalable, Zakaria a prononcé quelques phrases de bienvenue. Plusieurs ont eu envie de dire quelques mots à sa suite, ce qui a eu pour effet de contribuer à recréer une atmosphère chaleureuse semblable à celle qui régnait dans ma cuisine une heure plus tôt.

Nous avons chanté, prié et plusieurs se sont exprimés. Ils ont dit ce qui leur montait spontanément au cœur sans fausse émotion. La satisfaction se lit sur le visage de notre ami musulman. Fatigué, Jean-Sébastien s'est assis et continue de participer à sa façon, tandis que Christiane a expliqué à quel point une prière de groupe pouvait être réconfortante pour eux deux.

Dyela ne parle pas. Néanmoins, sa participation attentive la rend présente aux autres. Ses yeux foncés suivent attentivement tous les gestes des participants, tandis que ses mains se posent sur son ventre en un geste protecteur qui me laisse deviner qu'elle prie déjà pour son enfant.

Avide de connaître ce qu'est la prière partagée en groupe, Magali s'est un peu repliée sur elle-même. Je la soupçonne de ne vouloir rien manquer et de tenter de comprendre cette spiritualité qui l'attire tant. Les quelques expériences dont elle m'a parlé n'ont pas contribué à l'éclairer sur la foi. Or je suis persuadée que son goût de Dieu la guidera naturellement vers Lui.

— Laissons-nous le temps d'inspirer et d'expirer calmement. La mort d'une jeune femme inconnue a été l'une des raisons qui nous ont poussés à prier ensemble. Je nous invite à avoir une pensée pour elle, sa famille, ses amis. Je nous convie à un élan de solidarité à sa mémoire. Prions pour ceux qui souffrent, pour chacun de nous et nos peines et nos blessures, notre avenir et nos joies. Laissons monter l'amour en nous, cet amour qui vient de Dieu...

Un coup d'œil à Alexandre me ramène à la réalité concrète. Je suis frappée par son attitude : bien qu'il me paraisse faire attention à ce qu'il démontre, ses sourcils se froncent tandis que ses bras sont croisés sur sa poitrine. Ce qui retient le plus mon attention, c'est le bas de son visage : sa mâchoire serrée lui donne un aspect fermé, comme s'il attendait la fin de notre rencontre parce qu'il ne voulait pas fuir les lieux intempestivement. Aussitôt qu'il se rend compte qu'il est observé, il reprend une expression normale.

Je suis si attentive à ce curieux personnage que je le fixe franchement durant plusieurs secondes, ayant perdu toute velléité de discrétion. Dieu ! Je sais maintenant à qui il me fait penser. Je le voyais de loin à l'époque, mon esprit est-il en train d'imaginer ? J'ai beaucoup lu sur les faux souvenirs qui peuvent même s'inventer, il faut que je sois certaine avant de lui parler.

Lorsque je me ressaisis et retourne à ma réalité de célébrante priant avec les autres célébrants, je n'ai pas le temps de reprendre mon intériorisation : le petit Pascal s'est mis à se frotter le poignet avec vigueur, ce qui a pour effet de légèrement remonter la manche de son chandail et de nous laisser voir une marque de courroie assez profonde autour de son poignet. Elle est irrégulière et rouge vif, et j'ai la conviction étrange qu'elle n'y était pas lors de la dernière visite de l'enfant chez moi.

Jusque-là extrêmement passive, Julie prend brusquement les deux bras de l'enfant, les place de chaque côté de lui et lui lance un « Arrête ! » féroce, faisant venir du même coup les larmes aux yeux du tout-petit.

Scandalisée, je me fais violence pour ne pas m'immiscer dans leur histoire. Ahuris, les visages autour de moi reflètent probablement ce qui se lit dans le mien : incrédulité et indignation.

Je suis extrêmement déçue de la fin abrupte de notre belle célébration.

Reconnaître
et continuer

J'ai appris l'amour du doute, c'est-à-dire la haine du dogme. Quand on a un dogme, on récite, quand on récite, on meurt et on tue : c'est l'amour de la mort de tous les extrémistes. Les gens qui ne doutent pas me font peur. Dès l'instant où on doute, on vit[13].

Le thé refroidit dans la tasse. Christiane repousse le napperon sur lequel elle l'y avait posée plusieurs minutes auparavant. Dans la pénombre de leur cuisine, l'intimité leur tient lieu de compagne, permettant aux époux de se retrouver après la soirée si particulière où ils ont pu se recentrer au cœur d'eux-mêmes. De prier, avait suggéré Marguerite, mais…

— Est-ce que nous avons pu vraiment prier alors que je n'avais rien fait de tel depuis des lunes ? questionne Jean-Sébastien, encore surpris de ce qu'il a vécu plus tôt.

— Il faudrait d'abord savoir ce qu'est vraiment prier…, réplique la designer, je ne le sais pas trop… Revenir aux rituels, c'est un peu mystérieux pour moi… Jésus, on ne le connaît pas vraiment…

— Non, c'est vrai. Marguerite a dit quelque chose que j'ai retenu alors qu'on sortait de chez elle pour rejoindre Zakaria. Elle a dit que Jésus n'avait jamais été la propriété d'une institution ou des religieux, cela m'a bien plu…

Jean-Sébastien s'applique à enlever une tache de thé sur la table, il frotte mécaniquement, comme si le geste lui permettait d'approfondir sa pensée.

— C'est curieux de vivre une telle soirée quelques jours après l'annonce de ma maladie, murmure-t-il. J'ai lu que la mise en scène d'un rite se présente pour apporter des éléments de réponse aux questions que pose l'existence...

— On dit que Jésus humanise les humains. Nous et notre entourage, nous cherchons du sens dans toutes sortes de choses... On ne peut pas ne pas voir comment il y a une recherche de sens aujourd'hui !

— Oui, tu as raison. Se dire que l'amour est la base de tout. Qu'est-ce que cela change à mon diagnostic ?

Christiane regarde son compagnon et cherche à formuler ce qu'elle a ressenti en participant à la célébration quelques heures plus tôt.

— Le rituel est le lieu d'un questionnement sur l'origine et la fin de la vie, sur ce qui nous dépasse. Ce soir, nous avons été invités à regarder la façon de Jésus d'entrer en contact avec la Samaritaine. On était courbés sur notre épreuve et on a détourné les yeux... Jésus est à la fois humain et divin dans sa façon d'aimer. Moi, je suis près de toi pour t'accompagner aussi.

Quittant sa chaise, Jean-Sébastien invite la femme de sa vie à se relever et la prend dans ses bras.

Cher Dieu, l'expression « faire les cent pas » comprend une vitesse de croisière que je n'ai plus. Elle trotte quand même dans ma tête alors que les minutes s'enfilent les unes derrière les autres et que, depuis bien avant six heures du matin, je n'arrive plus à dormir ni à me calmer assez longtemps pour m'asseoir et réfléchir.

Cela ne me ressemble pas. Je suis naturellement assez pondérée mais, cette nuit, même mon sommeil ne m'a pas apaisée. Je ne peux m'empêcher de revoir le petit poignet rougi et enflé, l'expression de crainte dans les yeux de Pascal, même si cette dernière a été fugitive.

Je n'ai pas osé en parler. Doit-on alerter l'entourage au moindre doute sur la situation d'un enfant ? Et si je m'inquiète pour rien, je ferai une mauvaise réputation à cette jeune femme qui vient à peine de perdre son conjoint.

Les enfants portent souvent des bracelets en corde ou en plastique au bras. Peut-être que le petit Pascal en a enfilé un qu'il a serré un peu fort ? J'aurais dû lui en parler directement au lieu de garder le silence.

Mon attitude envers la maman peut sembler un peu radicale, bien que je n'aie aucunement à approuver sa vie. Bien sûr, la présence d'Alexandre si près d'elle me semble incongrue après le récent décès d'Édouard. Est-ce une raison pour que je la soupçonne de mauvais traitements envers son propre fils ? Parfois, j'ai l'impression d'être une vieille dame rigide ; le petit a pu se faire mal en jouant.

Moi aussi, j'ai déjà été la Samaritaine. J'étais la rebelle de mon quartier, puisque je n'étais pas du tout conforme au moule établi par l'Église catholique ; ainsi, j'ai pu découvrir un message de Jésus qui m'a interpellée personnellement. Dans mon passé, je ne savais pas qui j'étais…

Les disciples de Jésus, par leur silence, contribuent également à l'exclusion de la Samaritaine. Est-ce que je fais la même chose en me taisant devant une injustice ? Est-ce que le comportement de Julie est nécessairement une injustice dont Pascal est victime ? Aurait-il pu se blesser lui-même en jouant ?

Je ne sais pas. Je vais d'abord les questionner discrètement tous les deux. Ensuite, j'en parlerai à Zakaria ou à Magali, ma locataire a suffisamment à faire avec sa grossesse.

Ceci est le plus pressé. Je devrai ensuite repenser à Alexandre… et aux souvenirs au fond de moi qui lui sont reliés. Est-ce que c'était vraiment lui dont je me rappelle ?

Le grand hall d'entrée du boulevard De La Vérendrye a partiellement repris son aspect chaleureux et accueillant. Zakaria en est assez satisfait, particulièrement parce qu'il vient d'échanger quelques mots avec le responsable de l'équipe de la réfection qui lui a promis que les travaux seront complétés d'ici la fin de la semaine. Laissant le groupe de travailleurs s'affairer dans le coin de la large pièce, il se hâte de reprendre son porte-documents, espérant l'arrivée de Dyela, qui doit l'accompagner au journal pour entamer sa première semaine de travail complète. Il est surpris de réaliser qu'Alexandre, à peine entré, se dirige vers lui au lieu d'emprunter l'ascenseur.

Comme à chaque fois qu'il le voit depuis qu'il le connaît, Zakaria ne peut s'empêcher de noter le maintien du nouvel arrivé, démontrant un malaise diffus semblant coller à sa peau, quoi qu'il fasse. L'hôte s'empresse de laisser paraître dans sa salutation un peu plus de chaleur qu'il n'en ressent, pour atténuer l'embarras du nouvel arrivant.

Alexandre explique à son interlocuteur étonné qu'il désire échanger quelques mots avec lui à propos de la célébration qu'ils ont vécue ensemble. Il ajoute que jamais il n'avait participé à une telle rencontre.

— Au fond, termine-t-il, je n'avais jamais côtoyé de musulmans.

Avec une légère moue, Zakaria étudie brièvement son vis-à-vis. Que répondre à une telle réflexion ?

— Je pense que les êtres humains sont tous semblables. Pour ma part, comme tous les musulmans, j'accepte chaque personne de l'humanité et je souhaite sincèrement que les gens autour de moi en fassent autant. À aucun moment Dieu n'a pu parler de citoyens de seconde classe, et l'islam nous prescrit de nous entraider ! Qu'en pensez-vous, Alexandre ?

Devant la question, l'interpellé sursaute :

— Certainement, vous avez raison, commence-t-il. Toutefois, il ne vous est jamais arrivé de douter de Lui ?

— Douter de l'existence de Dieu, c'est ce que vous voulez dire ?

Tandis que le journaliste se demande à quoi rime la conversation, les portes de l'ascenseur s'ouvrent et l'arrivée de Dyela interrompt le curieux échange. La jeune femme salue Alexandre, qui s'empresse de l'aborder :

— Nous parlions de la célébration que nous avons vécue ; puis-je vous demander si vous avez la foi ?

Et, voyant la surprise sur le visage d'ébène, il s'empresse d'ajouter, butant sur ses mots :

— Non, ne me répondez pas. J'ai parlé trop vite, trop brusquement, mais ces choses me sont encore douloureuses parfois. Excusez-moi.

Et saluant du chef, il s'engouffre dans l'ascenseur.

Étendu sur son lit, Pascal considère ses pieds qu'il a posés à plat sur le mur. Il les fait avancer tour à tour et s'imagine qu'il trotte dans un nouvel endroit, puisque le mur lui sert de parquet. Son père lui disait toujours de ne pas mettre ses souliers pour jouer à ce jeu parce que cela salissait la peinture. Seulement, papa n'est plus jamais là désormais. Maman n'entre à peu près pas dans sa chambre et Pascal aime bien faire semblant qu'il se promène ailleurs, s'en allant retrouver Marguerite ou Dyela, ou encore Zakaria.

Tout en continuant à remuer ses pieds, il se rend compte que son pyjama remonte, dégageant sa cheville droite et laissant voir la large meurtrissure faite par le geste de sa mère, impatientée par les bruits qu'il avait faits plus tôt en jouant avec son camion.

Inspirant sans bruit, il reprend sa danse verticale.

— Prendrais-tu quelque chose à boire ?

Profitant d'une sieste de Jean-Sébastien, Christiane est arrivée à l'improviste chez moi. Tu sais, Dieu, à part une zone d'ombre plus accentuée sous les yeux, elle me paraît comme à son habitude. Je m'empresse de préparer le café alors qu'elle s'assoit dans la cuisine, à ma grande table, autour de laquelle j'ai toujours voulu réunir et accueillir.

Dehors, ennuyé que personne ne lui prête attention, le vent souffle rageusement, s'acharnant à secouer les plantes et les arbres qu'il rencontre. De belles feuilles vertes, dérangées par son comportement, chutent en un tournoiement et glissent sur le sol gazonné qui les reçoit, absorbant l'eau qui les recouvre. Il pleut à verse et le ciel fronce ses nuages, m'obligeant à garder ma petite lampe de comptoir allumée alors que la matinée s'achève.

Nous parlons de la maladie de son mari, des traitements à venir, du travail qu'il devra manquer parfois. Ensuite, la visiteuse revient sur la célébration et l'échange qu'elle a eu à ce sujet le matin même. Elle précise :

— Jean-Sébastien et moi avons repris la même conversation quelques fois depuis le début de la journée. Nous avons pensé à quelque chose d'assez inusité. Dis-moi franchement ce que tu en penses...

Elle explique que la prière en groupe qu'ils ont vécue a suscité beaucoup de questionnements, particulièrement pour Jean-Sébastien, qui venait à peine d'apprendre les dernières nouvelles à propos de son état de santé.

— Évidemment, l'annonce d'une telle maladie renvoie à la finitude de la vie et cela met logiquement en évidence les espaces laissés vides après l'abandon d'une religion ou d'une forme de spiritualité.

Je ne sais pas où elle veut en venir. Je l'écoute, intéressée par son discours comme d'habitude, disponible à accueillir ses idées sur un sujet qui me passionne depuis toujours. Mais je ne m'attends pas à sa suggestion...

— Marguerite, Jean-Sébastien n'est pas une exception, nous ne sommes pas les seuls à vivre une crise causée par l'annonce d'une maladie. D'autres que nous se questionnent et cherchent un moyen de se réapproprier la foi de nos parents ! C'est vrai, notre culture nous fait connaître des expressions comme « Barabbas dans la Passion » ou le « Bon Samaritain ». Néanmoins, notre savoir n'a pas de racines. Nous avons jeté le bébé avec l'eau du bain ! Toi, tu as fait une démarche pour comprendre et faire des liens. Pourrais-tu recevoir quelques personnes vivant une période précaire comme nous et expliquer la foi ? Ça n'a pas besoin d'être fréquent, une fois par mois me semblerait suffisant.

Comment ferais-je ? Voilà le leitmotiv qui m'obsède en l'écoutant. Recevoir des groupes ? Mon condo est bien petit et je n'ai plus autant d'énergie que lorsque j'avais vingt ans. Je ne peux pas me déplacer sans arrêt… Qu'est-ce que je vais préparer et comment ? Et si je suis ennuyeuse ? Et…

Finalement, le calme revient en moi. Si cela peut aider Jean-Sébastien et d'autres, pourquoi pas ?

∽

« LUI »

Durant plus de vingt-cinq années, j'ai vécu en cage. Les habitants de mon enclos représentaient l'élite de la société. En ces endroits, impeccables et scrupuleux, nous ne manquions de rien. On louangeait notre travail accompli dans un milieu perfectionniste où nos possibilités illimitées n'avaient d'égales que notre pouvoir monétaire. Alors que le travailleur moyen devait compter sur ses seules économies pour seconder ses propres tentatives de projets humains, nous avions la capacité financière de notre groupe pour nous seconder en tout temps. Ce dernier nous mettait à l'honneur : sa réputation, sa notoriété, faisait de chacun de ses membres un partenaire influent.

J'acceptais cette gloire humblement, comme le reste. Secrètement, je l'appréciais grandement.

Un jour, la cage est devenue prison. J'ai cessé d'émettre les mêmes signaux, d'articuler les mêmes sons que mon clan. Je ne savais plus d'où j'étais.

Eux ne m'ont plus compris.

J'ai refermé la porte d'une ruche où je n'avais plus ma place.

Depuis, je me sens perdu dans le monde.

Un point sur une carte géographique agrandie à l'extrême.

∽

— Hé, Magali !

L'interpellée lève la tête. Assise à un kiosque de salades, elle n'a que vingt minutes devant elle avant de retourner à sa clinique dentaire. Elle ne s'attendait pas à rencontrer Julie durant sa pause de midi. En quelques secondes, l'hygiéniste dentaire se remémore la brève colère de la jeune maman à la fin de la célébration chez Marguerite. Ses sourcils se froncent brièvement, elle n'arrive pas à s'expliquer qui est vraiment la personne qui se tient devant elle.

Sans attendre une réponse, la maman de Pascal dépose ses sacs sur une chaise libre et s'assoit devant Magali. Ses yeux se ferment et s'ouvrent plusieurs fois nerveusement, mais elle sourit. Après que Magali lui a poliment demandé comment elle allait, Julie s'empresse de bavarder sommairement de tout et de rien pour finalement évoquer ses nouvelles amours. Très à l'aise, elle parle de sa relation avec Alexandre, ajoutant plusieurs détails sur leurs sorties et la façon qu'il a de lui faire des compliments et de lui rendre la vie agréable. Elle précise que, comme il n'a pas eu d'enfant, elle ne peut lui imposer Pascal et ses agitations, et souligne avec force combien un nouveau couple a besoin de solitude pour se connaître mieux.

Magali multiplie les onomatopées, jetant discrètement quelques coups d'œil à sa montre. La conversation étrange lui semble dénuée d'intérêt : Julie n'avait-elle besoin que d'une oreille pour s'épancher ?

Bien qu'elle ressente beaucoup d'empathie à son endroit, la jeune femme ne veut pas s'apitoyer sur le sort du petit Pascal. Elle se promet de demeurer à l'écoute de la maman pour soutenir le fils, le cas échéant. En courant vers la clinique pour rattraper le retard que sa visiteuse lui a fait prendre, elle se dit qu'il y aurait peut-être lieu d'offrir à la mère de sortir le fils de temps en temps, histoire de le gâter un peu.

Dyela s'adapte bien à son nouveau milieu de travail. Le personnel peu nombreux est affable et toujours prêt à aider. La future maman se sent utile et apprécie de parfaire ses connaissances sur les Marocains du Canada par le biais des articles hebdomadaires du journal. Sa tâche de réceptionniste la place au centre de l'effervescence quotidienne, puisque bien qu'il soit de taille modeste, le bureau de publications marocaines profite de sa spécificité pour rassembler les Maghrébins et ceux qui veulent les rejoindre par leur communiqués ou leurs annonces.

À chaque semaine, la journée suivant la sortie du journal se termine vers quatorze heures. À cause du temps maussade, Zakaria a exceptionnellement pris son auto et invité sa collègue à bénéficier du transport. Cela leur permet un échange plus facile, tout en les protégeant de la pluie qui continue à déferler, s'abattant sur la ville avec vigueur.

Dyela admire le discours de son nouvel ami, qui assure ne pas se sentir lui-même un immigré et considère son identité en constante évolution. Elle lui a confié ses souffrances de petite fille, alors qu'elle ne trouvait aucune image identitaire autour d'elle, ni voisin, ni artiste québécois qui puisse lui servir de modèle ressemblant.

La liberté que se donne son nouvel ami la surprend et la guide, l'invitant à s'ouvrir à ses idées. Non pas que ces dernières se veuillent rigides et autoritaires, elle n'a aucunement senti qu'il voulait l'endoctriner, la convertir d'une façon ou d'une autre. Au contraire, Zakaria respecte la culture et les acquis de la jeune femme; son érudition est partage et échange devenant amitié. Ainsi en confiance, Dyela s'instruit par la communauté arabo-musulmane et plus spécialement par un de ses membres.

Alors qu'ils arrivent devant l'immeuble du boulevard De La Vérendrye, la réceptionniste, se préparant à courir vers la porte d'entrée, relève soigneusement son capuchon. Tandis qu'elle le noue sous son menton, elle se permet une question qui la hante depuis qu'il l'a invitée à soumettre son curriculum vitæ au journal :

— Tu ne me juges pas ?

Ne comprenant pas le sens de son interrogation, Zakaria se tourne vers elle et étudie son maintien. Il ne voit pas ses yeux puisqu'elle les tient baissés, feignant d'attacher avec soin les cordons de la partie supérieure de son manteau. Il sent que la demande est importante pour elle et que sa réponse aura des répercussions sur leur connivence à venir.

Il ne veut pas la froisser en lui suggérant de s'expliquer. Toutefois, un geste évasif de la jeune femme sur son ventre l'éclaire brusquement. Il prépare ses mots et prend son temps :

— Je te juge tout à fait apte à prendre tes responsabilités ; je te juge à la hauteur de ton travail et capable d'être disponible à toute l'équipe ; je constate un acquis professionnel important à chaque jour et je suis très heureux de nos conversations après le travail, que je trouve intéressantes et stimulantes. Pour le reste, Dyela, je ne me permettrais pas de te juger.

Les lèvres de la femme s'entrouvrent et l'autre attend la réplique. Or, elles se referment.

Une seconde passe.

— Merci, reprend finalement Dyela avant d'ouvrir la portière et de s'élancer sous la pluie.

Zakaria a chaud et respire très fort un bon coup : il a eu peur de la blesser. Qui serait-il s'il jugeait ?

La foi.

Cette question semble une préoccupation constante dans la tête d'Alexandre. Julie en a un peu assez. Elle se demande pourquoi il finit sans cesse par faire allusion à Dieu, à la religion, aux convictions des uns et des autres. Elle-même n'en a rien à faire.

Assise en tailleur dans un coin du lit de sa propre chambre, elle a refusé de continuer leur conversation aussitôt qu'il a prononcé les mots « Notre Seigneur ». Les dents serrées, elle lui a craché aussitôt qu'elle n'appréciait pas ses nombreuses références au religieux et que cela ne l'intéresserait pas. Bien sûr, elle rejoignait son groupe du condominium quand ils avaient l'idée saugrenue de prier ensemble, elle ne voulait pas faire bande à part et les inciter du même coup à lui poser des questions ! Elle avait depuis longtemps décidé de n'implorer aucun être divin pour rien au monde, quoi que l'on en dise.

Tout était si facile entre eux depuis qu'il lui avait donné sa véritable adresse, Julie ne comprenait pas cette insistance déplaisante.

Prenant une mine renfrognée, la jeune femme rectifie sa position sur le lit : elle veut vraiment lui faire prendre conscience qu'elle boude.

Un moment interloqué, l'homme s'est ensuite mis à rire. Alors qu'il s'avise que ce comportement est sérieux, il ne se hasarde plus à badiner.

Leur entente sexuelle est parfaite et il prend plaisir à la retrouver régulièrement dans ce condominium coquet. Il est bien prêt à demeurer discret lorsque le petit gravite autour d'eux. Cependant, il n'accepte pas ce diktat émis sur un ton péremptoire. Il n'en acceptera en aucun cas.

— Notre aventure sexuelle me plaît beaucoup, mais pas à ce point-là.

À son propre avis, il lui a fait cette affirmation avec un ton de voix provenant directement de son ancienne vie. Cette raison est amplement suffisante à ses yeux pour qu'il prenne la fuite, mettant en application ce qui lui trotte dans la tête depuis qu'il observe sa bouderie :

— Au revoir, Julie, dit-il.

Et d'un pas mesuré, il marche vers la porte.

Il s'applique à ne faire aucun bruit en la refermant.

Tu sais, Dieu, c'est le cœur encore rempli des délicatesses de Zakaria que Dyela s'est assise dans la cuisine devant un jus d'orange. Un peu inquiète, je viens la rejoindre pour m'enquérir de son état.

— Je vais bien, m'assure-t-elle. Veux-tu me parler de la Samaritaine ?

D'abord interloquée, je réponds à sa demande :

— Le puits où elle rencontre Jésus exprime la profondeur spirituelle de l'entretien : une révélation se prépare en pleine lumière du midi. Jésus montre à ce moment sa fragilité humaine. En revanche, la Samaritaine se met en cause et amène Jésus à se révéler lui-même. Il fait alors confiance à une femme, exclue de son propre peuple et également exclue du sien. Il plonge au cœur même de cette différence entre nous et lui. C'est à nous, actuellement, qu'il dit : Va, regarde ta vie et reviens me voir en toute sincérité.

— Ma vie n'a pas toujours été parfaite, réplique Dyela en tournant mécaniquement son verre de jus.

— Personne ne te demande rien de tel, Dyela. Le rendez-vous entre Jésus et la Samaritaine amène même des parias de la Palestine à le prier de rester avec eux ; ils ont directement accès à sa personne. Lui, qu'on appelle la Parole, demeure deux jours chez eux. Tandis que les disciples arrivent en apportant des provisions, elle part en abandonnant sa cruche qui ne lui sert plus, puisqu'on lui offre une eau qui désaltère l'âme. Eux se taisent et elle parle. Elle prend des initiatives. Jésus lui avait demandé d'aller chercher son mari. Au lieu de cela, elle s'adresse aux gens de sa ville et elle leur fait faire les premiers pas vers celui qu'elle vient de rencontrer.

— Elle avait eu six hommes dans sa vie ?

— Jésus ne juge pas autant qu'on a voulu le faire croire, Dyela, il invite juste à la compassion. Envers nous-mêmes également, tu sais !

DEUXIÈME
PARTIE

Un homme avait deux fils. Le plus jeune dit à son père : Père, donne-moi la part de bien qui doit me revenir. Et le père leur partagea son avoir. Peu de jours après, le plus jeune fils, ayant tout réalisé, partit pour un pays lointain et il y dilapida son bien dans une vie de désordre. Quand il eut tout dépensé, une grande famine survint dans ce pays, et il commença à se trouver dans l'indigence. Il alla se mettre au service d'un des citoyens de ce pays qui l'envoya dans ses champs garder les porcs. Il aurait bien voulu se remplir le ventre des gousses que mangeaient les porcs, mais personne ne lui en donnait. Rentrant alors en lui-même, il se dit : Combien d'ouvriers de mon père ont du pain de reste, tandis que moi, ici, je meurs de faim ! Je vais aller vers mon père et je lui dirai : Père, j'ai péché envers le ciel et contre toi. Je ne mérite plus d'être appelé ton fils. Traite-moi comme un de tes ouvriers. Il alla vers son père. Comme il était encore loin, son père l'aperçut et fut pris de pitié : il courut se jeter à son cou et le couvrit de baisers. Le fils lui dit : Père, j'ai péché envers le ciel et contre toi. Je ne mérite plus d'être appelé ton fils. Mais le père dit à ses serviteurs : Vite, apportez la plus belle robe, et habillez-le ; mettez-lui un anneau au doigt, des sandales aux pieds. Amenez le veau gras, tuez-le, mangeons et festoyons, car mon fils que voici était mort et il est revenu à la vie, il était perdu et il est retrouvé. Et ils se mirent à festoyer.

Son fils aîné était aux champs. Quand, à son retour, il approcha de la maison, il entendit de la musique et des danses. Appelant un des serviteurs, il lui demanda ce que c'était. Celui-ci lui dit : C'est ton frère qui est arrivé, et ton père a tué le veau gras parce qu'il l'a vu revenir en bonne santé. Alors il se mit en colère et il ne voulait pas entrer. Son père sortit pour l'en prier ; mais il répliqua à son père : Voilà tant d'années que je te sers sans avoir jamais désobéi à tes ordres ; et, à moi, tu n'as jamais donné un chevreau pour festoyer avec mes amis. Mais quand ton fils que voici est arrivé, lui qui a mangé ton avoir avec des filles, tu as tué le veau gras pour lui ! Alors *le père lui dit : Mon enfant, toi, tu es toujours avec moi, et tout ce qui est à moi est à toi. Mais il fallait festoyer et se réjouir, parce que ton frère que voici était mort et il est vivant, il était perdu et il est retrouvé.*

Luc 15, 11-32

Converser
à tous les temps

La rencontre de deux démarches spirituelles, musulmane et chrétienne, est en elle-même une préfiguration de cette foule immense des serviteurs de Dieu que nul ne peut dénombrer de « toutes nations, races, peuples et langues »[14].

Tu sais, Dieu, la musique qui me parvient de la chambre de Dyela m'aide à garder un rythme régulier aux mouvements de mes exercices physiques. Mon extension de la jambe est plus laborieuse du côté de mon entorse, bien sûr. Sans égard à cela, je tente un mouvement quand même, histoire de ne pas perdre mes acquis.

L'idée de Christiane ne me quitte pas l'esprit. Comment ferais-je pour parler à de parfaits inconnus ? Étirement de mon bras droit, respiration. Aurais-je vraiment les bons mots pour expliquer la spiritualité comme je la vois ? Jusqu'à maintenant, j'ai appliqué mes connaissances dans mon quotidien. Mains sur les hanches, inclinaison à droite... à gauche... respiration. Pour moi, la foi doit habiter notre propre vécu. Sinon elle devient une idéologie inutile.

Ouf, j'en ai assez fait pour ce soir. Je crois que Dyela vient de sortir de sa chambre...

— Dyela, je prends mon verre de lait, tu m'accompagnes ?

Ce nouveau rituel à deux me plait bien, il nous permet de nous voir au moins une fois par jour, malgré son travail. Elle apparaît dans ma cuisine, ses longues tresses encore humides de sa douche, et s'empresse de me demander comment je vais.

Je suis très bien ces jours-ci, finalement, et je me sens en forme. Elle-même semble reposée. Ses joues sont légèrement plus rondes et son ventre commence également à laisser paraître une courbe à peine perceptible.

— J'en ai parlé au journal dès que l'on m'a employée, assure-t-elle en suivant mon regard, alors qu'elle se flatte brièvement l'abdomen. Mais dis-moi plutôt à quoi tu pensais en faisant tes exercices ? Je t'ai entendue marmonner.

Cela fait partie du caractère de ma locataire, sa sensibilité lui fait remarquer des détails que d'autres ne voient pas. Moi, j'ai tellement envie de lui en parler…

Tout en buvant mon lait à petites gorgées, je lui raconte la visite de Christiane quelques heures auparavant. Je suis contente de constater à quel point Dyela approuve. D'après elle, l'idée est très bonne :

— Tu sais, conclut-elle, je suis certaine que chaque fois que tu le lui demanderas, Zakaria sera heureux de se joindre au groupe et de t'assister.

Je suis sur le point de lui répondre lorsque des cris accompagnés d'un remue-ménage d'enfer nous parviennent de l'étage. Après nous être jeté un bref coup d'œil, nous nous précipitons dans le corridor. Je prends plus de temps que ma compagne et j'arrive au même moment que Christiane et Jean-Sébastien. Zakaria nous a tous précédés et le regrette peut-être, puisqu'il se tient immobile à quelques pas de Julie et a les yeux exorbités. Il serre dans sa main un trousseau de clés avec lequel il a sûrement ouvert la porte pour atteindre la propriétaire.

Cette dernière est blanche de rage. Au centre du portique de son condominium, elle se tient les jambes écartées et les poings serrés. Ses yeux clignent beaucoup plus qu'à l'habitude. Des débris de verre rouge gisent sur le sol autour d'elle. De gros morceaux de grès verdâtre semblent tombés directement à ses pieds et cachent mal de nombreux petits amas de cendres. Décoiffée et hurlante, elle m'impressionne tellement que je me fige sur place un bon moment avant de rejoindre mon couple d'amis. La jeune femme en crise ne nous voit pas. En fait, je suis persuadée qu'elle ne voit rien, prise dans un monde de colère et d'exacerbation.

Debout, les jambes flageolantes, Pascal, mal sorti de son sommeil, se sent incapable de bouger. Il aimerait retourner dans son lit et se cacher entièrement sous ses draps. Or pour le faire, il devra affronter les monstres de la nuit probablement tapis dans le corridor, et surtout, surtout, braver la présence de maman.

Il sait bien qu'il a provoqué sa colère. Il est responsable de ce qui arrive à l'instant, même s'il ne comprend pas bien ce qui se déroule. Il se sent mal comme chaque fois qu'elle lui dit qu'il est coupable de quelque chose de laid. Cela arrive de plus en plus souvent et Pascal se persuade de jour en jour qu'il n'est vraiment pas un bon garçon.

Heureusement, quand il s'est levé pour aller à la salle de bain, il a apporté Mitaine avec lui. Actuellement, il n'a qu'à plier les genoux pour le reprendre dans ses bras. Mitaine attendait sagement Pascal, couché par terre sur la céramique. Mitaine, le chat en peluche, n'a pas bougé quand la flaque jaune s'est formée près de lui.

Cette petite mare de pipi qui a tant fâché maman qu'elle a fait de grands cercles de colère avec ses bras, ce qui a fait tomber l'urne où elle dit que papa dort.

Je regarde mon petit groupe d'invités et je me sens incroyablement reconnaissante de ce cadeau. Désormais, c'est ainsi que je vois l'occasion qui m'est offerte de partager mes maigres connaissances théologiques. Je dis « maigres » puisque cette science donne l'impression de ne jamais atteindre le fond des choses. En effet, plus j'ai étudié, plus j'ai pris conscience de tout ce qu'il reste à apprendre sur toi, cher Dieu.

Pour cette première expérience, nous ne sommes pas nombreux : Jean-Sébastien et Christiane ont rassemblé trois personnes combattant le cancer et la compagne de l'un d'eux.

— Je vous invite à ma table avec grand plaisir. La table nous rappelle la cuisine familiale, nos parents, nos sœurs et nos frères. Autour de la table, nous avons tous eu de grands moments de bonheur et d'autres moins heureux que nous préférerions oublier. La table devient parfois synonyme de vie de famille où les mêmes gestes se sont répétés année après année. Elle est un meuble incontournable pour une pièce de théâtre sur la famille, ou pour une mise en scène des gestes importants de notre foi, comme le partage du pain à la suite de Jésus, ou une juste répartition de ce même pain dans le monde en conséquence de son message…

Dès qu'elle avait entendu la voix de Julie dans son téléphone cellulaire, Magali s'était sentie surprise; elle l'invitait à passer chez elle après le travail.

Alors que la jeune femme laisse entrer l'hygiéniste dentaire dans sa cuisine, l'étonnement de la visiteuse augmente d'un cran. Attentive à son invitée, l'hôtesse en fait un peu trop. Après avoir décliné l'offre de café, de vin, de gâteaux et de biscuits, les yeux de l'invitée vont du verre d'eau, qu'elle a finalement accepté, au visage avenant tourné vers elle.

— Où donc est Pascal? s'enquiert-elle.

Un bruit discret derrière elle est sa première réponse. Avec un sourire incertain, l'enfant s'approche de Magali. Il la laisse l'embrasser et le soulever de terre et, bien qu'il paraisse content, ne répond pas à son accolade, se contentant de jeter quelques coups d'œil à sa mère. Guette-t-il une approbation, attend-il une permission, se demande Magali tout en l'installant avec assurance sur ses genoux. Elle le cajole quelques instants et note bien la contrariété dans les yeux agités de Julie. Détournant son attention du petit, elle la porte sur la mère, qui n'attendait que cela pour s'épancher. Tandis que Pascal, appuyé sur l'épaule de son amie, s'intéresse à son vieux Mitaine, sa mère s'apitoie sur son sort. Elle se plaint de son travail, de l'épuisement que lui cause son fils et raconte avec émotion l'incident qui a eu pour conséquence le bris de l'urne funéraire d'Édouard.

Elle a dû tout laisser aller dans l'aspirateur! Elle termine en pleurant : comment l'agitation d'un enfant de quatre ans peut-elle avoir pour résultat un rebondissement aussi dramatique ?

Magali observe la scène, sentant grandir en elle un détachement de plus en plus important envers Julie. Ses confidences ne lui paraissent pas sincères et elle a l'impression d'être spectatrice d'une tragicomédie. Ne voulait-elle sa visite que pour se plaindre ? Réprimant ses pensées peu compatissantes, Magali termine son verre d'eau d'un seul coup. Elle remet l'enfant sur ses pieds et s'en éloigne de quelques pas, se sachant épiée dans ses moindres gestes par la mère. Elle explique à celle-ci qu'elle doit partir et prend bien soin de lui dire à quel point elle est sensible à son discours.

Ce qui est totalement vrai.

Magali s'inquiète profondément pour Pascal, voilà en quoi ses causeries avec Julie l'affolent.

— Accepterais-tu que je prenne Pascal avec moi quelques fois par semaine ? Cela te libérerait et te permettrait de te reposer, et moi, je serais ravie de te rendre service.

L'offre est acceptée avec empressement et Magali a la satisfaction de voir l'expression incrédule de Pascal.

— L'amour de Dieu pour nous est souvent vu en partant de la peur que nous occasionne l'idée de la puissance de Dieu. Nous craignons le pouvoir dominateur qu'il pourrait avoir sur nous.

Nous avons lu ensemble le récit du retour de l'enfant prodigue. Autour de ma table, le silence règne. Malaise, gêne, méconnaissance, aucun de mes invités ne se risque à parler. Ah Dieu, tu sais que je ne veux pas faire un sermon, bien que j'aspire à enseigner ce qui m'a aidée à cheminer lorsque j'étais moi-même en crise.

Je me souviens très bien de cette appréhension en moi qui imprégnait mon envie de spiritualité. Je portais sans cesse un doute sur ma propre capacité à être digne ou méritante de l'amour de Dieu.

— La seule puissance de Dieu est celle de son amour et de sa compassion.

Nous avons encore l'idée de Toi comme d'un Dieu omnipotent. L'art religieux, campant des fresques de toi comme un Dieu autoritaire, plus haut que les nuages, portant un regard dictatorial sur les êtres humains, dépeint un être suprême vivant au-delà de toute compassion. Bien que j'apprécie le talent des grands peintres classiques, leurs visions pétrifiantes de Toi-même me semblent à l'opposé de Ta tendresse.

— Vous avez eu envie de me rencontrer pour parler de foi. J'aurais beaucoup de choses à partager avec vous à partir du texte que nous avons lu. Ainsi, je vous propose de le faire en nous laissant diriger par vos questionnements.

— Marguerite, commence Jean-Sébastien, je suis celui qui a voulu ces rencontres que tu nous offres. Comme je te connais, je me sens plus à l'aise pour débuter. Tu le sais, je suis malade et cela me place dans une situation instable qui me pousse à me tourner vers Dieu. Tu as dit que l'on ne fait l'expérience que de traces de Lui. Actuellement, ces traces ne m'apparaissent pas. Peux-tu nous le faire expérimenter ?

Pour répondre à sa demande, je leur suggère de revenir uniquement sur l'attitude du père de la parabole. Ce père embrassant son fils retrouvé. Si je suis le fils, est-ce que je peux vraiment m'abandonner à son amour et accepter de ne rien contrôler ? Est-ce que je peux admettre que la joie du père dissimule probablement à la fois la douleur du départ et celle de l'attente dans l'incertitude du retour ?

Le fils, exigeant un héritage avant la mort du père, exprime de façon détournée qu'il désire la mort du père. Il quitte la maison puisqu'il refuse la spiritualité inhérente à sa vie.

Je quitte la maison chaque fois que je perds confiance en la petite voix qui me parle à l'intérieur de moi.

— Vous vous sentez vulnérables à cause de votre état de santé. Malheureusement, je ne peux pas vous dire que la foi et la prière peuvent agir de façon fantastique sur votre corps. Dieu n'est pas un magicien. On a souvent tendance à attendre des guérisons ou des prodiges qui ne viennent pas et leur absence nous laisse désemparé.

Je vous invite à vous visualiser comme le fils aimé du Père. Chacun de nous pouvons dire : Je suis le fils aimé, la fille aimée, et j'ai la faveur du Père.

J'ai pris le temps d'allumer la chandelle. Nous nous sommes intériorisés ensemble et ensuite nous avons récité le *Notre Père*.

Je ne sais pas s'ils reviendront. Je ne suis pas certaine qu'ils ont vraiment aimé.

J'ai regardé mes mains vieillies, je suis convaincue qu'elles servent à rassembler, à toucher et à guérir doucement, guérir les cœurs à ma mesure. Voilà la raison pour laquelle elles m'ont été données.

N'est-ce pas, Dieu ?

∾

« LUI »

La vie n'est pas une croisière.

Les gens autour de moi ne s'arrêtent pas pour tenter de me comprendre et je reste là à les regarder alors qu'ils me déçoivent et que je dois m'en éloigner. La société se permet des excès alors que moi, je suis demeuré si longtemps seul, pris dans un monde à part, isolé sur mon île.

On attendait de moi que j'agisse en surhomme. Or je n'en suis pas un.

J'enrage du temps perdu, des années perdues, de ma vie revenue au point de départ ou encore plus loin derrière, hors d'atteinte, hors d'amour, isolée dans un désert. Ma vie retournée vers le néant.

Dégroupée, presque dissociée.

Je mérite mieux, beaucoup mieux.

Si l'on ne me donne plus aucune reconnaissance, j'en chercherai moi-même. Je m'en payerai, je me gratifierai. Moi-même.

J'irai en un lieu où Dieu n'a jamais été ; et là…

Je prendrai sa place.

∽

Jean-Sébastien profite du clair de lune. Alors qu'il sortait de chez Marguerite, son voisin de condo revenait de l'épicerie et il lui a proposé une courte promenade. Tout en s'étirant discrètement, il écoute Zakaria faire un court résumé de sa journée au bureau. Puis, sur son invitation, il lui explique comment il se sent.

— J'ai le souffle plus court. Je dois commencer les traitements de chimiothérapie dès qu'ils auront la totalité de mes résultats. Qu'as-tu à me dire à propos de ce que je vis ces dernières semaines ?

S'il est surpris de la question, Zakaria n'en laisse rien paraître et décide de répondre avec toute l'amitié qu'il ressent pour son camarade. Il explique simplement que, selon lui, Dieu se dit dans l'histoire personnelle et collective de chaque personne. Il croit qu'une crise physique, une maladie donne l'occasion de découvrir un visage de Dieu dans le quotidien ; d'après lui, elle actualise peut-être le besoin que chacun a de chercher Dieu, même dans la faiblesse physique. Elle peut être l'occasion de vivre plus au niveau de la pensée, puisque le monde moderne contient un fouillis de besoins futiles dans lequel l'esprit et le cœur n'ont plus la place qui devrait leur revenir.

— Je trouve extrêmement apaisant de ressentir notre similitude dans la foi, assure Jean-Sébastien. Je sais bien que tu as creusé cela plus que moi, mais, étant donné que tu n'es pas chrétien, je n'aurais jamais pensé que nous pourrions parler de Dieu ensemble et nous comprendre.

— Nous sommes faits de la même argile que toute l'humanité, réplique Zakaria avec un demi-sourire. Chrétiens ou musulmans, nous sommes tous en recherche de cette présence en nous qui dépasse nos besoins physiques. Une part de l'être humain est sans cesse en quête d'un absolu inaccessible tandis qu'il a les deux pieds quotidiennement enfoncés dans une existence matérialiste. Une soif grandit en nous-mêmes et se fait plus intense à mesure que nous accumulons nos besoins terre à terre actuels.

— Tu as raison, conclut Jean-Sébastien, songeur. Tu devrais venir avec nous aux rencontres chez Marguerite. Tous les deux, vous parlez le même langage.

Touché, Zakaria le remercie. Les deux hommes se saluent et Jean-Sébastien demeure sur le seuil, songeant à sa soirée peu banale. Il cherche la lune dans le ciel étoilé et, lorsqu'il la trouve, il doit tendre le cou pour la regarder derrière les branches de l'arbre centenaire devant lui. Dans cette position inconfortable, il est soudainement envahi d'une paix incroyable. Il demeure immobile un long moment, ne calculant pas les minutes qui s'accrochent les unes aux autres, laissant couler le temps. Il se force à ne pas bouger, admirant la lune et, plus loin qu'elle encore, au milieu des nuages et de la voûte céleste prenant son angle sombre, il contemple la vie. Une paix l'envahit, l'empoigne, le surprenant, le déstabilisant. Les larmes coulent et son immobilité l'engourdit. Au-delà de l'inconfort physique, le mot *Dieu* lui monte aux lèvres et envahit son âme.

Il ne sait plus l'heure qu'il est lorsque, grisé, il marche vers son condominium.

À proximité de leur demeure respective, le restaurant qu'elles ont choisi est tout à la fois petit et coquet. Les lumières tamisées et la musique d'ambiance accentuent la convivialité de l'atmosphère, invitant au dialogue sincère et aux confidences. Magali et Dyela prennent plaisir à être ensemble. Les cheveux brun doré et bouclés de l'une font un contraste parfait avec les tresses de jais répandues sur les épaules de l'autre.

Alors qu'elles en sont à terminer leurs tisanes, l'hygiéniste dentaire raconte à son amie l'offre qu'elle a faite à Julie à propos de Pascal. Elle élabore ce qu'elle a prévu dans les prochaines semaines concernant l'enfant : lui accorder du temps afin qu'il puisse s'épanouir et perdre la mimique hésitante et triste qu'il a quasi continuellement depuis le dernier mois. Magali confie qu'elle est inquiète pour l'enfant, et sa compagne approuve, repensant aux quelques heures qu'elle a passées avec lui lorsqu'il a dormi chez Marguerite.

Éloignant légèrement sa chaise de la table, Dyela admet que la stabilité est importante chez un enfant. Partant des réflexions qu'elles ont faites sur la situation de Pascal, elle révèle combien cet équilibre lui a manqué dans sa propre famille au cours de son enfance. Selon elle, le manque qu'elle a expérimenté et qui l'a poussée à chercher son père est à l'origine de ce même sentiment qui a été présent en elle toute sa vie.

— Vivre une situation de manque, avoue-t-elle, pousse l'être humain à une recherche éternelle pour combler le vide qui ronge de l'intérieur.

Spontanément, Dyela avoue son inquiétude face au bébé qu'elle porte ; même si elle avait fait la paix avec la période entourant la conception de son enfant, elle s'inquiétait pour lui, qui naîtrait sans père et serait encore plus pâle que sa mère.

Assise sur le long fauteuil de son salon, Julie rêvasse. Pascal joue dans son bain et elle lui dira bientôt d'aller au lit. Le cœur lourd, elle repense à sa journée grise et pénible. Elle a dû s'obstiner au bureau des assurances, courir chez le notaire et remplir les interminables formulaires relatifs au décès d'Édouard. Chaque fois qu'elle répondait à un malheureux questionnaire, elle se disait que c'était le dernier, mais il en arrivait immanquablement un autre, deux autres, et le cercle des étapes relatives à cet héritage recommençait sans fin.

Ces dernières semaines, lorsqu'elle rêvait de mettre la main sur l'argent de son défunt conjoint, elle s'imaginait fêter ses acquis avec faste accompagnée d'Alexandre. Elle s'inventait une mise en scène extravagante où ils riaient ensemble, achetant des robes chez de grands couturiers et mangeant dans les restaurants les plus luxueux.

Or Alexandre semblait complètement sorti de sa vie.

Julie lui avait téléphoné huit à dix fois par jour depuis qu'il était parti de chez elle ; elle était même allée sonner chez lui plusieurs fois. Elle n'avait eu aucun retour d'appel, aucune réponse à sa porte. Parfois, elle se promettait d'accepter la décision de son ancien amoureux mais, très souvent, elle lui improvisait des excuses, élaborant un discours qu'elle plaçait dans la bouche d'Alexandre alors qu'elle le voyait avancer vers elle et la prendre dans ses bras.

Pour l'instant, elle se sentait absolument seule, atrocement seule.

Et elle avait la lourde tâche de s'occuper d'un enfant de quatre ans.

En soupirant, la jeune femme quitte la pièce et se dirige vers la cuisine. Elle prépare un verre de jus de pomme pour son fils. Elle y ajoute consciencieusement une douzaine de gouttes de vitamine D et brasse soigneusement le tout.

— Veux-tu ton jus maintenant, Pascal ?

Pour la seconde journée consécutive, l'enfant bénéficiera de la même délicatesse de la part de sa mère.

La fraîcheur de ma pièce insonorisée est toujours invitante. En m'installant à mon banc de piano, je prends le temps de caresser les touches. Je suis songeuse et sereine. Aujourd'hui, j'ai partagé ma foi avec des amis et des inconnus, et j'en suis enchantée. Pour moi, ta Parole, Dieu, est un appel à la liberté pour l'élaboration d'un monde meilleur, d'une humanité plus juste.

J'ai été baptisée dans l'Église catholique et, avec les années, je m'en suis distanciée. Elle ne répondait plus à mes attentes et, entre autres, je ne voulais plus me sentir partie prenante de ses nombreuses exclusions : divorces, homosexualité et tant d'autres relatives au genre féminin. L'invitation de Jésus est extrêmement simple. On l'a trop souvent alourdie d'une complexité qui nous éloigne de son message. Le mot *église* veut simplement dire « assemblée ». Un jour, j'ai vu un dessin sensationnel : il s'agissait de petits bonshommes et petites bonnes femmes allumettes. Ils s'entraidaient à grimper les uns par-dessus les autres jusqu'à élaborer une forme pyramidale. Sous la superposition, il n'y avait qu'un seul mot : *église*. Je pense souvent à cette figure qui représente une assemblée où l'on se fait la courte échelle et je suis persuadée qu'elle représente bien l'humanité en marche vers son Dieu.

C'est drôle, quand je me dis cela, je me vois travailler dans la construction, à mon âge !

Je frappe les premières notes du *Notre Père* de mon enfance, apposant dans le mouvement de mes doigts un peu de la prière qui me monte au cœur.

Lorsque je pense à Alexandre, je me dis que je devrai finir par aller le rencontrer à l'extérieur du condominium. Je me sens un peu stressée. Toutefois, je suis de plus en plus convaincue que c'est la chose à faire.

Dieu de compassion, que ton règne vienne ! Vivre ton règne signifie mettre en marche une dynamique de compassion et de pardon. Imiter ta compassion et devenir des êtres miséricordieux. Voilà le véritable résumé de la vie de Jésus de Nazareth, voilà le seul chemin que nous devrions prendre pour revenir au Père comme le fils prodigue.

Bien sûr, cela changerait notre petite planète !

Magali a beaucoup apprécié sa soirée en compagnie de Dyela. Elle se sent privilégiée de pouvoir amorcer une amitié avec la jeune femme. Elle est consciente de n'avoir pas eu l'occasion de le faire véritablement depuis qu'elle est une adulte. Ainsi, tous les mois où elle s'est préoccupée de Marguerite, elle se disait qu'avoir une amie de la trempe de cette femme était bien suffisant pour combler son besoin d'affection, mais échanger avec une personne de son âge montre un autre aspect de l'amitié… De toute façon, les trois faisaient un excellent trio !

Tout en soupirant, elle accélère le pas. Il est tard et elle n'aime pas se promener seule dans le noir. Même si le restaurant est encore plus près de chez elle que le condominium de Marguerite, et malgré le fait que les environs lui soient familiers, elle regrette un instant de ne pas avoir pris l'automobile lorsqu'elle est partie rejoindre Dyela.

Juin a entamé l'été de façon particulièrement lumineuse cette année ; aussi a-t-elle l'impression qu'autour d'elle les arbres se teintent déjà d'un vert soutenu et que la pénombre ne réussit pas à affadir les nombreuses nuances d'un printemps énergique. Les grandes avenues du voisinage ont effacé depuis longtemps les flaques d'eau persistantes, formées après que la neige n'ait pu résister aux courants du soleil. Magali affectionne généralement cette partie de Montréal.

Elle ne s'explique pas la mélancolie qui la baigne d'un seul coup, alors qu'elle vient de se faire la réflexion que sa soirée a été agréable. Elle ne comprend pas pourquoi sa poitrine se gonfle de cette manière nostalgique. Pourquoi le cœur lui bat-il de cette façon atroce soudainement ? Ressent-elle un danger ou n'est-ce que le souvenir de certaines journées de son enfance qui lui revient en mémoire brusquement ? Les réminiscences d'un passé qu'elle a voulu oublier à tout prix étaient-elles douloureuses à ce point ?

Pas vraiment. Jamais ainsi. Les véritables angoisses surgissant de nulle part étaient trop souvent faites de chair et d'os.

— Magali, dit une voix grave et autoritaire, je suis revenu.

Elle sent la présence en même temps qu'un flot d'émotions et d'évocations.

Ce passé modelant
ce que je suis

Ma condition de fils ou de fille, et la condition de fils de Jésus, mon retour et le retour de Jésus, ma maison et la maison de Jésus sont une seule et même chose. Il n'y a pas d'autre chemin vers Dieu que celui parcouru par Jésus[15].

« LUI »

J'y suis allé! Finalement! Je me suis permis de faire l'inenvisageable. Je me suis senti roi dans un monde méconnu, dissimulé. À peine entré, on venait vers moi, acquiesçant mielleusement aux moindres de mes souhaits. On me faisait savoir mon importance et celle-ci grandissait à mesure que j'entendais leurs paroles; à mesure que je comprenais leur gestuelle, celle qu'ils créaient uniquement pour me satisfaire. J'étais un monarque, un souverain, une majesté.

Que m'importe les qu'en-dira-t-on, que m'importe la publicité actuelle maudissant un négoce où chacun trouve son compte et s'en porte mieux? L'exaltation qui en résulte ne vaut-elle pas d'affronter toutes les publicités accusant un marché existant depuis toujours?

J'ai fait l'infaisable et m'en suis senti euphorique. Ce sentiment à lui seul m'a fait atteindre les sommets: pour une fois dans ma vie, je me suis permis un déchaînement de mon être physique. Je suis un corps qui réfléchit par ses hormones! Je suis un corps et, regardant d'autres corps dans un catalogue immense, j'ai pour ainsi dire touché l'extase. Enfin, en fin de compte, je vis.

Je tournais les pages les unes après les autres, m'enchâssant peut-être dans un mode d'élimination de l'identité et de l'intellect des femmes, comme disent certains puritains ; cherchant certainement une utilisation manipulatoire de leurs corps offerts en images, tandis que je gagnais un vertige incomparable et jamais surpassé dans toute mon existence.

J'étais là comme tant d'autres, un verre à la main, ne regardant aucun de mes compagnons. Pour la première fois de ma vie, j'étais seul mais habité d'une pulsion incroyable qui me secouait tout entier.

Pâmé. Moi, l'universitaire, le contemplatif, le spécialiste en mariologie.

Lorsque, titubant, je suis ressorti de l'endroit, j'ai vomi.

Une dizaine de jours ont passé depuis notre première rencontre. Oh Dieu, j'ai été ravie de savoir par Jean-Sébastien que non seulement notre groupe de huit personnes revient pour un second temps de prière, mais que deux autres hommes s'ajouteront. Comme Magali m'avait confirmé qu'elle se joindrait à nous, je suis un peu surprise qu'elle ne soit pas arrivée à l'heure prévue, surtout qu'elle n'est pas venue me porter mes fruits et légumes cette semaine. Je lui téléphonerai demain si elle ne se joint pas à nous durant les deux heures de notre soirée.

Je remarque que les deux nouveaux venus se tiennent par la main avec un peu d'ostentation. Je suis convaincue qu'ils nous adressent ainsi un message, auquel je me promets de répondre au cours de la partie explicative de la parabole du Fils prodigue.

Je reçois chacun de mes invités chaleureusement. Jean-Sébastien me confie qu'il a commencé ses traitements de chimiothérapie et que ses douleurs au bas du dos sont demeurées inchangées. Christiane me semble fatiguée ; elle m'explique qu'elle a travaillé ces derniers jours, afin de reprendre le travail mis de côté lors des rendez-vous médicaux de son amoureux.

Dyela m'informe que Zakaria ne pourra être avec nous ce soir, mais qu'il se réservera un temps pour le faire dès la prochaine réunion. Je note brièvement l'éclat des yeux de ma colocataire et je lui souris avec affection.

Lorsque chacun est installé autour de ma table, nous échangeons quelques nouvelles afin de créer des liens qui soient de plus en plus personnalisés. Nous relisons la parabole et faisons un temps de silence alors que j'invite chacun à observer sa propre respiration afin de se mettre à l'écoute de sa voix intérieure.

∿

Depuis que Magali a été coupée de son quotidien habituel, les matinées se révèlent interminables tandis que les après-midi et les soirées passés en «sa» compagnie provoquent l'effondrement de tout ce qu'elle avait mis laborieusement en place depuis des années au niveau de sa stabilité émotive.

Elle ne sait pas avec précision où elle est, elle n'y a pas fait attention. Dans un endroit plus à l'ouest, situé approximativement à trente minutes de chez elle. Elle suppose que cela n'a pas vraiment d'importance, puisqu'elle a accepté de lui laisser du temps.

Il lui a demandé de téléphoner à son travail et d'expliquer qu'une urgence dans sa vie exigeait qu'elle s'absente une semaine, ce qu'elle a fait. Elle a ensuite pris le temps d'appeler Marguerite pour lui confier un flot d'émotions. Sage comme toujours, la vieille dame n'a pas exigé d'éclaircissements :

— Tu vas bien, chère Magali, c'est ce qui importe. Saisis cette occasion de reprendre contact avec ton passé et tu me raconteras tout à ton retour, si tu veux.

— Il était mon frère adoptif et m'a beaucoup manqué, a insisté Magali d'une voix hésitante.

— Je comprends qu'il t'est très attaché. Je pense à toi.

Modeste, l'intérieur de la minuscule habitation où elle se trouve est dépouillé : une table, trois chaises, une commode et deux lits. Les armoires contiennent des denrées non périssables et des produits de nettoyage. La jeune femme ne peut s'empêcher de se remémorer : le tout ramène au style de celui qui y habite.

∼

Pascal regarde la télévision sans la voir. Les dessins animés, qui lui plaisent tant généralement, n'arrivent pas à lui faire oublier à quel point il a mal au cœur. Écrasé sur le tapis du salon, le regard vide fixé sur l'écran, il n'a même pas envie de bouger.

Il n'a pas voulu souper et, étrangement, sa maman n'a pas insisté. Elle le regarde d'une drôle de façon depuis qu'ils sont revenus à la maison. À la garderie, il n'a à peu près pas joué. Son éducatrice lui a chanté des berceuses en lui disant qu'elle croyait qu'il avait un microbe. Elle le trouvait un peu chaud et avait insisté pour qu'il boive son jus. Il aurait bien aimé lui faire plaisir et avaler le liquide d'un coup, pourtant il n'avait pu prendre que quelques gorgées.

Il a très soif. Dans sa bouche, sa langue est sèche. À cause de cela, ce matin, il a bu tout son lait et, ensuite, il a dû courir à la salle de bain parce qu'il avait trop mal au ventre.

Pascal se demande ce qu'est un microbe.

« En tout cas, se dit-il, ça fait mal à la tête. »

∼

— Le règne de Dieu est arrivé !

Tu me connais, Dieu, je lance cette phrase sérieusement pour terminer leur intériorisation. Neuf visages étonnés se tournent vers moi. Je continue :

— Il est à l'intérieur et à l'extérieur de vous et n'a rien à voir avec le pouvoir, le genre féminin ou masculin, ou encore l'exclusion. Il est présent actuellement et en même temps il est à venir. Le règne de Dieu est une action sans cesse en cours et cette démarche ne parle que de compassion.

Je prends ma bible à la page du Fils prodigue et explique :

— Le Père de la parabole divise sa vie entre ses deux fils. Lorsqu'il voit l'un d'eux revenir alors qu'il était parti pour toujours, il se jette à son cou et l'embrasse. J'aime penser que ce sont des gestes que l'on dit maternels ; le père démontre à son entourage qu'il accueille celui qui lui avait tourné le dos. De même, lorsqu'il va rejoindre son fils aîné, il le supplie d'entrer dans la maison avec lui. Il a des attitudes de protection pour l'un et l'autre de ses enfants parce qu'il les aime. Il est un père ouvrant les bras avec compassion à ses fils perdus, loin de la maison. Il ne leur parle pas de lois ou de moralité, seulement d'amour. «Pour devenir comme le Père, dont la seule autorité est la compassion, je dois […] préparer mon cœur à accueillir chaque personne, peu importe ce qu'a été son cheminement[16].»

J'attends que l'on m'interrompe, que quelqu'un pose une question. Puis, l'immobilité de mon public me pousse à continuer :

— On croit qu'il est plausible que Jésus lui-même ait raconté cette fiction puisque, pour lui, il était important d'inclure chaque être humain dans l'amour de Dieu, dans la proximité maternelle de Dieu. Sa vie publique n'a servi qu'à aller vers les plus pauvres et les exclus. C'est parce qu'il a pris parti pour ceux qui étaient rejetés qu'on l'a crucifié, alors comment pourrions-nous croire que nous ne sommes pas inclus dans son amour ?

— Qu'aurait dit le Père si le fils prodigue avait été homosexuel ? lance l'un des deux nouveaux participants.

Je ne suis pas vraiment surprise de la question ; en un sens, je l'attendais depuis leur entrée au condominium. Je le regarde en répondant :

— Je ne suis pas une spécialiste de l'étude des textes bibliques. Néanmoins, selon moi, il n'y a aucun verset de la Bible se référant directement à l'orientation homosexuelle[17]. Ceux qui vivaient aux époques bibliques ne connaissaient pas les différentes pratiques sexuelles vécues dans notre contexte social. La sexualité était quelque chose pouvant répartir les classes ou servir les relations de pouvoir. Il serait trop long de vous expliquer en détail certains versets de la Bible qui ont été la cause des exclusions que nous connaissons encore. Retenons uniquement que ce qui était dénoncé avec vigueur, c'était les viols et les abus d'esclaves, d'enfants et de femmes. Comme tous les autres abus, ceux qui étaient relatifs à la sexualité étaient soulignés avec véhémence dans le Premier comme dans le Second Testament.

— Quelquefois, les événements dans ma vie me font douter qu'un Dieu d'amour m'attend...

En entendant la réflexion de Dyela, j'ai d'abord une pensée pour ce que je sais de son passé récent. «Mon enfant, toi, tu es toujours avec moi.» Cette phrase prononcée par le père ne s'adresse-t-elle pas à chacun de nous, particulièrement à ceux qui souffrent, offrant à tous les enfants du Père un amour sans réserve? Aussi longtemps que je doute de l'amour inconditionnel et infini du Père, est-ce que je ne m'obscurcis pas l'horizon? Est-ce que je ne me coupe pas de la lumière? Je connais la souffrance du doute: tout devient suspect, remis en question pour celui qui la porte.

— L'histoire du Fils prodigue, dis-je tout haut, est le récit d'un Dieu parti à ma recherche, à la recherche de chacun de nous.

Zakaria est arrivé tôt au journal ce matin. La veille, l'équipe éditoriale complète a travaillé très tard à mettre en œuvre son planning éditorial pour l'été qui vient. Comme la période des vacances estivales est déjà commencée, la rencontre doit être faite, car une planification s'impose pour clarifier les tâches spécifiques durant les vacances de chacun.

La logistique n'a pas de secret pour le rédacteur en chef. Il tient à continuer à fidéliser une clientèle avec qui il partage un pays d'origine, une capacité d'adaptation et une ouverture à la contrée d'accueil.

En regardant l'éditorial auquel il vient d'ajouter les dernières lignes, il se sent satisfait. Cette semaine, ses lecteurs y découvriront un extrait du texte de Tariq Ramadan:

«Égalité, liberté, humanité, raison, émotion, mémoire, doute: ces notions appartiennent à toutes les traditions et à toutes les philosophies. Mais leur vérité absolue n'est la possession de personne. L'universel ne peut être qu'un universel partagé.

«On affirme que le monde global est "un village". Étrange village où les habitants s'ignorent entre eux et s'ignorent eux-mêmes.

Envahis par le doute et la méfiance, nous regardons l'autre comme un miroir négatif dont la différence nous définit, nous "identifie" et nous rassure. Sans nous débarrasser de nos peurs et de nos particularismes. Comment sortir de la prison individualiste ? Comment retrouver le goût de l'interrogation, de la critique constructive et de la complexité ? En adoptant tout d'abord une attitude de pudeur et d'humilité[18]. »

Zakaria se prépare à s'accorder quelques minutes de rêverie sur les thèmes du pluralisme et de l'altruisme ; chaque être humain ne rêve-t-il pas de paix ? Il apprécierait faire de son journal un outil rassembleur allant au-delà de toute croyance ou appartenance…

— Zakaria, appelle Dyela en frappant à la porte, quelqu'un désirerait te parler…

Avant qu'elle puisse terminer sa phrase, un autre frappement impérieux et bref précède l'entrée en trombe d'Alexandre dans le bureau du directeur de la rédaction du *Journal Maroc*.

— Je peux te demander quelques minutes de ton temps ? lance-t-il avant de s'affaler sur le fauteuil placé devant le pupitre du journaliste.

Ahuri par le comportement de son visiteur, Zakaria fait un signe d'assentiment accompagné d'une moue significative à Dyela. Il attend qu'elle ait fermé la porte avant de porter son regard sur le nouvel arrivé.

— Je sais que je n'ai pas pris de rendez-vous, continue ce dernier comme s'il devenait mal à l'aise avec quelques instants de retard, seulement je n'avais pas prévu… En fait, je pense à toi ces derniers jours… Tu sais que j'ai laissé Julie ?

Devant le flot de paroles, le rédacteur peine à se retrouver. Que lui vaut cette visite impromptue ? En se calant dans son fauteuil, il prend le parti de ne pas parler, laissant à l'autre le soin de s'expliquer.

— Je pense à toi parce qu'à mes yeux tu représentes le calme… Tu es toujours posé, réfléchi… Tu sembles heureux, bien avec toi-même et avec les autres. Pour moi, c'est plus difficile… J'ai confiance en toi, je sais qu'en aucun cas tu ne rapporteras mes propos à qui que ce soit… Je sais aussi que nous ne partageons pas la même… Nous ne sommes pas de la même religion, malgré cela…

Agité, Alexandre se frotte les cheveux et se gratte le cou. Zakaria se penche légèrement vers lui : l'homme semblait aux prises avec une affluence de questionnements, au bord d'une crise.

— Nous avons le même Dieu, Alexandre, se risque le journaliste.

— Oui, je sais, répond l'autre.

Et il se calme.

— Ton Dieu ne me laisserait pas tomber, quels que soient les chemins que j'emprunte ? questionne-t-il avec une sorte d'anxiété dans la voix.

— Non, répond l'autre en hochant la tête.

Sur ces paroles, Alexandre se lève, remercie et quitte le bureau, laissant derrière lui un Zakaria médusé.

Sur la table, les reliefs de leur déjeuner rappellent l'attention qu'il a eue pour elle. En effet, se souvenant de son goût pour le café et les croissants, il est allé dans un restaurant prêt-à-manger et lui a rapporté le tout encore chaud.

Après avoir grignoté son repas, elle a beaucoup hésité avant d'entamer la conversation. Ils sont finalement demeurés silencieux de longues minutes, éloignés tant de la table que l'un de l'autre, comme s'ils n'avaient pas passé presque quinze années côte à côte.

Dès la première journée, elle a remarqué que le temps n'avait pas altéré son visage. Ses courts cheveux bruns et minces, coiffés vers l'arrière, découvraient un visage ovale doux et légèrement tanné, à l'expression vulnérable. Assez petits, profonds et très foncés, ses yeux lui parlaient jadis.

Elle le trouvait encore plus grand que dans son souvenir, ses épaules carrées n'avaient plus la fragilité d'avant. Néanmoins, cette dernière se dégageait encore de lui ; il lui avait semblé si frêle la toute première fois qu'elle l'avait vu... Triste et chétif. Elle s'était fait la promesse de lui apporter quelques joies...

Les années étaient passées et elle s'était vaillamment attelée à la tâche. Elle n'avait peut-être jamais réussi...

— Magali, *moj mali sestra…*, appelle-t-il doucement.

Ces mots la ramènent au temps de ses huit ans, alors qu'elle l'avait accueilli dans la maison familiale.

Cher Dieu, à mon avis, les chemins sinueux de l'existence ressemblent parfois à ceux de mon beau parc Angrignon. J'ai quitté ma cuisine après avoir déjeuné, aux prises avec des sentiments équivoques, hésitant entre la préoccupation et la frustration.

Comme d'habitude, mon parc me fait un baume et apaise mes pensées. Intéressés par mon état d'âme, les grands arbres se penchent vers moi, à l'écoute de cette ambivalence qui m'habite. L'ombre qu'ils font de leurs branches étendues permet une douce brise sans cacher le soleil, et le léger mouvement des feuilles amalgame le tout, amplifiant le calme discret environnant qui m'attire depuis tant d'années.

Il y a environ cinq jours que je n'ai pas de nouvelles de Magali. Dyela a même téléphoné au bureau de son dentiste. On lui a répondu que notre amie avait eu une urgence familiale et qu'elle serait absente une semaine.

Bien sûr, je sais cela. Mais je ne peux m'empêcher d'être un peu inquiète. Magali a dû être vraiment secouée pour agir de la sorte. Je ne dois pas m'alarmer à m'en rendre malade. Je m'efforce donc de dire une petite prière à son intention et je fais ensuite l'effort de diriger ma pensée vers ce que je ressens actuellement.

En me sentant délaissée par Magali, j'ai le loisir de m'apitoyer sur mon sort. Cela me rend sourde à la voix en moi-même qui m'appelle à m'élever sans cesse. En m'attristant, en me trouvant indigne de l'affection de mon amie, je me ferme à la confiance, à la gratitude pour ce que je suis. La reconnaissance pour la vie, pour ce que j'ai reçu, pour ton histoire, Dieu, alors que Tu pars à ma recherche par amour, que Tu te manifestes comme la réalisation du Père courant à ma rencontre.

Mon propre désir d'être aimée ne dépend pas des décisions ou des actions des autres. Ce sont deux choses différentes.

∾

Christiane se hâte sur le chemin qui mène à son domicile. Une rencontre multidisciplinaire s'est prolongée à son insu. Comme elle a promis à Jean-Sébastien d'être avec lui peu de temps avant l'heure du midi, elle ne veut pas le faire attendre. De loin, elle voit Marguerite qui semble revenir du parc Angrignon. Elle lui fait un grand signe amical mais ne s'arrête pas ; elles auront bien l'occasion de se revoir sous peu.

Habitué à un soleil intense, juin laisse briller l'astre doré jusqu'à teinter le ciel, et la femme profite pleinement du spectacle tout en se dirigeant vers la porte principale de son condominium.

Elle en est à tourner sa clé dans la serrure lorsqu'elle se sent observée. Elle détourne la tête, tenant toujours la poignée et la clé.

— Marguerite ? Vous êtes Marguerite ?

Elle se demande ce qu'elle peut répondre. Impossible d'indiquer à un inconnu où est la véritable Marguerite. En vérifiant du coin de l'œil, elle s'assure que cette dernière est encore loin et bénit promptement le ciel d'avoir donné un pas plus lent aux dames plus âgées.

— Je ne suis pas Marguerite, rétorque-t-elle sèchement. Je peux lui faire un message si vous avez quelque chose à lui transmettre.

Le jeune homme hésite, laissant à la designer le temps de l'examiner. Il est beau. Sa jeunesse l'auréole d'une candeur peu commune. Son crâne ovale laisse découvrir des traits fins dessinés par un peintre mélancolique. Ses cheveux droits et fins s'abandonnent à la brise. Ses yeux foncés semblent retenir chaque détail capté par un regard vif et intelligent.

S'arrachant à son examen, Christiane s'efforce de garder un ton ferme :

— Que décidez-vous ?

Il soupire, comme si le choix qu'il fait alourdissait sa tâche :

— Dites-lui que Magali lui donnera des nouvelles sous peu. Elle ne veut surtout pas l'affoler.

Tout en maintenant son regard sur la réceptrice de son message, le jeune homme recule, incertain. Immobile, Christiane ne le quitte pas des yeux. Attend-elle un dénouement quelconque à cette scène théâtrale où le prince étranger s'inquiète de sa belle? Parce que le jeune homme n'a aucun accent exotique, son apparence générale retient étonnamment l'attention. Il est clair qu'il ne vient pas d'ici.

Il est maintenant à une bonne distance de Christiane:

— Vous n'oublierez pas? crie-t-il.

Et ensuite:

— Merci, merci beaucoup!

Ébahie, la designer a encore la main sur la porte lorsqu'une autre voix se fait entendre:

— Bonjour Christiane, qui était donc le beau jeune homme à qui tu parlais?

Marguerite a terminé sa promenade!

Le groupe d'aide pour jeunes mères en difficulté a beaucoup soutenu Dyela depuis le début de sa grossesse. Avec l'équipe, elle a pu parler de ses inquiétudes, partager ses appréhensions et réaliser qu'elle n'était pas seule à vivre les craintes et les embarras occasionnés par sa gestation.

La future maman se sent privilégiée d'être entourée par ses amis du condominium, d'avoir été accueillie par Marguerite et d'avoir eu la chance d'être employée par Zakaria et ses collègues. Toutefois, elle apprécie tout autant de pouvoir se confier à des professionnels extérieurs à son milieu de vie.

En ce samedi matin, elle repasse mentalement les points forts enseignés au Centre concernant l'estime de soi et la capacité qu'elle a à découvrir en elle le potentiel permettant de faire face à sa vie de maman. Elle sait que le Centre la soutiendra dans son rôle de mère lorsqu'elle aura accouché et que ses amis seront également présents.

Elle se sent encouragée par sa situation actuelle et savoure à l'avance la joie qu'elle aura à partager ses récents achats avec les autres résidants du condominium. En effet, touchée par les délicatesses de ses camarades, elle est passée à la fruiterie et a acheté un petit buffet qu'elle pourra partager avec eux.

Elle soulève la tête, enthousiasmée par ses projets. Elle a pratiquement rejoint le boulevard De La Vérendrye lorsqu'elle s'aperçoit qu'elle a des pertes de sang. Inquiète, elle hésite à continuer sa marche et décide de téléphoner à quelqu'un pour demander de l'aide.

Elle cherche fébrilement son cellulaire lorsqu'elle aperçoit une voiture de police avec une agente à son bord. S'approchant de la rue, elle lève très haut son bras, lui faisant signe de s'arrêter.

« LUI »

La douleur me plie en deux. Embrouillant ma vue, mon cerveau, mon âme, elle ne laisse en exergue que ce manque qui m'habite, me pénètre, me distend. Mon ventre se distend.

Avant. J'étais jeune, enthousiaste, j'avais un cœur de poète. On disait de moi, lorsque j'écrivais, que je branchais mon crayon directement sur mes émotions les plus tendres, les plus sensibles. Les plus refoulées.

Je ne me permettais jamais de me laisser aller à ma vulnérabilité. On me disait rigide, pris dans un carcan étouffant dans lequel je croyais me protéger.

L'absence de ce corset de fer me fait mal. Mon ventre se distend.

J'avais besoin de structures, de pouvoir, d'endroits où l'on traite les choses sans nuances, en noir ou en blanc, sans laisser à l'être humain son libre arbitre. J'ai allégrement grimpé les échelons de la plus grande hiérarchie, dans un sincère besoin de me mettre au service des autres.

Aujourd'hui, je fais le chemin inverse et je chute indéfiniment dans un abysse.

Irrémédiablement.

Je retournerai, je retournerai dans ce précipice qui m'appelle par toutes les fibres de mon être.

Roi déchu, je régnerai, consumé de désirs.

Jusqu'à ce que l'on ait ma peau.

Tandis que
je suis en route

Bien-aimés, ayons de l'amour les uns pour les autres car l'amour est de Dieu, celui qui aime est né de Dieu, il connaît Dieu. Celui qui n'aime pas ne connaît pas Dieu puisque Dieu est amour[19].

Pour faire plaisir à Marguerite, Julie est allée chercher la future maman à la clinique d'obstétrique. Elle n'a pu refuser ce service à sa voisine, inquiète de sa colocataire, et affronte maintenant l'heure de pointe avec une bonne dose d'exaspération. Elle n'a pas eu à camoufler son état d'âme puisque, pour une fois, Dyela est peu attentive à sa compagne, complètement distraite par sa santé et surtout celle de son petit bébé à naître.

L'obstétricienne qui l'a reçue en consultation lui a expliqué qu'à neuf semaines il était possible de tolérer que le placenta ne soit pas haut dans l'utérus. Néanmoins, s'il ne remontait pas un peu dans les prochains mois, Dyela devrait garder le lit jusqu'à l'accouchement. La spécialiste avait recommandé le repos et le calme, permettant à la future maman de continuer à travailler, à la condition qu'elle ait une activité pondérée.

Bien qu'un peu rassurée, Dyela se sent quand même tourmentée.

— As-tu eu quelques problèmes durant ta grossesse? demande-t-elle à sa compagne.

— Non, répond sèchement Julie, les miens ont débuté après l'accouchement et durent encore!

Aussitôt après avoir prononcé ces paroles, Julie les regrette, particulièrement en lisant l'étonnement dans l'expression de celle qui les entend.

— Je blague, se reprend-elle gauchement. Pascal est très calme ces temps-ci.

L'image du jeune garçon apathique lui revient subitement en tête.

— Tu verras, conclut-elle, c'est parfois extrêmement demandant d'être mère !

Je me suis couchée plus tôt ce soir. Je trouve très agréable de demeurer dans cet état de demi-sommeil ; même à mon âge, j'aime bien rêvasser. Je suis une incorrigible rêveuse depuis au moins quatre-vingts ans !

Cher Dieu, cette léthargie me sert à la fois de repos et de réflexion sur les divers événements de ma journée. Je la reconnais comme un temps de retour et de tentative de compréhension des épisodes quotidiens. Comme tu sais, la conclusion est souvent une prière, version moderne d'examen de conscience qui deviendrait remplie d'une partie de l'humanité en marche. Ne sommes-nous pas tous en mouvement, liés les uns aux autres dans le temps et dans cette humanitude qui nous porte ?

Mes réflexions m'unissent à mes sœurs et à mes frères du monde. Certains soirs, j'imagine presque la chaîne humaine que nous formons. Elle s'allonge, dépassant les guerres fratricides... L'unique voie pour aller au-delà de toute animosité est celle de la compassion. Avoir un réel souci de l'autre en espérant que ce dernier aura également l'envie de découvrir un germe de bonheur chez son voisin qui, à son tour, cherchera à semer l'entraide...

N'est-ce pas tout simplement le rêve qu'a porté Jésus de Nazareth jusqu'à en mourir ? Son message entier n'est que compassion. Il guérit parce qu'il est remué au plus profond de son être par la souffrance et le désespoir. Il choisit de vivre avec les malades, les plus pauvres, les gens abusés par le pouvoir, les désespérés. Il enseigne à quel point Dieu se préoccupe de libérer son peuple de ce qui le déshumanise ou le fait souffrir. C'est là le véritable message de Jésus pour lequel il a donné consciemment sa vie ! C'est une proclamation difficile à vivre, puisque aimer comme lui, c'est parfois s'oublier. C'est surtout se reconnaître comme un être humain debout. Si je demeure droite, prête à avancer, alors je me perçois comme quelqu'un de valable et j'attribue à l'autre une valeur égale à la mienne ; non pas plus grande ou moindre, mais équivalente.

Cela exige beaucoup d'effort et, concrètement, je pense qu'il est plus ardu pour chacun d'admettre que nous sommes tous immensément dignes d'amour que de nous courber devant une statue ou une coupe sacrée. Notre amour pour Dieu est pure illusion à ses yeux s'il n'est pas une participation à son amour à Lui et ne s'exprime pas dans la compassion. Je crois fermement que Dieu habite l'être humain et qu'il l'appelle à aimer de façon authentique.

Ouf, le sommeil me guette. J'espère que Dyela dormira bien cette nuit et que ses saignements cesseront... Je souhaite aussi avoir des nouvelles de Magali... et de Jean-Sébastien...

∾

Les vertiges sont imputables à la médication. Concernant le manque d'appétit, le médecin lui a dit que c'était un peu normal et que la perte de poids suivrait et qu'il ne fallait pas s'inquiéter.

Chaque fois qu'il se peigne, Jean-Sébastien scrute à la fois l'apparence de ses cheveux et son teint en général. Malgré son état de fatigue continuel, qui est un symptôme commun de son problème de santé, le professeur en congé de maladie est décidé à faire de son mieux pour garder le moral. Voilà pourquoi, deux jours auparavant, il a invité son épouse à cette soirée dansante.

Alors qu'ils sont sur la piste de danse et qu'ils se balancent au son d'une musique douce, il savoure ce temps agréable qu'il ne se serait peut-être pas permis quelques mois plus tôt.

La robe de soie bleu gris de Christiane, parsemée de broderies de fleurs, lui va à merveille. Elle met son teint en valeur et rend brillant le brun de ses yeux. Son rouge à lèvres foncé délimite parfaitement le sourire qu'elle lui fait.

— J'ai une petite nouvelle à t'annoncer, murmure-t-elle.

— Qu'est-ce que c'est? questionne-t-il, un peu surpris.

— Rien qui ne puisse attendre que nous ayons terminé cette danse, répond-elle, taquine.

Sa Christiane! Elle avait le don d'imaginer une aventure agréable même dans les périodes les plus délicates.

∾

« LUI »

Je me suis créé un petit kit parfait. Mon sac ocre rassemble le tout et laisse pressentir un luxe discret. L'opulence n'est finalement présente que dans le cadeau que je m'octroie enfin.

La permission.

L'ensemble des objets cachés dans cette sacoche, je le compléterai au cours des années suivantes; il ne servira qu'à me propulser dans ce nouveau rôle.

Je me suis donné une autorisation.

Puisque cette première fois ouvre en moi une propension au recommencement, j'ai pris des dispositions pour l'avenir. Une garantie étoile: je m'assurerai de rechercher sans cesse cette étincelle, cette ardeur que je m'offre après en avoir tant rêvé. C'est la première d'un million de fois! Je balaie du revers de ma conscience les derniers soubresauts d'hésitation et je m'ouvre à l'extase, tenant mon havresac lourd de son précieux contenu: du Viagra, du lubrifiant, des condoms, une bouteille de désinfectant, une brosse à dents, du rince-bouche, une petite bouteille de vin, de l'huile de massage, un carnet et un stylo.

Tout est payé avec le travail de mon ancienne vie. Ainsi que celle des collègues morts avant mon arrivée.

Je sors avec une occasionnelle.

Je n'aime pas le mot *prostituée*, je ne veux pas avoir l'air de profiter de quelqu'un. Je me donne la permission. Je vais consciemment vers une stratégie qui m'identifie dans ma propre quête de reconnaissance et d'identité, et qui se marque en rapport avec la misère sexuelle et la dépendance économique.

En bref, un échange de bons procédés. En argent sonnant.

Sans Dieu.

J'apporte mon sac... non, mon porte-documents ocre dans lequel j'ai tout placé. Les autres fois, je me promènerai d'une ville à l'autre pour plus de sécurité.

On appellera cela du tourisme... sexuel.

Julie hésite entre l'angoisse et la méfiance. Depuis qu'elle l'a ramené de la garderie, le petit est demeuré prostré devant la télévision qu'elle avait elle-même allumée. Elle l'a poussé à parler afin qu'il lui raconte un peu de sa journée. Elle s'est montrée intéressée à son bricolage et lui a même parlé de sa propre journée. Elle lui a dit qu'il était impoli de ne pas s'enquérir des activités de l'autre, oubliant volontairement les fois où elle lui expliquait avec agacement qu'elle n'avait aucune envie de converser avec lui à son retour du travail.

Alarmée par le peu de réaction de son fils, elle s'est penchée à son niveau et lui a demandé s'il était souffrant.

— Non, maman, je n'ai même plus mal au cœur. J'ai seulement la gorge sèche.

Jusqu'à maintenant, chaque fois que Pascal s'est plaint de la soif, la jeune femme a invité l'enfant à aller se désaltérer lui-même. Aujourd'hui, elle court au lavabo et revient vers lui avec une eau fraîche.

Tandis qu'il boit, la jeune femme s'interroge. Avait-elle raison d'agir ainsi ? Prenait-elle les bonnes décisions ? Se souvenant du temps où, étudiante, elle travaillait comme préposée aux bénéficiaires, Julie se persuade du bien-fondé de ses actions. En ce temps-là, on admirait son travail. Elle savait être présente à tout moment pour assister les uns et aider les autres dans la mesure de ses capacités, et plus encore.

La maman de Pascal adorait le milieu hospitalier. Elle se souvenait de cette époque d'avant Édouard où elle pouvait prouver aux professionnels soignants qu'ils avaient besoin d'elle, parce que le travail se faisait toujours mieux avec son assistance.

Maintenant qu'elle est toute seule, les choses doivent forcément se compliquer. Édouard a disparu, Alexandre s'est enfui en lâche et elle demeure toute seule avec tant de responsabilités, de travail, d'obligations et de tâches, de gens à voir, de formulaires à remplir… Plus Pascal grandissait, plus ses journées à elle s'alourdissaient.

Julie se sent prise dans un remous incessant. Elle ne sait plus où aller demander de l'aide, où trouver une écoute, du soutien.

— Demain, décide-t-elle, toi et moi irons à la clinique médicale. Nous y trouverons peut-être quelqu'un qui puisse nous comprendre.

Il fait nuit noire. Magali observe avec attention celui avec qui elle partage ses journées depuis plus d'une semaine. Depuis la veille, elle ressent le besoin de dialoguer un peu plus. Dès qu'il lui a redonné le surnom de leur enfance, elle a eu envie de parler vraiment avec lui. À présent, elle décide de se lancer :

— Josip… Je vais devoir retourner à ma vie habituelle…

Sur ses lèvres, le prénom lui fait l'effet d'une grande secousse extirpée du passé. Elle ne l'avait plus redit depuis tant d'années. Au nom des souvenirs qu'ils avaient dessinés ensemble, elle lui avait donné cette semaine entière. En définitive, elle s'en était fait le cadeau pareillement.

Le coin gauche de sa bouche tremble un peu, lui donnant un air de petit garçon triste. Acquiesçant, il baisse légèrement la tête et murmure candidement :

— Je voulais te revoir… Reprendre contact avec toi.

Il était sorti de sa vie sept ans auparavant.

∽

Debout, Zakaria fixe son regard sur le tapis en signe d'humilité. Immobile, il considère l'endroit où il se prosternera dans quelques instants. Dans le silence de sa maison, au début de cette nuit paisible, il prend le temps de se recueillir. Il dit tout haut :

— Allah est le Plus Grand.

En même temps, il lève ses deux mains à la hauteur de ses épaules puis les pose sur sa poitrine, la paume de la main droite sur le dos de la main gauche. Il formule ensuite l'introduction de sa prière :

— Ô Seigneur ! Éloigne-moi de mes péchés comme Tu as éloigné l'Orient de l'Occident ; Ô Seigneur ! Purifie-moi de mes péchés comme on nettoie la robe blanche des souillures et des impuretés ; Ô Seigneur ! Lave-moi de mes péchés avec de l'eau, de la glace et de la neige.

Depuis de longues années, sa vie est rythmée par la prière. Il connaît la plénitude que cette discipline lui apporte. Or, il est aussi conscient qu'elle est un des piliers de l'islam et qu'il est difficile de s'y tenir.

— Ô Seigneur ! Tu es la Paix, et de Toi vient la paix, à Toi la bénédiction, Ô Seigneur ! le Très Vénéré et le Très Généreux ; il n'y a pas d'autre divinité sauf Allah, Unique sans aucun associé ; à Lui le royaume, à Lui la louange ; Il est le Tout-Puissant. Ô Seigneur ! Rien ne peut retenir ce que Tu donnes, rien ne peut donner ce que Tu retiens ; et nul fortuné ne peut profiter de sa chance à Ton insu ; aucun changement du mal au bien, ni aucune force dans l'obéissance à Allah et dans Son adoration ne se réalise que par Sa Volonté ; il n'y a pas d'autre divinité sauf Allah et nous n'adorons que Lui ; à Lui la prospérité, la grâce et les louanges pieuses ; il n'y a pas d'autre divinité à part Allah ; nous Lui sommes sincèrement fidèles dans Son adoration et dans notre religion en dépit de la haine des mécréants.

Il sera bientôt temps pour Zakaria de dormir. Il se sent en paix avec lui-même, avec les autres et surtout avec son Dieu.

ᕍ

— Tu ne comprends pas ? questionne la designer, gratifiant son époux d'un chaleureux sourire. Une designer crée... Elle doit inventer de nouveaux concepts d'objets ou de vêtements.

Jean-Sébastien regarde son eau minérale. Les petites bulles du liquide éclatent les unes après les autres. Elles font la fête dans son verre, et lui, si pragmatique généralement, compare le tout à ce qui se passe à l'intérieur de lui.

— J'ai offert de participer bénévolement à la mission de la Société canadienne du cancer en lançant une ligne de vêtements abordables, je leur remettrai les profits.

Selon lui, Christiane avait une façon bien à elle de combattre à ses côtés.

Assis à la table faisant face au trio de musiciens, ils sont suffisamment éloignés d'eux pour pouvoir dialoguer, et assez proches pour bénéficier de leur musique douce et prenante. Une mélodie parfaite pour la soirée d'amoureux qu'ils se sont offerte, nimbée de leur combat et de leurs espoirs. Un temps pour fourbir leur arme : la force d'être ensemble.

Christiane pose une main sur l'épaule de son conjoint et la laisse descendre lentement.

— Sais-tu comment se nomme ce nouveau concept ?

Il fait non de la tête.

— Ce sera la collection Seb, est-ce que le nom te convient, mon amour ?

Sa Christiane ! Oui, elle avait le don d'imaginer une aventure agréable même dans les périodes les plus délicates.

ᕍ

Magali ne conçoit pas qu'il ait voulu la revoir, n'était-il pas parti sans lui en expliquer la raison ?

— Je n'avais qu'un peu plus de quatorze ans à l'époque. Je te considérais comme mon meilleur ami.

— Je sais.

Les deux mots demeurent en suspens. Magali se demande comment comprendre ce qui lui a fait si mal. La désertion, le rejet. Elle se souvient de la blessure dans son cœur et reconnaît la cicatrice demeurée là, des années plus tard. Sur le point de se rouvrir.

— Tu étais trop jeune pour convenir que nous venions de deux mondes différents.

Bien sûr qu'elle le savait! À la fin de la guerre de Bosnie, ses parents avaient adopté un enfant croate ayant une vague parenté avec un ami de sa mère. Il était arrivé alors que Magali n'avait que six ans et qu'elle priait Dieu chaque soir de lui donner un grand frère. Avec ses quatre ans de plus, Josip avait tout à fait l'air d'une réponse de l'au-delà! La petite fille le trouvait tellement fort, beau et intelligent! Elle se rappelle les leçons de français qu'elle lui donnait chaque jour, lui faisant répéter encore et encore le nom de chaque objet qu'ils rencontraient lorsqu'ils jouaient ensemble. Elle se souvient également combien elle l'admirait pour ses nombreuses connaissances politiques et géographiques. Elle se remémore ses encouragements chaleureux et son petit sourire avec le coin gauche de sa bouche tremblant un peu… Et aussi ses grands yeux tristes. Durant les huit années où il avait fait partie de sa famille, elle avait tout tenté pour effacer l'affliction cachée dans ses iris brun vert. Lorsque, la dernière semaine, elle avait pressenti un départ ou quelque chose d'aussi radical, elle s'était même permis l'impensable un soir.

La jeune adolescente était entrée dans la chambre de celui qu'elle se savait sur le point de perdre et, avant qu'il ne réagisse, s'était jetée dans ses bras et avait cherché ses lèvres. Le baiser bref et gauche avait longtemps servi de dernier souvenir à l'un et à l'autre, mais aucun des deux n'en était conscient à ce moment-là.

— Je devais retourner dans mon pays et régler mes tourments, explique-t-il.

Les enfants qui subissent la guerre en gardent une meurtrissure inoubliable, lui avait expliqué un thérapeute quelques années plus tôt. Il le savait déjà puisqu'il avait passé de longues années à tenter de la camoufler.

Il réalise abruptement qu'il ne pourra lui faire comprendre sa quête s'il ne lui raconte pas l'histoire du jeune garçon croate qu'il a été, de ses cinq ans, au début du conflit, jusqu'à l'instant où il a été dirigé vers le Canada pour adoption.

D'un geste spontané, il glisse sa chaise en face de la sienne et s'assoit tout près d'elle. Il ne la regarde pas en débutant :

— Lorsque nous avons été déplacés dans des camps de réfugiés, les gens de ma ville et moi avons été visités par des psychothérapeutes et autres spécialistes. Mes parents étaient déjà morts et je me sentais horriblement seul au fil de ces journées désœuvrées. Je me souviens d'un après-midi où une thérapeute est venue vers moi avec un chien de peluche qu'elle m'a tendu. Je devais avoir huit ou neuf ans, je n'avais jamais pu confier à personne ce qui me remontait en mémoire sans arrêt depuis le début de mon séjour dans les campements. Son animal jouet m'a fait penser à mon véritable chien qui avait été tué par un soldat, parce qu'il tentait de protéger mon grand frère...

— Qu'est-il arrivé à ton frère ?

Magali a peur de la réponse. Par la même occasion, elle se culpabilise de ne lui avoir jamais parlé de la guerre avant. Elle croyait naïvement qu'il aimait mieux oublier.

— Mon frère a été puni. Ils l'ont attaché à l'arbre de notre maison et lui ont fait regretter l'agressivité de notre chien durant deux jours. Il avait treize ans.

— Où étais-tu ?

— Caché dans un fossé attenant à notre terrain. J'ai tout vu et je n'ai rien fait.

— Tu étais bien trop petit ! proteste-t-elle.

Les larmes tombent sur ses joues depuis un long moment déjà. La jeune femme ne s'en préoccupe pas. Elle regarde cet ami, ce fantôme du passé, ce gardien, ce frère.

Des extraits de livres sur les conflits armés lui reviennent en tête :

«Les enfants déracinés par la violence sont souvent très instables. Ils se montrent tantôt agressifs, tantôt mutiques, se disputent les jouets, font des cauchemars. Certains sont littéralement tétanisés de terreur par le bruit d'un hélicoptère ou d'un avion. D'autres cèdent à des crises de panique ou d'angoisse parce qu'ils ont été les témoins de la mort d'un parent, d'un bombardement ou de l'explosion d'une mine, parce qu'ils ont été blessés eux-mêmes ou parce qu'ils ont vu un proche, souvent un frère aîné, emmené par des hommes en armes[20]. »

Dans un geste aussi impulsif qu'authentique, Magali se lève et n'a qu'un pas à faire pour être à ses côtés. Comme elle le faisait dans son enfance, elle prend sa tête entre ses mains et l'appuie sur son cœur.

— *Moj mali sestra...* ma petite sœur, lui dit-il en croate, de la même façon qu'il le faisait dans ce temps-là.

En une peine partagée, des larmes tombent maintenant de ses yeux à elle jusque sur les joues de Josip.

— Tu crois qu'on devrait aviser les policiers ?

Tremblante, la voix de Marguerite s'élève dans le silence matinal de sa cuisine. Dyela fait oui de la tête alors que Christiane est d'un autre avis.

— Elle t'a fait signe, a téléphoné à son travail et, en plus, elle a demandé au jeune homme de prendre quelques minutes de son temps pour te rassurer. Magali est une adulte. Je ne crois pas que l'on doive la traquer comme si elle était une enfant.

— Tu as peut-être raison, Christiane…, commence Dyela en se frottant le ventre.

La future maman se dit que l'inquiétude, qui lui monte au cœur au sujet de son amie, vient peut-être de sa préoccupation à propos de sa propre grossesse. En effet, demeurer en position assise durant un maximum d'heures dans une journée, ne peut être véritablement une attitude proactive ! Au moins, ses pertes de sang ont presque entièrement cessé. Dyela se sent encouragée à l'aube de sa douzième semaine de gestation.

— Laissez-lui encore deux ou trois jours de liberté, plaide la designer. Ensuite, nous aviserons les autorités policières.

∾

Pascal s'est endormi sur la banquette arrière de l'auto aussitôt que cette dernière s'est mise à rouler. Ce matin, bien que rayonnante, Julie se sent épuisée. Cette sensation revient chaque fois qu'elle fait une crise, et celle-ci a été spectaculaire. La jeune femme a donné un véritable spectacle et a gagné, ce qui explique son humeur joyeuse.

Comme elle désirait que Pascal puisse avoir une consultation médicale complète, elle l'a réveillé dès l'aurore. Après l'avoir fait déjeuner sommairement puisque l'enfant avait la nausée, elle s'est hâtée d'affronter la circulation intense de l'heure de pointe matinale.

À l'hôpital, l'enregistrement a été très long. La mère et le fils avaient dû s'armer de patience. Malheureusement, Julie ne possédait pas cette qualité et, au bout d'une heure, elle s'était mise à invectiver la réceptionniste. Après plusieurs tentatives pour la raisonner, un agent avait finalement installé la mère et l'enfant dans un petit cubicule où l'attente avait recommencé à l'écart du personnel et des autres patients.

Une Julie irritable avait accueilli le médecin en début d'après-midi. Elle s'était mise à discuter avec lui, lui assurant que son fils avait un problème pulmonaire connu dans un autre hôpital. Sa connaissance de plusieurs termes médicaux et de noms de médicament avait berné le jeune interne surchargé.

La prescription d'antibiotiques dans sa poche valait une fortune à ses yeux: elle démontrait un de ses très beaux succès ainsi qu'un talent d'actrice de renom !

Au cœur
de nos partages

Il y a dans la création des cieux et de la terre et dans la succession de la nuit et du jour des signes pour ceux qui sont doués d'intelligence[21].

Il lui a acheté un jean et un tricot au retour de son travail. Magali ne s'est pas étonnée quand elle a vu que les nouveaux vêtements lui allaient parfaitement. Du temps de leur connivence, il était arrivé qu'il lui achète des vêtements avec ses premières payes de livreur à l'épicerie du quartier. Ces jours révolus surnageaient de plus en plus précisément entre eux, reliant leur proximité du mince fil d'une complicité antérieure.

Ils n'ont pas véritablement repris là où ils étaient avant, l'un et l'autre ayant trop peur de se livrer entièrement. Ils tissent plutôt une nouvelle entente faite de silences, de dialogues, de quelques sourires, de certaines incompréhensions et des blessures du passé. De l'affection profonde d'antan.

Ils se redécouvrent et en sont étonnés tous les deux; surpris de la solidité d'une relation qu'ils ne maîtrisent pas et qui les mène sur une vague imprévisible et indéfinie où les sentiments font office de flots géants.

Ils savent tous deux qu'il devra bientôt la ramener à son univers familier. Ce qui leur est complètement inconnu, c'est la tournure que prendra leur relation maintenant qu'ils sont sur le point de quitter leur minuscule appartement.

C'est ainsi que, désormais, Magali se réfère au lieu où ils habitent : leur minuscule appartement.

— Est-ce que tu crois toujours en Dieu ? s'enquiert-elle abruptement, sans avoir réfléchi.

Il se tourne vers elle et cherche dans son expression la raison d'une telle demande.

— Il a souvent été le seul à qui je pouvais parler, répond-il.

Et son cœur à elle fond.

— En supprimant mon innocence, la guerre a aussi éliminé mon enfance.

— Tu ne m'en parlais jamais avant.

— De la guerre ? Je voulais tellement m'empêcher d'y penser que j'avais compressé en moi les souffrances, les horreurs et les pertes. J'appelais de tous mes vœux une immense capacité d'oubli et je priais Dieu qu'il me la donne.

— Il ne t'a pas exaucé…

— Il a mis sur mon chemin des gens qui m'ont conseillé de partir et m'ont guidé vers un cheminement de guérison.

Je ferme mes yeux et observe mon souffle. Respirer régulièrement. Dans le calme de ma cuisine, laisser aller mes pensées et les remplacer seulement par l'instant présent. Être, ici et maintenant. Inspirer, expirer…

Dieu, dans la parabole du Fils prodigue, on dit du cadet qu'il choisit de mener une vie de débauche. En fait, il s'agit d'une vie qui n'est pas construite en fonction de ta présence, ou de la compassion pour soi et les autres. Les conséquences de son choix de vie conduisent le fils à la famine. Cette dernière lui fait ressentir le manque. Ce manque le rend conscient de la pauvreté de sa situation, ce qui l'incite à travailler à une tâche humble. Rentrant en lui-même, le fils fait son auto-analyse. Il se met à songer à son futur. Il fait le projet de devenir le serviteur de son père. Alors qu'au départ il réclamait sa part d'héritage, il ne veut plus rien demander. Il a abandonné toute revendication, y compris celle de son identité : Je ne suis plus digne d'être appelé ton fils.

Le père en le voyant venir est pris aux entrailles. Il attend le fils perdu jusqu'à ce qu'il revienne, et l'accueille d'un cœur ému. Il court à sa rencontre et le réinvestit comme fils en réclamant qu'on lui rapporte la robe, la bague et les sandales. Ce rétablissement comme héritier est célébré par un banquet.

Souvent, je dois être trouvée et « ramenée à la maison » par Dieu. J'ai plusieurs raisons de demander mon héritage et de partir comme un être sans attaches à toi, mon Créateur. L'histoire du Fils prodigue est celle où tu pars pour me chercher, celle où tu n'auras de repos que lorsque tu m'auras trouvée et ramenée à toi. Tu m'implores de m'éloigner de ce qui me fait mourir, de mes dépendances ou de mes fermetures envers toi. Tu me supplies d'aller vers la lumière, de cheminer vers ce qui me remet debout, et non vers ce qui me courbe ou m'alourdit. Tu me demandes de chercher la vie afin que je sente tes bras autour de moi. Ce qui est discerné est un reflet de toi, l'Infini…

Tant que je me place dans l'ombre, je ne peux éprouver que le ressentiment face aux comparaisons que je fais entre mes expériences et celles des autres puisque, sans lumière, je vois le négatif qui m'entoure alors que je perçois la fortune chez le voisin. Tu me convies à demeurer près de toi pour voir, à l'aide de Ta lumière, l'amour que Tu me réserves depuis toujours… Par la lumière de Ton amour, je devine que l'autre est ma sœur, mon frère, et qu'il est également aimé de Toi.

Le fils qui a faim et se sent abandonné, c'est le corps brisé de l'espèce humaine ; le jeune homme chéri par son père, c'est l'humanité entière qui revient vers Toi…

Souvent, ma propre difficulté consiste à accepter véritablement que je vaux la peine d'être attendue ou cherchée par Toi…

Juillet est à demi passé. Profitant d'un soleil radieux, Dyela s'est assise sur la terrasse. Son projet de lecture ne va pas plus loin que sa main qui tient le journal du jour. Elle rêvasse, laissant ses grands yeux noirs se promener autour d'elle, jusqu'au boulevard De La Vérendrye, large et occupé par une circulation régulière. Placés en sentinelles de chaque côté, les arbres imposants camouflent à peine l'artère, malgré leur feuillage abondant colorant le ciel d'un vert profond à mesure que le vent les agite en un balancement régulier.

La future maman imagine l'enfant à naître, le cœur déjà prêt à une tendresse infinie. Elle a fait la paix avec les semaines épouvantables dont l'intensification s'est soldée par la conception du bébé. En dénonçant l'agresseur, elle a apaisé son amertume. Redressée, elle se sent davantage capable de s'apprécier pour ce qu'elle est. Avec Marguerite, elle a beaucoup prié, apprenant à s'estimer à sa juste valeur. «Parce que tu comptes beaucoup aux yeux du Seigneur, que tu as du prix et qu'il t'aime[22]. »

En soupirant, Dyela laisse entrer l'air dans ses poumons, appréciant le moment présent.

— Je peux m'asseoir avec toi quelques minutes ?

La future maman sursaute légèrement, revenant à la réalité. Jean-Sébastien marche vers elle, la questionnant du regard. En acquiesçant à sa demande, la jeune femme l'étudie avec attention.

Son teint gris, blafard et mouillé de sueur tranche avec le bleu marine de sa chemise. Amaigri, sa ceinture retient un pantalon désajusté. Son sourire sincère réchauffe un peu plus celle qui le reçoit.

— J'ai fait du classement pour ma remplaçante à l'école et je suis un peu fatigué.

— Comment vont tes soins ?

Jean-Sébastien reçoit un léger traitement de radiothérapie associé à un autre de chimiothérapie. Il sait que la fatigue, les malaises gastriques et la faiblesse générale sont causés par cet ensemble de cures.

Comme s'il l'incluait dans sa propre pensée, il explique que chacun d'eux fait face à une situation extrême. Selon lui, Dyela se prépare à la vie tandis qu'il doit forcément faire face à l'éventualité de la mort. Non pas qu'il n'ait aucun espoir, il a l'intention de se battre et de gagner. Cette période d'arrêt doit, à son avis, se faire dans la réflexion.

— À chaque fois que se présente, dans notre vie, un moment important, nous devons prendre un nouveau départ. Tomber amoureux nous incite à «partir» en couple, nous partons vers une nouvelle profession, un nouvel enfant, une nouvelle amitié, une nouvelle décision… Nous partons en ouvrant un nouveau chemin. Je ne suis plus l'homme en santé que j'étais puisque j'ai pris un nouveau départ comme quelqu'un ayant à vivre une maladie…

— Les rencontres avec Marguerite…

— …m'ont beaucoup aidé. Elle a dit quelque chose qui m'est resté en tête depuis. Elle a dit: «Je quitte la maison chaque fois que je perds confiance en la petite voix qui me parle à l'intérieur de moi.» Cette petite voix-là est plutôt apaisante en général. Cela ne m'empêche pas d'avoir peur ou d'être découragé parfois, mais ma petite voix reste présente. La seule différence, c'est qu'avant je ne l'écoutais pas…

∾

« LUI »

Je n'ai pas réalisé à quel point était grand mon besoin de sexualité avant de voir un psychologue. C'était avant que j'abandonne mon ancienne vie. Combien de stratagèmes, d'histoires, de simulations… J'inventais comme je respirais afin de protéger mon nouveau mode de vie.

Avant, ma solitude était accablante et inexistante à la fois. Je devais ne pas perdre de vue une situation où je courais sans cesse le risque d'être dénoncé. Maintenant, je suis plus libre. Enfin, affranchi.

Plus que jamais, je peux décider de mes gestes.

Mes gestes sexuels. J'en ai toujours un besoin immense! Une nécessité sexuelle.

Ma thérapeute dit que ma façon de combler mon manque de Dieu est d'avoir une activité sexuelle incessante. Elle me répète que c'est l'envers d'une véritable relation et qu'ainsi je me sauve d'un vrai lien avec Dieu.

Je ne l'écoute pas.

Elle est très belle, ma docteure.

La dernière fois, la fille que j'ai rencontrée, je l'ai imaginée en psy.

C'était simple, j'ai utilisé les articles de mon petit kit en fermant les yeux. J'ai imaginé que j'étais avec ma psy.

C'est drôle. J'ai envie de le lui dire.

Lui faire savoir que je comble mon manque de Dieu en pensant à elle.

Dans la rue. Vêtue comme les filles.

Dans mon lit ensuite.

Dieu ? Connais pas.

∾

— J'ai hâte de te présenter Marguerite.

Ils n'ont pas reparlé vraiment depuis l'avant-veille, où elle a pleuré dans les cheveux de Josip. Ainsi, se sentant vulnérable face à lui, Magali désire garder une certaine réserve. De caractère pondéré, Josip semble tout à fait à l'aise dans leur nouvelle façon d'entrer en contact. Il a perdu son air fermé, ce qui apaise la jeune femme.

Ils ont convenu qu'il la reconduirait chez elle. L'appartement de Josip est situé dans l'ouest de Montréal, puisque le jeune homme est interne à l'Hôpital de Montréal pour enfants. Un accord avec le département de médecine d'une université de son pays lui permet cette chance inouïe.

Il avait cru que cette semaine les aiderait à renouer tout en venant à bout du sentiment d'abandon de sa sœur adoptive. Elle sait maintenant qu'il y a plus.

Étrangement, Magali lui donne raison. Elle ne lui a pas parlé en détail de la douloureuse absence qui a suivi son départ et perçoit vaguement qu'en un certain sens, il a deviné. Elle a hâte de reprendre le fil de sa vie. Cependant, l'ombre d'une mélancolie lui rappelle qu'elle sera physiquement éloignée de son frère d'adoption.

Elle veut rencontrer Marguerite avant de retourner chez elle et a insisté pour que Josip l'accompagne.

— Tu lui diras que c'est moi qui te retenais? demande-t-il, partagé entre la taquinerie et la curiosité.

— Je lui dirai que, durant mon absence, je t'ai retrouvé.

Alexandre recoiffe ses cheveux une dixième fois. La nervosité le rend pessimiste et il en déteste la sensation. Généralement, il accorde peu de temps aux étranges ruminations que l'on nomme introspections. Depuis assez longtemps, il a mis ces formes de pensée au rancart, jugeant qu'elles ne servaient qu'à diminuer les nombreux plaisirs de la bonne fortune de chacun.

Sans se l'avouer vraiment, il ne peut se départir de la notion de modération. En bref, il devrait se calmer. Depuis qu'il est parti de chez Julie avec l'intention de ne plus y retourner, il s'est un peu trop laissé aller.

Il ne peut nier qu'il a aimé chaque instant de ses nombreuses folies, mais il estime qu'il ne faut pas «tenter le diable» et que de retourner avec Julie lui donnerait le sentiment d'une quasi-régularité.

Il ne sait trop ce qu'il dira à son ex-amie souvent hystérique pour se faire accepter. Il a pensé lui acheter des fleurs. Il a finalement mis l'idée de côté. Il ne peut songer à lui déclarer un amour qu'il ne ressent pas. Il estime qu'il devra demeurer le plus possible dans la sincérité.

— Nous pourrions être réguliers, murmure-t-il pour lui-même, et apprécier de partager une vie commune.

Bien entendu, chacun aura le loisir de profiter de son temps libre. Et les dépenses diminueront de moitié.

Le petit? Il s'en accommodera.

❧

De la rue, Josip et Magali se sont immobilisés de longues secondes pour ensuite courir vers l'immeuble à condos.

— Nooon! Nooon! Pascal!

Magali jette un coup d'œil à Josip. Les cris venant de l'immeuble semblent sortir tout droit d'un film d'horreur!

Le jeune homme reprend d'instinct ses réactions du temps de guerre. Il agrippe le bras de sa compagne et se met à courir.

— Au secours!

Magali reconnaît finalement la voix.

— C'est Julie, s'exclame-t-elle, essoufflée, il est arrivé quelque chose à Pascal!

❧

Alexandre a stationné son auto et ressorti son peigne. Cela lui donne l'avantage de gagner du temps.

Les cris l'assaillent dès qu'il ouvre la portière.

— C'est Julie, pense-t-il, peut-être sera-t-elle mûre pour entendre mes offres irréfutables!

Faisant une petite moue, il marche résolument vers l'entrée de l'immeuble.

❧

— Pascal, Pascal, lève-toi! Nooon! Nooon!

Le hurlement de Julie glace le sang.

Christiane met un moment avant de se ressaisir et de se ruer vers le corridor. Elle a reconnu la voix et se demande ce que sa voisine a pu inventer de nouveau. Les cris s'intensifient alors que, comme la dernière fois, elle rejoint Zakaria déjà sur place et observe que, comme eux, Marguerite s'approche aussi vite qu'elle le peut.

La scène qui les attend est plus dramatique cette fois-ci et la designer sent son cœur se serrer fortement.

❧

— Qu'est-ce qu'il faut faire ? Ahh… Pascal ! Lève-toi !

L'enfant gît par terre dans une odeur de vomissures et d'excréments. La blancheur de sa peau frappe Christiane qui, l'espace d'une seconde, le croit mort. Se reprenant, elle note la petite poitrine qui s'élève régulièrement et décide de faire preuve d'autorité.

— Arrête ! Arrête tout de suite, Julie ! ordonne-t-elle en s'agenouillant devant l'enfant.

Marguerite se place devant la jeune femme en crise à l'instant où Magali arrive, flanquée de Josip. L'octogénaire tient Julie par les bras et lui parle fermement. Celle-ci finit par se taire, mais le battement de ses paupières démontre clairement qu'elle n'est pas revenue à la normale. Sa respiration haletante et ses longs tremblements achèvent d'inquiéter la vieille dame.

Les ambulanciers ne se font pas attendre et sont suivis de près par Dyela et Jean-Sébastien. Penché sur l'enfant, Josip s'assure de son bien-être et assiste les ambulanciers.

❧

Christiane s'inquiète de Jean-Sébastien suivant les brancardiers. Elle ne peut s'empêcher de voir qu'il tient la rampe et assure ainsi ses pas. Plus près de lui, Zakaria redescend les quelques marches, allant ainsi à sa rencontre. Les deux hommes ne se touchent pas. Pourtant, le malade se sent ainsi plus en confiance.

Chez Julie, Dyela a préparé le lit. Magali a pris quelques secondes pour serrer la future maman sur son cœur.

Démuni, Alexandre se reproche sa présence. Il se sent de trop dans ce corridor exigu où les gens le poussent à droite et à gauche. Marguerite le retient d'un geste autoritaire.

— Alexandre, aide-nous à installer Julie.

Avec des gestes doux et volontaires, Marguerite et Christiane guident Julie vers sa chambre. Piteux, Alexandre n'ose pas se sauver.

La mère de l'enfant, toujours en larmes, ne pourra accompagner le malade. Alors Dyela prend sa place. Elle promet d'aviser Marguerite aussi vite qu'elle le pourra.

⁓

Ah mon Dieu… Christiane et Jean-Sébastien ont regagné leur condominium. Je me suis assurée que Julie ne restera pas toute seule en insistant pour qu'Alexandre demeure auprès d'elle. À mon avis, ce n'est pas parce qu'on ne l'a pas vu depuis un certain temps qu'il ne peut pas lui rendre ce service. Curieusement, sans tenir compte de l'agitation causée par l'inconscience du petit et l'hystérie de la mère, lorsque j'ai revu ce personnage mal à l'aise, j'ai eu la conviction qu'il fallait que je lui parle… Ce n'est pas un faux souvenir, j'en suis de plus en plus certaine. Je l'ai vu plusieurs fois, mais de loin. C'est pourquoi ma pensée n'est pas claire.

Je m'occupe du présent : le retour de ma belle Magali ! Je l'invite à venir prendre son jus d'orange, accompagnée du grand jeune homme qui la couve des yeux. Zakaria s'excuse et se sauve discrètement après avoir serré la main du nouvel arrivé. Je n'ai pas le temps de leur dire quoi que ce soit que déjà mon invité me coupe littéralement le souffle.

— Je suis celui qui a enlevé Magali.

Ouf. Comme entrée en matière, il y a moins brutal.

— Qu'est-ce que cela veut dire ?

Ma jeune amie, assise à la table de ma cuisine, secoue la tête, un peu découragée. Visiblement, le mot *enlevé* est un peu fort.

— Disons que nous avons choisi de nous donner du temps tandis que son arrivée impromptue m'a empêchée de t'en parler à l'avance.

Je délaisse ce que je faisais et m'approche d'eux. Leur faisant face, j'étudie leur duo.

⁓

Au retour de l'hôpital, elle ressent le besoin de se confier. En frappant chez Zakaria, Dyela recherche un endroit où exprimer sa perplexité. Elle est même allée chez Julie et s'est fait répondre par Alexandre que la maman du petit dormait. Il n'est pas question pour elle d'aller directement raconter à Marguerite ce qu'elle a vécu à l'hôpital, et elle ne peut certainement pas déranger Christiane et Jean-Sébastien.

S'il est surpris de recevoir une visite tardive, le Marocain n'en laisse rien paraître et convie poliment sa visiteuse à entrer. Pressée de se confier, la jeune femme n'accepte rien à boire ni à manger et commence à parler sans tarder.

Elle explique que, dès le lendemain matin, tôt, Julie est attendue à l'hôpital. L'équipe pédiatrique responsable de Pascal désire la rencontrer. Elle relate dans le détail à quel point l'infirmière et le médecin de garde l'ont questionnée sur les habitudes de vie de l'enfant et les agissements de Julie.

— Redoutent-ils quelque chose de précis ? demande Zakaria, craignant pour l'enfant.

— Ils soupçonnent un empoisonnement de Pascal et se demandent si Julie ne lui a pas donné quelque chose !

❧

— En mai 2003, j'ai quitté notre maison familiale de Montréal, explique Josip, les yeux toujours rivés sur les miens. J'avais dix-huit ans. Mon but était de repartir dans mon pays d'origine pour guérir de ce déchirement causé par la guerre. Je ne l'ai pas fait aussi vite que prévu. La parenthèse que j'ai vécue avec de jeunes immigrés vivant dans l'irrégularité a été aussi courte qu'angoissante.

Je pense avoir une bonne expérience au plan humain. Dieu, tu sais bien que, de prime abord, ce jeune homme me fait une bonne impression. Je ne change pas d'idée à mesure qu'il explique les bévues de ses dix-huit ans…

— Je me retrouve dans un groupe où on fait de l'argent facilement. Je décide que c'est ce dont j'ai besoin. Nous ne sommes pas une dizaine. Au début, j'ai l'impression d'avoir posé les pieds dans un regroupement de jeunes pareil aux autres. Nous sommes bien ensemble et pour ainsi dire partageons tout. Nous nous confions les uns aux autres, sympathisons durant plusieurs semaines. Regroupés par des adultes, nous apprenons les rudiments de la vente de drogue. Parce que j'ai une réputation de sans-malice, je fais équipe avec le plus dur. Il a déjà de l'expérience dans les domaines connexes et est censé m'aguerrir. Malheureusement, je n'ai pas de talent et, de surcroît, je n'arrive pas à oublier mes expériences de guerre… Je sursaute et j'ai peur trop facilement à son goût. Il assure les caïds au-dessus de nous que je suis dangereux.

Josip nous explique quelques-unes de ses imprudences. Plus il en fait l'expérience, raconte-t-il, plus son coéquipier approfondit ses talents de petit voyou. Lorsqu'au bout de deux ou trois mois, le jeune garnement se fait arrêter, il est convaincu que Josip a tout fait pour le trahir. Étonnamment, il développe une rancœur à son endroit, l'accusant d'être responsable de tous ses malheurs.

— Il ne croyait pas que j'étais vraiment malhabile, empêtré dans ma conscience et mes vieux démons de guerre, et restait absolument persuadé que je voulais lui nuire.

En désespoir de cause, il jure à son ancien partenaire de se venger dès la fin de son emprisonnement.

— J'ai fait l'insensé durant environ six mois. Malgré la perte de mon enfance, l'appréhension et la cicatrice laissée par le traumatisme de la guerre, l'expérience vécue dans l'illégalité est celle qui m'a causé la plus grande angoisse.

— Tu ne te sentais pas à ta place dans ce milieu.

La voix de Magali affirme ce qui pour elle est une évidence.

— C'est vrai, approuve le jeune homme. Quand je suis finalement parti pour la Croatie, on avait arrêté mon drôle de camarade et le groupe s'était totalement dispersé. Il avait eu le temps de me menacer sur ce passé que j'avais naïvement confié… Je suis revenu dès que j'ai su qu'on le libérait…

— Il est en liberté en ce moment ?

Ma question ne me rassure pas, je me sens déjà impliquée dans ce récit d'une certaine façon.

— Il n'y a plus de danger maintenant, madame, me rassure Josip avant de se tourner vers Magali. Le soir où nous avons parlé, où je t'ai raconté la mort de mon frère, j'ai appris que mon pseudo-chef ne me ferait plus jamais peur.

La question me vient aussitôt sur les lèvres :

— Est-il mort ?

— Non, madame. À la fin de son temps en prison, les autorités du Canada lui ont fait perdre son statut d'immigré. Il a été renvoyé dans son pays d'origine. Je n'avais pas prévu ce dénouement…

Josip n'a pas cessé de regarder Magali, même quand il m'adressait la parole. Le coin gauche de sa bouche tremble un peu.

— Je voulais que nous reprenions contact, mais je devais également te protéger !

Dieu Père,
Dieu Mère

Ceux qui sont les plus éloignés du centre du pouvoir politique et religieux, les esclaves, les enfants, les gentils, les femmes, sont devenus le paradigme du vrai disciple[23].

— Qu'est-ce qu'un disciple?

Dieu, cette question que vient de me poser Magali m'a longtemps tourné et retourné dans la tête. Deux mille ans après Jésus, nous ne pouvons avoir le même mode de vie, les mêmes raisonnements, les mêmes attentes que de son temps, et pourtant…

— N'as-tu jamais eu envie de dire « qu'est-ce qu'*une* disciple » ?

Je l'avoue, ma remarque est un tantinet taquine. Toutefois, elle est surtout extrêmement importante parce qu'historique.

— Au début de notre ère, des femmes ont marché à la suite de Jésus. Elles ont porté son message d'égalité et de compassion. La Bible ayant d'abord été traduite par des hommes, dans une société patriarcale, l'action des femmes a été occultée. En revanche, depuis de nombreuses décennies, les retraductions ont corrigé les textes et redonné aux femmes la place qui leur revient. Un disciple, une disciple marche à la suite de Jésus.

Depuis son retour, une semaine auparavant, Magali a repris son rythme de vie habituel. Elle a insisté pour recommencer à faire certains de mes achats, déchargeant ainsi Dyela, un peu fatiguée par sa grossesse.

Je la laisse partir pour sa clinique dentaire, me promettant de faire une adaptation féministe de nos prochaines prières. Selon moi, l'importance de ce réajustement de nos rencontres priées est l'inclusion sous toutes ses formes. Dieu, tu ne peux aimer une seule partie de l'humanité, mais bien son entièreté : hommes, femmes, riches, pauvres, homosexuels, hétérosexuels, sans aucune exclusion. Ce que l'être humain doit faire en retour, c'est tenter d'aimer de la même façon, sans jugement, sans proscription, avoir le souci de l'autre jusqu'à une compassion entière et vraie. Aller jusqu'au bout de l'amour véritable pour chaque personne mise sur notre route change complètement notre regard sur l'autre.

Cette réflexion est importante à mes yeux. En plus, je sais qu'en ce moment elle a l'avantage de me changer un peu les idées puisque, avec Julie et Dyela, je suis convoquée à rencontrer l'équipe médicale qui a soigné Pascal avant qu'il ait son congé de l'hôpital.

Dans le coin de la chambre, au détour d'une pénombre déployée et créée pour favoriser le repos, se percevant inefficace et déplorant cette sensation, assise sur le bord d'une chaise, Christiane contemple son compagnon de vie.

L'unique son rompant le lourd silence de la pièce est celui du sommeil de ce dernier, alourdi de l'effet des nombreux médicaments. Régulier, il monte en crescendo pour redescendre ensuite abruptement comme une menace, une embûche, une épée de Damoclès. Il n'est plus tout à fait ce qu'il était il y a quelques mois, alors qu'aucun spectre ne s'élevait, prêt à entacher l'avenir ; il est différent, inconnu, impasse.

Christiane se rappelle le temps de l'annonce de la maladie, la peur dans les yeux de l'autre et les nuits passées à bercer cet être merveilleux. Chaque instant lui revient ensuite, alors que son Jean-Sébastien était examiné, radiographié, et que la maladie l'engouffrait dans son monde de douleurs, d'incertitudes et d'affolement. Pour une fois depuis le début de cette aventure éprouvante, l'accompagnante se permet de laisser sortir sa hantise, de la déplier comme une tente et d'en étirer les parois de fer ; lourdes cloisons pesant sur son cœur. Elle qui garde sans cesse la tête froide, sans égard pour sa sensibilité reconnue, la proactive, l'ordonnée, tremble comme un être fragile.

Le corps totalement tendu vers cet homme qu'elle aime, à des mètres de lui, elle se rend compte de la profondeur de son immense solitude. Se laissant alors submerger par la détresse et le désarroi, elle contient les sanglots silencieux qui s'accumulent dans sa poitrine, craignant, si elle leur laisse libre cours, de ne plus jamais pouvoir les arrêter.

Elle ne sait pas comment elle en vient à se replier sur elle-même, posant sa tête dans ses mains, les coudes appuyés sur ses cuisses.

Dans cette position de recueillement et de supplication, sa respiration se calme et son corps s'apaise.

Dès le début, Jean-Sébastien a fait savoir qu'il choisissait la prière et le recueillement pour se calmer et affronter la maladie, pense Christiane, toujours immobile sur sa chaise. Elle adopte aujourd'hui librement ce point de vue également.

« J'ai été élevée chrétiennement, pense-t-elle. Je crois à quelque chose après la mort même si je ne sais pas bien ce que cela veut dire. Je vois parfaitement comment cela a une grande signification pour Marguerite, comment cela la met en marche ! En ce moment, comme Jean-Sébastien, j'ai besoin de célébrer la vie puisque j'ai peur de la mort de l'amour de ma vie. Alors que j'atteins la cinquantaine, je me rends compte que l'on ne contrôle rien, je ne contrôle rien... Je ne me sens pas à l'aise dans les maximes du genre « rien n'arrive pour rien ». Jésus a dit autre chose en termes d'amour et de proximité... Aimer, donner sa vie... »

Quittant lentement sa chaise, avec d'infinies précautions, Christiane s'étend tout près de la silhouette endormie. Sans s'éveiller, Jean-Sébastien l'entoure de ses bras.

« LUI »

J'ai mal. J'ai mal. Mon abdomen gonfle et je me tords, perdu dans ce tourbillon, cet ondoiement douloureux comme si je m'enfonçais au creux d'un monde d'infortune, comme si mon ventre contenait une masse immense remplie de désolation et de disgrâce.

Je suis emprisonné dans une galaxie, isolé au plus profond d'elle-même, au cœur de moi.

Je souffre dans mon corps, j'exulte dans mon corps.

Je fais fi de tout ce qui n'est pas lui, même de l'objet que j'utilise de plus en plus souvent pour me rappeler combien j'ai un corps. Cet objet, blond, brun ou roux, uniquement pour mon corps.

Il a été nié si longtemps, sublimé, oppressé, omis. J'ai mal.

Il est revenu dans ma réalité, il prend toute la place. Je souffre.

Il EST ma galaxie.

Je vaincrai ma misère par la sublimation.

La primauté de mon corps. Ma seule religion.

Mon corps. Tellement lancinant.

∽

Assis sagement sur le banc du parc Angrignon, Pascal, amaigri et pâle, balance tranquillement ses jambes. Je me suis installée sur le même siège. Nous sommes entourés de Dyela et Julie. Cette dernière, en pleurs, ne lâche pas la main de l'enfant.

Au retour de notre rencontre à l'hôpital, en bonne entente avec Dyela, je les ai invités sur ce terrain neutre pour expliquer à la jeune maman ce que nous avons décidé.

Ma colocataire et moi avons eu le temps d'échanger sur les ajustements à apporter à la vie quotidienne de la petite famille blessée, alors que mère et fils étaient invités à rencontrer un dernier spécialiste. Je me prépare à parler, en souhaitant le faire le plus généreusement possible.

— Veux-tu, Julie, que nous laissions un peu de liberté à Pascal?

Ah, Dieu, j'espère que ceci est un bon début et je regarde l'enfant courir vers la partie du parc où d'autres petits de son âge sont déjà en activité. Je prends une bonne respiration et je me lance :

— Les médecins qui nous ont reçues ce matin croient que tu as besoin d'aide. Tu étais peut-être plus fatiguée et c'est ce qui t'a portée à faire une erreur de dosage de la vitamine D que tu donnais à Pascal.

Julie recommence à pleurer, exprimant ses regrets d'avoir rendu son fils malade, expliquant la douleur éprouvée lors de la mort d'Édouard et la lourdeur d'être mère alors que le père est absent et que le travail est aussi demandant que le sien.

D'un commun accord, Dyela et moi attendons que l'orage passe. Nous respectons la douleur de la mère. Toutefois, nous avons décidé de protéger l'enfant coûte que coûte. L'équipe soignante que nous avons rencontrée nous a mises au fait de la situation : Pascal avait probablement été empoisonné par une dose trop forte de vitamine D. Son organisme avait été intoxiqué et les conséquences auraient pu être dramatiques.

Je termine sur un ton exceptionnellement ferme :

— Julie, Dyela et moi avons donné notre parole aux médecins, infirmières et autres spécialistes que nous avons rencontrés. Nous acceptons de t'aider en recevant Pascal quatre fois par semaine au moins. Nous aimons beaucoup ton fils et je suis convaincue que Magali s'impliquera également, puisqu'elle voulait le faire depuis un bon moment.

— Cependant, continue la douce Dyela sur un ton assuré, s'il arrive que son état physique ne soit pas excellent, nous téléphonerons à cette équipe immédiatement.

— Je n'ai pas fait exprès ! hurle Julie.

Je ne sais pas. Je ne peux rien prouver concernant la volonté ou non de Julie de protéger son fils. Je sais que ces choses existent. Je sais qu'il arrive que des parents malades jouent un jeu horrible pouvant aller jusqu'à la mort. J'ai peur pour l'enfant. J'ai accepté de le surveiller dans l'espoir qu'il puisse vivre son enfance auprès du seul parent qui lui reste.

Subitement, je me sens horriblement déprimée.

Qu'aurais-tu fait à ma place ?

∽

— J'ai déserté la Bosnie comme on quitte une reproduction de quelque chose de grand qu'on avait connu authentique...

Dans un effort pour bien s'expliquer, Josip fronce les yeux, attentif aux mots qu'il choisit. Zakaria l'écoute, sensibilisé à l'expérience de son vis-à-vis par son propre bagage contenant un pays d'origine différent de celui où il vit. Songeur, il note que le coin gauche de la bouche du jeune Croate.

L'après-midi de cette journée de congé débute sous les nuages et le journaliste profitait de la période avant la pluie pour délester le terrain des mauvaises herbes récalcitrantes. Josip et Magali, qui circulaient boulevard De La Vérendrye, se sont arrêtés pour saluer celui que le Croate a rencontré quelques jours plus tôt. Encouragé par l'écoute, il poursuit :

— Actuellement, la Bosnie-Herzégovine offre une façade contradictoire. Les jeunes de différentes ethnies se vouent mutuellement une animosité insurmontable, même s'ils n'ont pas connu la guerre. Par exemple, des événements remplis d'une grande violence sont le lot de tous les sportifs ethniquement purs, et de leurs supporters qui leur sont semblables. La religion est enseignée de façon à cultiver des groupes homogènes en opposition les uns aux autres. Des politiciens frauduleux martèlent des discours nationalistes dans l'espoir évident d'accroître les divisions.

Magali boit ses paroles. Elle ne connaît pas bien la mélancolie de Josip face à ses origines. Elle a cependant une longue expérience du vague à l'âme inexpliqué de l'enfant auprès duquel elle a grandi. Depuis le retour dans sa vie de son frère d'adoption, elle tente de faire des liens avec l'enfant énigmatique et l'adulte au bagage lourd. Elle réalise que sa tâche est complexe chaque fois qu'elle apprend des faits nouveaux.

— Nous entendons peu parler de ton pays, remarque Zakaria.

— Je sais.

Sa réponse modeste prend Magali au cœur. Elle recule discrètement, se retenant pour ne pas laisser échapper un son. À cause de sa situation familiale, la jeune femme a toujours réservé une partie de son cœur pour ce pays inconnu. Comme son compagnon, elle est née après le conflit. Au contraire de lui, elle ne verra nullement l'après-guerre, dont les années n'adoucissent jamais le souvenir.

Le « Je sais » de Josip reflète seulement l'envers du mot *solidarité* dans une humanité dont elle fait partie.

Dès qu'elle l'a vu, elle s'est collé le dos à l'arbre le plus proche. Les bras étendus de chaque côté d'elle, les mains ouvertes sur l'écorce rêche et les yeux clignotants, Julie semble vouloir entrer à l'intérieur du majestueux peuplier. Autour d'elle, les nuages l'approchent, escadrille vaporeuse assombrissant ses alentours. En syntonie avec le paysage, son air fermé désire repousser toute velléité de conversation.

Alexandre a vu tellement de visages différents de celui vers lequel il avance qu'il ne se sent pas rebuté le moins du monde. Son sourire en coin laisse deviner qu'il est assuré de son succès. Il jauge le spectacle préparant déjà le tête-à-tête.

— Je ne veux pas te parler.

L'entrée en matière de la femme est sans équivoque. Alexandre décide de manipuler.

— Je t'ai quand même veillée une nuit durant.

— Merci.

Il ne s'est pas départi de son sourire, toutefois il s'est avancé jusqu'à toucher la pointe de son soulier.

— Tu as peur qu'on nous voie ?

Les cils ont cessé de papilloter pour acquiescer distinctement. L'hésitation succède, mais ne dure pas longtemps.

— Je te téléphone dès que Pascal sera chez Marguerite.

Le sourire de l'homme s'est accentué. Et il est reparti.

Tandis que Dyela se dirige vers le condo, je suis demeurée près du petit, désirant lui laisser le temps de jouer avec les enfants du quartier le plus longtemps possible. Mon Dieu, je ne sais trop où est Julie et je ne m'en préoccupe pas. De toute façon, avec les nuages de plus en plus menaçants, je sais qu'il faudra bientôt rentrer.

Je suis Pascal des yeux, me débattant pour ne pas me laisser prendre par la tristesse qui ne m'a pas quittée. Je suis pourtant d'un naturel optimiste et les baisses d'humeur ne sont pas fréquentes chez moi. Je sais que mon état d'âme est directement lié à la situation de Pascal. Je fais beaucoup trop de rapprochements avec mon passé de petite fille.

Bien sûr, j'étais plus vieille que lui et ma mère était morte. La sienne se dérobe à ses responsabilités. Durant de longues années, j'ai ressenti une solitude sans fin, une espèce de souffrance sociale minant mon quotidien. Tout cela m'a menée à la théologie, l'étude de Dieu pour comprendre les êtres humains... Comment Pascal sera-t-il dans dix ou vingt ans? Sera-t-il un adulte blessé ou pourra-t-il se redresser? Vivre debout comme un maillon important d'une humanité en marche...

— Pascal, viens vite, il commence à pleuvoir!

Je le regarde courir vers moi, ses talons touchant pratiquement ses fesses à mesure qu'il avance, et je ne peux m'empêcher de m'enquérir:

— Comment te sens-tu?

— Bien! C'est agréable d'être avec eux! répond-il en montrant les autres enfants. J'pouvais pas jouer avant, j'avais toujours mal au cœur!

— Qu'est-ce que ta maman disait lorsque tu étais malade?

— Qu'il fallait que je prenne encore plus de gouttes! affirme le petit, qui ajoute: J'aime bien être avec toi parce que tu n'es jamais fâchée contre moi, toi.

Les nuages se font instantanément très menaçants.

Lorsque Dyela arrive à quelques pas de l'immeuble, Zakaria range ses outils de jardinage. Les congés et les obligations de part et d'autre ont fait en sorte qu'ils ne se sont pas rencontrés vraiment depuis des jours.

La fatigue et les nausées des premiers mois sont désormais choses du passé pour la future maman. Le cuivré de sa peau a repris son éclat naturel, son ventre s'est légèrement arrondi et ses longues tresses moirées retiennent leur brillance comme avant le début de sa gestation. L'expérience d'attente a été profitable à la jeune femme. À mesure que les mois ont passé, elle s'est sentie mûrir, en paix, comme si l'enfant à venir avait construit un véritable lien d'amour à l'intérieur d'elle-même, la rendant plus forte. L'abandon paternel du début de sa vie recule, devenant valeur d'expérience et non plus blessure comme avant.

Zakaria apprécie de croiser sa collègue de travail, qu'il trouve sympathique et avec qui il aime échanger. Quant à Dyela, elle est heureuse de pouvoir profiter de l'occasion pour demander à son camarade quelque chose qui lui revient en tête encore et encore, depuis un moment.

Après les salutations, la jeune femme enchaîne :

— Te souviens-tu, lorsque je t'ai parlé des célébrations que nous faisions chez Marguerite ? Je t'avais dit que je croyais que ce serait une bonne chose si tu participais à ces regroupements auxquels, récemment, des personnes de l'extérieur de notre condominium se sont jointes et semblent véritablement apprécier.

Zakaria se souvient et Dyela reprend :

— Je pense que Marguerite aurait bien besoin de quelqu'un sur qui s'appuyer lors de notre prochaine prière. Nous demandons beaucoup à cette femme hors du commun. Seulement, les choses sont plus lourdes pour elle depuis que le petit a été malade.

Lorsque le journaliste accepte de coprésider la prochaine célébration, la jeune femme enthousiaste promet d'inviter les gens et de choisir un texte déjà adapté par Marguerite.

— Ce sera une belle célébration spéciale, assure-t-elle, je la préparerai avec soin. Nous soulignerons le retour de Magali, accueillerons Josip, rendrons grâce pour Pascal, prierons pour Jean-Sébastien…

— Nous unirons nos prières, résume Zakaria.

De sa fenêtre, Magali pourrait voir la pluie tomber. Elle est retournée chez elle à l'instant où le ciel commençait à gronder sérieusement. À l'entrée, elle a déposé son parapluie et s'est ensuite assise sur le fauteuil du salon. À moins de deux mètres d'elle, la nature fulmine, secouant arbres et arbrisseaux, les ployant avec colère. Les gris passent du perle à l'anthracite ; ils se mêlent aux bruns ressemblant au bitume ou à une détresse dans de mauvais moments.

Magali pourrait apercevoir la tempête si elle n'était totalement prise par le cœur. Involontairement, elle a ouvert une porte, et s'est vue propulsée au sein d'un pays où elle n'est jamais allée, et qui n'en finit plus de tenter de guérir d'une plaie ouverte et gangrenée. Cette même porte donne sur un second couloir plus sombre et compliqué, celui d'une petite fille ayant enfin le grand frère qu'elle espérait, plus fort et plus beau que dans ses rêves. Plus loin, dans l'étroit passage, une adolescente pleurant ce même grand frère, l'attendant, l'espérant, finit par prendre le chemin qui la fait devenir adulte. Elle porte un vide en elle, qu'elle ne peut pas remplir d'une présence aimée à jamais disparue.

Magali se redresse et revient lentement à sa réalité actuelle. Jeune fille autonome, elle a un travail qu'elle aime, un appartement, des amis, une vie agréable. Son monde concret présentement a quelques similitudes avec cette pluie qu'elle vient tout juste de remarquer.

Magali la regarde maintenant tomber. Une tempête déchaînée et houleuse secoue violemment les montants de la fenêtre. Un brouhaha de sons caverneux et de hurlements s'élève, envahissant le petit salon, encombrant une imagination à peine revenue à la réalité. À l'intérieur d'elle-même, la jeune femme entend le vacarme, comme s'il venait de l'intime, de ses souvenirs emmêlés dans une actualité palpable, effarante et complexe.

Au centre de ce bruit inhabituel, deux grands yeux brun vert ne cessent de la fixer.

De sa fenêtre, Magali serait en état de voir la pluie tomber si les larmes ne l'aveuglaient pas autant.

Tu sais, Dieu, le problème concernant le moral des gens, c'est que, lorsqu'il se place sur une pente descendante, il est bien ardu de le faire remonter ! En tout cas, je parle de mon état d'esprit. Je n'ai pas l'habitude de le laisser chuter de la sorte ! Il faudra bien qu'il remonte, puisque je dois préparer cette célébration. A-t-on idée de préparer une prière de groupe avec une humeur chagrine ? Impossible ! Marguerite, remets-toi et vite !

J'ai une bonne raison de rétablir mon entrain, j'organise un petit changement de mon cru. J'y ai pensé durant des jours et, finalement, je le ferai : je veux faire une adaptation féministe de notre texte. Je sais que les textes de la Bible ont été traduits par des hommes qui ont souvent fait des interprétations misogynes de ce qu'ils lisaient. Depuis longtemps déjà, un courant plus ouvert de spécialistes a revu les écrits et cherché un sens élargi aux récits. Ce qui me plaît énormément en relisant les écrits bibliques de cette façon, c'est que cela invite à l'inclusion. Une théologienne féministe que j'estime utilise l'expression merveilleuse de « disciples égaux[24] ». Je crois fermement que, sous le regard de Dieu, chaque être humain a une valeur immense et égale à celle de son voisin ; c'est pour cela que la théologie me passionne, j'y ai découvert des joyaux insoupçonnés parce qu'ils n'ont pas été disséminés partout sur nos petites têtes que l'on nous obligeait à courber !

Bon, assez de plaisanteries. Je veux relire mon texte avant d'aller me coucher :

Un homme avait deux enfants. La plus jeune dit à son père : Père, donne-moi la part de bien qui doit me revenir. Et le père leur partagea son avoir. Peu de jours après, la plus jeune fille, ayant tout réalisé, partit pour un pays lointain et elle y dilapida son bien dans une vie de désordre. Quand elle eut tout dépensé, une grande famine survint dans ce pays, et elle commença à se trouver dans l'indigence. Elle alla se mettre au service d'un des citoyens de ce pays qui l'envoya dans ses champs garder les porcs. Elle aurait bien voulu se remplir le ventre des gousses que mangeaient les porcs, mais personne ne lui en donnait. Rentrant alors en elle-même, elle se dit : Combien d'ouvriers de mon père ont du pain de reste, tandis que moi, ici, je meurs de faim ! Je vais aller vers mon père et je lui dirai : Père, j'ai péché envers le ciel et contre toi. Je ne mérite plus d'être appelée ta fille. Traite-moi comme une de tes ouvrières. Elle alla vers son père. Comme elle était encore loin, son père l'aperçut et fut pris de pitié : il courut se jeter à son cou et la couvrit de baisers. La fille lui dit : Père, j'ai péché envers le ciel et contre toi. Je ne mérite plus d'être appelée ta fille. Mais le père dit à ses serviteurs : Vite, apportez la plus belle robe, et habillez-la ; mettez-lui un anneau au doigt, des sandales aux pieds. Amenez le veau gras, tuez-le, mangeons et festoyons, car ma fille que voici était morte et elle est revenu à la vie, elle était perdue et elle est retrouvée. Et ils se mirent à festoyer.

Son fils aîné était aux champs. Quand, à son retour, il approcha de la maison, il entendit de la musique et des danses. Appelant un des serviteurs, il lui demanda ce que c'était. Celui-ci lui dit : C'est ta sœur qui est arrivée, et ton père a tué le veau gras parce qu'il l'a vue revenir en bonne santé. Alors il se mit en colère et il ne voulait pas entrer. Son père sortit pour l'en prier ; mais il répliqua à son père : Voilà tant d'années que je te sers sans avoir jamais désobéi à tes ordres ; et, à moi, tu n'as jamais donné un chevreau pour festoyer avec mes ami(e)s. Mais quand ta fille que voici est arrivée, elle qui a mangé ton avoir, tu as tué le veau gras pour elle ! Alors le père lui dit : Mon enfant, toi, tu es toujours avec moi, et tout ce qui est à moi est à toi. Mais il fallait festoyer et se réjouir, parce que ta sœur que voici était morte et elle est vivante, elle était perdue et elle est retrouvée.

Adaptation féministe de Luc 15, 11-32

Dieu Père, Dieu Mère,
encore et encore

Jésus a traité les femmes en personnes responsables, leur redon-
nant leur dignité, les libérant de leur impureté, les redressant en
filles d'Abraham, les citant en exemple aux hommes et finalement
les instituant premières messagères de la résurrection[25].

Cher Dieu, aidée de Dyela, j'étire bien la nappe de lin gris et m'assure de faire disparaître le moindre pli. J'ai allongé la table à son
maximum. Aussi ma compagne a-t-elle prévu d'y placer plusieurs
chandelles du même ton ; nous voulons faire de la célébration un
moment très spécial. Ma colocataire a pétri elle-même le beau pain
ovale que nous déposons sur une grande assiette argentée ; un plat
plus petit contient des dattes. Les serviettes de table, les coupes de
vin et petites soucoupes à pain sont joliment disposées sur la grande
table.

Il ne me reste qu'à poser les fleurs fraîches au centre, près du
pain, ce que je fais lorsque les premiers célébrants[26] sonnent à la
porte. L'atmosphère demeure festive à mesure que les gens arrivent.
Satisfaite, je les regarde se placer autour de ma belle table : Zakaria
à ma droite, Dyela ensuite, Jean-Sébastien, émacié et souriant,
Christiane, les deux hommes de la dernière fois que Dyela a contac-
tés, Magali flanquée de Josip, que chacun accueille avec chaleur.

Je note la fatigue et l'anxiété dans les yeux de mon amie la
designer et je demande brièvement à Dieu de lui donner force et
courage.

Nous échangeons calmement quelques banalités, réservant les vrais sujets pour le temps de prière ou l'après. Les deux personnes se faisant soigner en même temps que Jean-Sébastien se joignent à nous en précisant que leur couple d'amis sera absent. Je me prépare à rassembler tout mon monde pour commencer, lorsque Julie, Pascal et Alexandre entrent en s'excusant de leur retard. Nous nous donnons bruyamment des nouvelles les uns des autres durant un bon moment. Je laisse ensuite le petit s'installer sur les genoux de Magali avant d'inviter le groupe à prendre un temps d'intériorisation. Sans que j'aie à le suggérer, chacun observe sa respiration et je renonce à compter les minutes. Je suis persuadée, depuis de nombreuses années, que cette étape est cruciale. En effet, comment pouvons-nous entrer en contact avec notre Créateur si nous ne faisons pas l'effort de faire silence à l'intérieur de nous-mêmes ?

∽

« LUI »

Je ne veux pas être ici. Je n'avais pas prévu me retrouver parmi ces gens. Que veut vraiment dire le mot *prier* ? Plus les années passent, plus je crois que cela n'a pas de sens. Implorer, mentir, tomber à genoux, médire, conjurer, ourdir !

Je sais comment faire semblant. Je sais manifester une piété factice, je l'ai si souvent fait. Des années durant.

Je me souviens des temps grandioses où j'étais regardé, admiré, montré en exemple. Alors, il était si facile de se glorifier… Cela me montait à l'âme comme un alcool, une drogue ; je jubilais en ce temps-là.

Oui, bien sûr, comme tout le monde, il y eut un temps où j'y ai cru. Enfin, j'ai tenté d'y croire. Je me mettais à genoux, suppliais : Seigneur, Seigneur, accorde-moi cela, exauce-moi…

Je n'avais pas raison à cette époque.

Je ne veux pas être ici.

∾

— Aujourd'hui, nous reprendrons le texte du père et de ses deux enfants.

J'ai dit cela de ma voix la plus douce pour inviter les gens à terminer leur prière individuelle. Dieu, je sais bien que tu es là. Nous sommes quatorze autour de ma table et je me demande un court instant combien de personnes étaient avec Jésus lorsqu'il faisait ses enseignements. Oui, oui, il devait y avoir douze gars et certainement aussi des femmes, des jeunes garçons, des jeunes filles et des enfants... Ses disciples. Tous ceux qui étaient en âge de comprendre.

— Selon moi, cette histoire, racontée par l'évangéliste Luc, est très attachante. Un théologien ayant fait des recherches sur l'époque de Jésus[27] note qu'il n'y a aucune raison pour nous de douter qu'elle vienne véritablement de lui. Ce récit en est un d'amour et, quel que soit le personnage qui nous ressemble le plus dans cette parabole, l'histoire nous dit que Dieu nous attend, gardant un attachement indéfectible pour chacun de nous.

Puisque nous avons la chance de célébrer avec Zakaria, notre ami musulman, nous ferons une célébration interreligieuse[28]. À la place, en silence, chacun prendra un morceau de pain et le gardera pour soi avant de passer le plateau au voisin. Nous ferons de même avec les dattes. Par ces gestes, nous soulignerons l'importance du partage. Ensuite, Zakaria invitera le groupe à se souhaiter mutuellement la paix, *As-Salaam*.

Nous en sommes à notre second moment de recueillement. Dans quelques instants, je présenterai le texte que j'ai adapté. J'ai hâte et me sens un peu nerveuse à la fois.

Lorsque j'entends le bruit du papier que l'on se distribue, le calme me revient. Dyela se lève pour lire la parabole, accueillie par une écoute respectueuse. Ensuite, je commence à expliquer :

— Je vous ai fait lire un texte passé à la vanneuse de ma foi personnelle. Je nous invite à reprendre cette version de la parabole et à l'analyser. Je vous précise d'emblée que, selon les mœurs des personnes vivant au temps de Jésus, il est impossible qu'une fille demande à son père sa part d'héritage. Cette personne n'a pas d'héritage puisqu'elle est de sexe féminin. L'argent d'un père devait aller aux frères, oncles, cousins, certainement pas aux femmes. Le père est donc hors tradition ; son amour irait-il plus loin que les conventions sociales ? Quant à la fille, si elle part seule, elle se retrouve sans protection et sans réputation puisqu'elle ne sera jamais considérée comme une personne majeure. Si sa tâche au service du citoyen est de garder les porcs, c'est que l'on n'a pas deviné sa féminité, sinon son sort aurait été encore moins enviable.

Zakaria me fait signe qu'il veut parler et je l'invite à le faire :

— Un père ne retenant pas son héritage est respectueux du comportement de ses enfants mâles ou femelles. Il n'est pas obsédé par leur moralité. Or, il leur fait confiance et attend leur retour. Cela peut nous inviter à garder le courage d'exprimer les désirs que l'on croit importants pour continuer à grandir, en dépit de toute loi.

Je marque un temps d'arrêt et regarde les visages un à un. Ils sont penchés sur le texte, étudiant les mots. J'attends un peu, puisque je ne veux pas leur en dire trop à la fois ou les bousculer.

— Continue, s'il te plaît, me demande Christiane.

J'obtempère :

— Entrant en elle-même, la fille réalise la situation peu enviable dans laquelle elle est. Elle prend conscience de sa misère et de sa solitude, comme il nous arrive de le faire à un moment ou l'autre de notre vie. Cette fille prend conscience de sa situation de manque. Elle est privée de nourriture et d'éléments de première nécessité. La douleur et la privation la font réfléchir, et elle s'avise à ce moment de ce qui aurait pu être. Elle s'avise de la place qu'elle avait avant de quitter la maison familiale, et, sans s'en apercevoir, elle commence à s'imaginer en marche. Elle avance près de celui qui représente l'amour à ses yeux et discerne finalement la place qu'elle n'a jamais prise.

Je me tais un instant et je relève ma tête. Je ne sais pas pourquoi mon regard va vers Dyela, et je m'aperçois que de grosses larmes tombent de ses joues. Cette adorable jeune femme, qui cherchait une identité parce qu'elle ne trouvait pas de référent à qui s'identifier, peut-elle constater à quel point elle est une belle personne ?

Je reprends la parole :

— Si la cadette de ce récit va véritablement vers son père, elle ne pourra à coup sûr que découvrir ce sentiment immense de proximité d'un père pour sa fille, et deviner ainsi que la place qu'elle n'a pas prise demeure incroyablement vide, puisque personne ne peut remplacer un être humain éminemment unique.

Zakaria poursuit :

— Le père ne demande qu'à lui donner cette place laissée libre...

— Elle sera rétablie dans l'amour je continue, et pourra faire sienne la demeure de son père, grand défi qui semblait impossible. La souffrance en elle, alors qu'elle accumulait les privations, a ouvert un espace d'où elle a pu entendre la voix du père qui l'appelait. La foi, c'est la conviction rigoureuse que la maison du Père, notre maison, est toujours là.

— Même lorsque nous sommes talonnés par une maladie terminale ?

Jean-Sébastien a lancé sa question de façon presque agressive. Pour avoir demandé quotidiennement de ses nouvelles à Christiane, je sais que la partie a été extrêmement difficile dernièrement. Notre ami est fatigué et je souhaite que mes mots aient une réelle authenticité.

— Je crois que les fils et filles souffrant d'une maladie ont un accueil encore plus chaleureux que les autres. La prière ne fait pas de miracle et ne peut malheureusement pas changer notre condition physique, mais dire de Dieu qu'il aime de façon maternelle, c'est dire qu'il est présent à l'autre, quoi qu'il arrive. Je pense que, si Dieu (qui est puissant d'amour seulement et ne fait pas de magie) est si présent pour ceux qui souffrent, c'est qu'il supporte avec eux chaque étape de leur adversité, chaque écueil. Que la souffrance soit une maladie ou une autre sorte d'épreuve, je suis convaincue que Dieu souffre en même temps que nous. Je suis également persuadée qu'il a mal devant toutes les exclusions dont ses fils et ses filles sont victimes.

J'ai lu quelque part qu'une blessure n'a de sens que dans la compassion qui l'entoure. Cette signification est toujours restée profondément inscrite dans le bagage que je transporte lorsque je vais vers les autres...

— Quelle qu'elle soit, l'épreuve nous fait ralentir, reprend Zakaria. Durant cet arrêt, nous sommes souvent obligés de repenser notre chemin.

— Je veux bien voir cette étape comme un temps de décision pour mon avenir, murmure Jean-Sébastien.

— Un temps pour apprendre la force de la solidarité...

Dyela a prononcé les mots en se tournant complètement vers l'époux de Christiane. Je vois son maintien et son expression et je me dis qu'il y a véritablement un soutien solide dans toute la personne de cette colocataire que j'apprécie de plus en plus.

J'ai envie de laisser aller ma pensée sur le pouvoir de la solidarité, sa force d'entraînement et d'estime à la fois, mais ma tâche présente est bien plus de répondre à la soif de Dieu de mon groupe. Ce besoin assidu dans chaque être humain, ce besoin qu'il est si commode parfois d'annihiler. Il est souvent ardu de garder en nous la conviction d'être aimé de Toi, Dieu, à l'infini...

— L'amour de Dieu, dis-je tout haut, peut être comparé à des mains éternellement tendues vers nous. Des mains qui attendent mais ne forceront personne à entrer dans la Maison. Il est toujours difficile de se rappeler que nous sommes aimés à ce point et qu'à chaque véritable silence en nous, nous pouvons ressentir la présence de Dieu.

— Un grand nombre de gens se voient porter un passé injustifiable, un présent étourdissant et lourd, et un avenir obscur ; ils traînent parfois une mauvaise idée d'eux-mêmes, motivée par des échecs qu'ils ne se pardonnent pas et qu'ils croient pareillement inexcusables aux yeux de Dieu, affirme Christiane.

— Dieu ne peut rester confiné dans les mauvais rôles limités que nous lui conférons. Il ne peut avoir la charge étroite d'un créancier. Arrêtons-nous quelques secondes pour penser à ce que pourrait ressembler un amour infini. Imaginons ce que nous voudrions que Dieu soit pour nous-même...

Je m'arrête une autre fois de parler et observe chaque personne tour à tour. Comment imaginer l'amour infini à partir de ma pensée restreinte ? Comment Te raconter, Dieu, Père ou Mère, à un enfant dont le parent a failli à sa tâche ? Comment formuler ton attention personnelle pour chacun de nous à ceux-là qui souffrent d'une maladie mortelle?

Nous réconcilier avec toi, l'Amour, occasionne une libération de notre cœur. Nos relations humaines provoquent forcément des interactions contenant de la jalousie, de l'envie, de la haine. Nous décharger de ces poids nous aide à continuer plus légèrement notre route. C'est ce que j'aimerais leur expliquer: laissez-vous aimer par Dieu...

— On dirait que le fils aîné démontre son attachement au Père en suivant ses lois à la lettre, observe Magali, le nez dans son texte, il est en colère parce que sa sœur a brisé les règles habituelles, les observances.

— Lui est demeuré avec son père et il trouve injuste que sa sœur, qui est partie et a festoyé, ait les mêmes droits et privilèges que lui... ajoute Christiane. Extérieurement, il a fait son devoir.

Curieuse, je m'enquiers tout de suite:

— Pourquoi dis-tu «extérieurement», Christiane?

Christiane lève les yeux sur moi:

— Je ne sais pas. Il dit qu'il a rempli toutes ses obligations. Pour lui, il est injuste que sa sœur, qui a fait des folies, mérite la même part que lui, qui est resté à la maison.

— Parfois, poursuit Zakaria, il est ardu de reconnaître que le sentiment d'amertume nous vient plus facilement au cœur que celui deu partage... L'aîné est resté dans la maison familiale. Or, cela le rend envieux et consterné.

— Sa colère et son envie lui ont servi de prison et le rendent esclave, conclut Magali.

Je précise:

— Le Père n'aime pas plus sa fille que son fils. Il accueille l'une et accentue sa relation avec l'autre en lui disant: «Toi, tu es toujours avec moi.»

Je m'assois au fond de ma chaise pour laisser du temps à chacun, et une petite voix me fait sursauter:

— Il est jaloux, le grand frère? demande Pascal, assis par terre près de ma table, en ne quittant pas son camion des yeux.

— Oui, Pascal, il est jaloux.

Abasourdie, je me tourne vers Alexandre, qui vient de parler.

∾

« LUI »

Je me souviens du temps où j'étais le fils ainé.

Je possédais alors ma vérité.

Je faisais les choses parfaitement. Je remplissais mes obligations, aidais les pauvres, instruisais les jeunes, réconfortais les malheureux.

Ce que je réussissais le mieux, c'était de ramener les brebis égarées. Celles-là, je les rencontrais et leur expliquais avec de nombreux détails le pénible poids de leurs péchés. Je récitais par cœur ce qu'elles auraient dû faire pour ne pas se couper de Dieu. Je faisais de mon mieux pour leur faire comprendre qu'il était plus facile d'écouter les lois sans se poser de questions que de se retrouver hésitant, craignant d'être totalement englouti dans le mal.

Combien de gros traits noirs j'ai dessinés pour raturer ces quatre lettres formant le mot *Dieu* afin de bien expliquer à quel point l'un ou l'autre s'égarait, par son action ou ses choix, du chemin délimité où existait le bien.

On sortait de mon bureau en pleurant, et moi, à ce moment, j'éprouvais naïvement le sentiment du devoir accompli. Dans ma tête, il fallait souffrir pour entrer au ciel.

Dans ma tête.

Je voulais bien agir ! Je désirais fortement bien agir. Pour moi, il n'y avait pas d'autre moyen que de marcher sur la route étroite, les yeux bandés, le corps courbé.

Dieu alors, marionnettiste du monde, récompensait l'homme voûté. Je me sentais en sécurité ainsi.

Dans ma tête.

Il aurait fallu que ce Dieu me descende jusqu'au cœur, mais alors à qui aurait-il ressemblé ?

∾

— Qui est Dieu pour moi ? demande Zakaria au groupe, inconscient des réflexions de l'un des membres. Me poser cette question clarifie ma façon de voir la vie entière.

Je partage simplement ma pensée :

— Dieu n'est pas un juge impitoyable, plutôt un être de relation défini par l'amour.

— La fille reconnaît cela en retournant au Père, suggère Dyela, mais le fils ?

— Il a peur !

Tandis que le groupe entier se tourne vers Josip, un mouvement de sa tête trahit son grand malaise. Les trois mots semblent lui être sortis de la bouche spontanément, le contraignant à s'expliquer. Lui, le nouvel arrivé, l'étranger. Lui, de qui Tu sembles près.

Je constate que sa poitrine se soulève ; avec aplomb, le jeune homme se décide à parler :

— L'image de Dieu change selon nos expériences de vie. Durant mon enfance, il était dangereux de parler de Dieu. À cause du régime communiste de mon pays, nous apprenions très jeunes à entendre parler de Dieu en cachette. Les adultes murmuraient dans l'oreille des petits les secrets de la foi, et nous apprenions par cœur ce que nous pouvions, afin de ne pas perdre le trésor transmis de génération en génération. L'engagement chrétien relevait du courage, et Dieu était notre protecteur. Durant la guerre, avant de partir pour le Canada, j'ai vu le corps de mon petit voisin, gisant dans la boue. Il n'avait plus de bras ni de jambes parce qu'il avait été torturé. On martyrisait les enfants pour atteindre les parents. Je me suis dit alors que Dieu n'était pas celui que je croyais. Selon moi, il avait laissé tomber les enfants de mon pays. Ensuite, lors de mon séjour au Canada, j'ai eu beau tenter de me convaincre de l'absence de Dieu, je ne pouvais m'empêcher de le rencontrer dans la famille de Magali, dans leur accueil, leur affection et dans ce quotidien que je partageais avec eux.

Le corps penché vers l'avant, Josip fait une pause que nous respectons tous. Le coin gauche de sa bouche tremble un peu et nous entendons les longues respirations qu'il prend avant de continuer :

— De retour dans mon pays d'origine, j'ai vécu de nombreuses péripéties. Je me suis senti rejeté plusieurs fois par ceux et celles qui n'avaient pas eu comme moi la chance d'avoir une famille canadienne se souciant de leur bonheur. J'ai repris les chemins où j'avais tant souffert et je me suis rappelé les événements que j'avais enfouis sous des tonnes de douleurs physiques. Dans ce pays en ruines qui cherche courageusement à se relever, j'ai vu de nombreux visages de Dieu. Au début, je ne voulais pas le reconnaître, j'avais besoin de pardonner à ces gens qui avaient tué mon enfance en même temps que mon ami. Au fil des semaines, Dieu est devenu pour moi le témoin compatissant de mon cheminement de la rancœur au pardon. Au cours de cette traversée, je pense que je suis devenu un peu ce qu'était la fille prodigue.

— J'ai connu aussi une période désertique, dis-je pour faire suite aux confidences de Josip. Dans une envie irrépressible de me débarrasser des barrières qui me maintenaient captive, j'ai rejeté mon bagage chrétien en bloc. Je suis devenue athée bruyamment, manifestant ma révolte par mon comportement débordant. Puis je me suis calmée et j'ai étudié pour apprendre une foi qui m'invitait à me tenir debout et à cheminer au lieu de me menacer et de m'écraser.

— C'est pour cela que tu es devenue féministe, propose Dyela.

— Et que tu as imaginé une fille prodigue au lieu d'un fils, termine Magali.

— Je voulais vous faire voir la parabole sous un autre point de vue ! C'est vrai, le Dieu d'amour de Josip est le même que celui qui m'assure que l'être humain n'est pas un esclave ! Cependant, nous ne devons pas nous taire lorsque quelqu'un est victime d'injustice, torturé ou tué. Dieu lutte avec nous pour nous libérer. C'est encore le même Dieu qui m'a remise debout lorsque j'étais découragée… Voilà donc une des filles prodigues revenant vers la maison.

— Vers le Père qui l'accueille, également vers le fils. L'aîné jaloux, rendu prisonnier de son regard étroit, répète Christiane, songeuse, alors que tu dis que Dieu invite ses créatures à entrer en relation avec lui et avec les autres.

— L'aîné a peur, commence Jean-Sébastien.

— Par sa peur, il veut entraver la cadette, affirme Dyela.

— Il devrait avoir la confiance de l'enfant qui s'adresse à son père en toute spontanéité, sachant qu'il est aimé inconditionnellement, continue Zakaria.

Je regarde une autre fois le groupe que nous formons. J'aime passionnément partager ta Parole en expliquant les textes bibliques. Je crois de toute mon âme que cela vaut la peine de mettre à la portée des gens des explications qui donnent un vrai sens pour éclairer nos différents chemins. Je décide de pousser encore un peu leur imagination :

— Et si, à l'improviste, la cadette, tentant de se refaire une place auprès du Père, représentait toutes les femmes ? Si elle était ces femmes d'hier et d'aujourd'hui qui durant des siècles se sont vu refuser l'accès aux ministères ordonnés dans l'Église catholique, aux prières, aux prises de décisions, aux nombreux gestes portant Dieu au monde, sous prétexte que ce même Dieu d'amour ne pouvait les accueillir ? Si la raison de cette incapacité en était une reliée au physique féminin ? Est-ce que la différence corporelle entre la femme et l'homme pourrait être un facteur suffisant pour que le Père refuse à sa fille l'entrée dans sa maison ?

— Certainement pas ! répond Dyela résolument, ce n'est pas un mobile. Ni la diversité des corps, ni la couleur de la peau.

Je vois des visages attentifs autour de moi et l'énergie me monte au cœur. Je ne veux pas brusquer, je ne désire pas aller trop vite et jeter en bloc des réflexions qui peuvent heurter. Je souhaite seulement ouvrir des portes qui sont demeurées fermées durant des siècles, accumulant une poussière stagnante. Je reprends :

— Si la fille, de retour, devenait justement prodigue par sa capacité à accéder pleinement à l'amour du Père ? Et si, de toute humanité, ce Père avait guetté le moment unique où une partie de ses enfants, fortes de leur féminité réappropriée, auraient enfin la capacité de s'entraider, se faire la courte échelle pour pouvoir prononcer fièrement : « Père, j'ai découvert au plus profond de moi que tu m'aimais autant que mes frères. J'ai vibré à ton amour, répondu à ton appel, crié lorsque l'on me repoussait du chemin qui me menait vers toi. Père, mes sœurs et moi avons attendu plus de deux mille ans, nous sommes certaines de ton amour. Nous entendions ton appel sans tenir compte des cris de certains de nos frères qui nous croyaient indignes de toi. Père, Toi Tu sais que nous sommes égales de toute éternité puisque homme et femme tu nous créas. » Si la fille du Père discernait enfin la place qu'elle n'avait jamais prise !

Je remarque une surprenante agitation chez Alexandre. Sans en tenir compte, je me tourne vers Josip :

— En retournant vers son Père, la cadette crée ainsi une chaîne de femmes. Parmi elles se trouvent les exploitées des pays pauvres, les sacrifiées au tourisme sexuel, les enfants de la guerre, les enfants soldats, les femmes battues du monde entier, celles qui sont affamées, celles qui sont rejetées à cause de leur homosexualité. Femmes d'hier et d'aujourd'hui, plus que les autres, elles font partie du groupe dont on a affirmé l'infériorité. Plus que tous les autres, elles sont aimées du Père, qui a souffert de leurs blessures.

Après un instant, Zakaria me sourit. Il a parfaitement compris ma démarche et suit maintenant mon parcours :

— Demeuré avec le Père, le fils avait pris l'allure du propriétaire. Il a dicté ses lois sans l'avis paternel ; il a placé ses barrières masculines, allant ainsi à l'encontre des charismes féminins et également en opposition avec une partie de ses propres frères. Le fils ne représente pas tous les fils mais une partie seulement : ceux qui ont cru et croient toujours qu'ils ont un accès privilégié à la maison, au détriment du reste de la fratrie.

Je me prépare à dire à mes compagnons et compagnes que tout cela n'est qu'une des nombreuses façons d'interpréter la parabole. Je tiens à ce que chacun sache qu'au cours de cette célébration, j'ai privilégié les femmes, tandis que l'on pourrait très bien choisir de favoriser un autre groupe de personnes. Je n'ai pas le temps de formuler ma pensée, puisqu'une agitation surgit.

Au moment où je termine ma phrase, Alexandre repousse sa feuille et la bible près de lui. Les sourcils froncés, l'air offusqué, il se lève bruyamment en plaçant les deux mains à plat sur la table. Le cou tendu, je lève ma tête vers lui. Ma vision périphérique note les expressions incrédules des personnes sorties subitement de leurs réflexions. Et puis, mon imagination me joue des tours. Une fantaisie inexpliquée me fait imaginer le groupe entier à genoux tandis qu'Alexandre est debout. Je dois aller le rencontrer !

Faisant ce qui semble être un immense effort pour se reprendre, Alexandre grommelle :

— Excusez-moi, je dois partir.

Au milieu du brouhaha, il quitte sans un regard en arrière, tandis que je serre mes poings sous la table.

TROISIÈME PARTIE

Le troisième jour après la mort de Jésus, deux disciples faisaient route vers un village appelé Emmaüs, à deux heures de marche de Jérusalem, et ils parlaient ensemble de tout ce qui s'était passé.

Or, tandis qu'ils parlaient et discutaient, Jésus lui-même s'approcha, et il marchait avec eux. Mais leurs yeux étaient aveuglés, et ils ne le reconnaissaient pas. Jésus leur dit : De quoi causiez-vous donc, tout en marchant ? Alors ils s'arrêtèrent, tout tristes. L'un des deux, nommé Cléophas, répondit : Tu es bien le seul, de tous ceux qui étaient à Jérusalem, à ignorer les événements de ces jours-ci. Il leur dit : Quels événements ? Ils lui répondirent : Ce qui est arrivé à Jésus de Nazareth. Cet homme était un prophète puissant par ses actes et ses paroles devant Dieu et devant tout le peuple. Les chefs des prêtres et nos dirigeants l'ont livré, ils l'ont fait condamner à mort et ils l'ont crucifié. Et nous qui espérions qu'il serait le libérateur d'Israël ! Avec tout cela, voici déjà le troisième jour qui passe depuis que c'est arrivé.

À vrai dire, nous avons été bouleversés par quelques femmes de notre groupe. Elles sont allées au tombeau de très bonne heure, et elles n'ont pas trouvé son corps ; elles sont même venues nous dire qu'elles avaient eu une apparition : des anges, qui disaient qu'il est vivant. Quelques-uns de nos compagnons sont allés au tombeau, et ils ont trouvé les choses comme les femmes l'avaient dit ; mais lui, ils ne l'ont pas vu. Il leur dit alors : Vous n'avez donc pas compris ! Comme votre cœur est lent à croire tout ce qu'ont dit les prophètes ! Ne fallait-il pas que le Messie souffrît tout cela pour entrer dans sa gloire ? Et en partant de Moïse et de tous les prophètes, il leur expliqua, dans toute l'Écriture, ce qui le concernait. Quand ils approchèrent du village où ils se rendaient, Jésus fit semblant d'aller plus loin. Mais ils s'efforcèrent de le retenir : Reste avec nous : le soir approche et déjà le jour baisse. Il entra donc pour rester avec eux.

Quand il fut à table avec eux, il prit le pain, dit la bénédiction, le rompit et le leur donna. Alors leurs yeux s'ouvrirent, et ils le reconnurent, mais il disparut à leurs regards. Alors ils se dirent l'un à l'autre : Notre cœur n'était-il pas brûlant en nous, tandis qu'il nous parlait sur la route, et qu'il nous faisait comprendre les Écritures ? À l'instant même, ils se levèrent et retournèrent à Jérusalem. Ils y trouvèrent réunis les onze Apôtres et leurs compagnons, qui leur dirent : C'est vrai ! Le Seigneur est ressuscité : il est apparu à Simon-Pierre. À leur tour, ils racontaient ce qui s'était passé sur la route, et comment ils l'avaient reconnu quand il avait rompu le pain.

Luc 24, 13-35

Reste
sur ma route

Celui qui dit : « J'aime Dieu » et déteste son frère est un menteur. S'il n'aime pas son frère qu'il voit, il ne peut aimer Dieu qu'il ne voit pas, et le commandement que nous avons reçu dit bien : Celui qui aime Dieu, qu'il aime aussi son frère[29].

Cher Dieu, ce matin, mon café est délicieux et je n'en finis plus de le siroter. Assise à ma table de cuisine, je revois notre dernière grande célébration. Celles qui ont suivi depuis ont rassemblé un plus petit nombre de personnes. Malgré cela, je repense sans cesse à cette rencontre-priante du mois d'août, où les moments soutenus se sont succédé tandis que chaque célébrant tentait de comprendre la parabole.

Depuis ce jour-là, beaucoup d'instants me sont revenus au cœur… Je divague peut-être mais ce n'est pas à cause de mon âge. Je reprends les temps décisifs et je tente de faire des ponts avec des points majeurs à partager avec chacun à l'avenir, pour les accompagner sur leur chemin de quête.

Rechercher le Père est une activité primordiale et compliquée à la fois ; si j'arrive à aider mon entourage à trouver des repères pour les guider, ils pourront ensuite continuer leur approfondissement selon leurs propres particularités. Cheminer vers notre Créateur nous libère parce que cela nous force à découvrir véritablement qui l'on est. Cette démarche est, bien sûr, la tâche d'une vie entière.

J'abandonne mon café et me dirige vers mon piano. Je combats dernièrement un vague à l'âme qui ne me ressemble pas. Je me doute bien que ce sentiment est indirectement lié à ma réaction juste avant le départ d'Alexandre le jour de notre belle célébration. J'ai fait la lutte à ce contrecoup, mais il ne m'a pas tout à fait abandonnée.

Je ne peux effacer le fait que, dans ma tête, Alexandre est lié à une personne qui m'est chère et que j'ai vue pour la dernière fois…

Plusieurs années auparavant.

La *Symphonie du Destin* de Beethoven, plus connue sous le nom de *Cinquième Symphonie*, est suffisamment compliquée pour que le jeu de mes mains m'occupe l'esprit : je suis convaincue que ma mélancolie se surmonte !

~

— J'ai tellement honte ! s'exclame Julie d'une voix plaintive, j'ai failli à mon rôle de mère et je ne pourrai jamais me le pardonner. Je ne voulais pas rendre Pascal malade, je ne voulais pas qu'il risque de mourir.

Magali est arrivée chez Julie dans l'intention de prendre Pascal avec elle pour le reste de la journée. Maintenant, installée contre son gré au salon en face de la maman en larmes, elle hésite à répondre à ce surplus d'émotions à retardement. Qu'arrivait-il à Julie pour que ses remords jaillissent soudain avec plusieurs mois de retard ?

— Je sens un poids qui grossit en moi, une lourdeur qui s'étale, prenant de plus en plus de place. Comment puis-je continuer à faire semblant que tout est oublié quand je m'éveille la nuit pour revoir mon enfant hospitalisé ?

Devant les yeux clignotants de son hôtesse, l'hygiéniste dentaire sent monter sa compassion. Elle n'arrive pas à comprendre le processus par lequel la détresse avait remplacé l'impatience grandissante d'avant envers l'enfant. Sa conscience d'avoir perpétré un acte mauvais s'exprimait-elle présentement par de la culpabilité ? Tout cela comme l'envers d'une souffrance… Julie se condamnait elle-même par un repentir qui semblait l'étouffer ? Pourquoi cet acte hantait-il sa mémoire, lui criant qu'il était mal ? Quel plan avait-elle involontairement échafaudé pour le voir maintenant violemment tomber sur sa conscience?

Qu'avait donc vécu cette maman pour devenir aussi tourmentée?

— J'aime mon garçon, tu comprends, explique-t-elle, des sanglots dans la voix, alors qu'elle triture un papier mouchoir entre ses doigts. Je tremble à l'idée de ce qui aurait pu arriver.

Alors que Magali écoute les lamentations qui ne tarissent pas, elle comprend qu'elles ont été dites et redites jusqu'à devenir une obsession. Le repentir s'est gonflé à l'infini, prenant une grande place dans l'esprit maternel.

— Je pense, Julie, que le temps est venu de te changer les idées, suggère Magali, un peu impuissante. J'allais inviter Pascal chez Christiane avant notre sortie, veux-tu nous accompagner. Elle est souvent de bon conseil.

Julie acquiesce du chef alors que les larmes coulent toujours sur ses joues. Néanmoins, l'élan de Magali vers la jeune femme souffrante est freiné par l'arrivée impromptue de Pascal. Conduisant bruyamment une camionnette en plastique solide, le petit fonce jusqu'à effleurer l'invitée, faisant avec ses lèvres un son monstrueux:

— Baaang! Je t'ai fait peur, Magali?

— Non, mon trésor, sourit la jeune femme. Est-ce qu'on va voir Christiane et Jean-Sébastien avec maman, avant notre sortie?

— Si elle pleure, on ne pourra pas, affirme-t-il comme une évidence.

— Tu as de la peine de la voir verser des larmes, ta maman? interroge la visiteuse.

L'enfant hausse les épaules:

— Elle pleure toujours, maman, maintenant, et Alexandre ne vient plus.

En cette fin d'après-midi d'automne, le feuillage des arbres hésite à se laisser glisser le long des branches immobiles et à prendre un envol qui le mènera doucement sur le sentier. Il redoute peut-être d'être écrasé, foulé aux pieds par les multiples promeneurs ou les enfants courant çà et là. Le vent doux s'en amuse, donnant aux feuilles l'impression enivrante de voler, retroussant les jupes, gonflant les chemises, bref, se comportant en sympathique et turbulent gamin.

Ragaillardi par la fraicheur de la saison, le parc Angrignon explose d'énergie tandis que les teintes vertes de la nature, qu'il héberge fièrement, virent au doré, capricieuses et fantasques.

Admirant la richesse des environs, Zakaria avance lentement sur les sentiers sinueux. Les mains dans les poches et légèrement penché vers sa compagne, il profite pleinement du moment présent. Le ciel se prépare à s'assombrir discrètement, défiant les humains de pouvoir discerner les ombres et les mille nuances qui mèneront magistralement le bleu poudre aux gris profonds du soir.

Dyela chemine près de l'homme. Son ventre est maintenant tout à fait apparent. Elle a pris plusieurs kilos, pourtant ses yeux demeurent cernés, plus particulièrement depuis que bébé a commencé à bouger chaque fois qu'elle tente de se reposer. Son placenta, toujours très bas, fait en sorte que les examens se multiplient. Malgré cela, le médecin lui permet de continuer à travailler puisqu'elle demeure assise la majeure partie de la journée.

Aujourd'hui, pour une courte période, son retour du bureau lui permet de se dégourdir un peu.

Attentif, Zakaria guette le moindre signe de fatigue. L'état de la réceptionniste du journal lui est devenu une préoccupation quotidienne. En son for intérieur, il sait bien que cela n'a rien à voir avec le bon fonctionnement du bureau. Toutefois, il reporte sans cesse une réflexion susceptible d'en mettre en lumière la véritable raison.

Après que le journaliste s'est informé du bien-être de la future maman, cette dernière lui confie ses appréhensions concernant la couleur éventuelle de la peau de son nourrisson. Pour avoir vécu l'immigration dans un pays où sa différence se voyait, l'homme peut deviner la teneur des craintes de Dyela. Il tente de la rassurer :

— J'ai toujours en tête ce que l'islamologue Tariq Ramadan nous dit dans ses conférences à propos des spécificités de chacun :

« Ma différence vous enrichit. » Je crois qu'il a raison en ce sens que ton apport au monde est unique, puisque personne n'est comme toi ! L'important pour ton enfant sera de se tenir debout, comme dirait Marguerite, de découvrir qui il est et de respecter celui qu'il rencontrera sur son chemin.

— Cela semble tout simple dans ta bouche...

— Peut-être que la situation mondiale actuelle a fait que nous, musulmans, avons eu à réfléchir plus longuement sur le sujet, je ne sais pas... Ainsi, pour moi, il est important de tenir en grand honneur ma propre religion, l'islam mais, en contrepartie, je respecte celle des autres...

— Et en conséquence, tu te permets de célébrer avec les chrétiens que nous sommes.

— Oui, bien sûr, tout comme j'apprécie d'échanger mes idées avec vous. Nous avons une bonne opinion les uns des autres, tu ne trouves pas ?

Dyela répond par un demi-sourire. Elle a, en effet, une très bonne opinion de cet homme qui l'encourage et lui accorde sa considération.

Pascal a décidé de s'occuper de Jean-Sébastien. Voilà pourquoi il remonte sans arrêt la couverture du malade jusqu'à son cou et qu'il lui flatte le côté de la tête, ignorant les cheveux plus fins et raréfiés. Ce dernier point n'est pas important pour lui, puisqu'il ne se souvient de son ami que malade et anémié, mais présent pour l'écouter et même parfois pour dessiner avec lui.

— Veux-tu de l'eau, lui demande-t-il pour la dixième fois, se souvenant que, lorsqu'il était lui-même mal portant, l'équipe soignante avait insisté pour qu'il boive.

— Non, Pascal, murmure l'autre autant de fois, l'ombre d'un sourire sur ses lèvres privées de couleur.

Jean-Sébastien apprécie ces instants où l'enfant, flatté d'avoir la responsabilité d'un malade, fait naïvement grand cas de son importance. Les paroles du petit accompagnent son repos, constituant une présence fraîche, interrompant la grisaille de ses journées malheureusement trop souvent emplies de faiblesses, de médicaments et de rendez-vous médicaux. Dans cette attente de périodes plus roses, Pascal suspend l'inquiétude et la tristesse. L'adulte aime se faire témoin d'une logique candide et de raisonnements à hauteur de quatre ans. De la cuisine, les conversations des trois femmes lui parviennent. Il n'a pas envie de se lever maintenant. Il préfère :

— Pascal, chante-moi encore *J'allume une étoile.*

Avec la voix enfantine en toile de fond, il peut entendre sa Christiane expliquer ses récentes démarches à ses visiteuses intéressées :

— J'ai déjà trouvé sept partenaires pour mon défilé de mode. Ils soutiendront monétairement le projet, moyennant une publicité que je leur ferai lors de la grande soirée. D'ailleurs, je prévois cette dernière clôturant le temps des fêtes, ce qui nous amène au début de janvier, environ. À la mi-décembre, la conférence de presse annonçant l'événement pourra avoir lieu.

— Tu pourrais même faire une tournée avec tes mannequins afin d'augmenter tes collectes de fonds pour le cancer, suggère Magali.

— C'est ce que je prévois justement, répond la designer. De défilé en défilé, le groupe pourra se consolider. Les modèles, les coiffeurs, les artistes du maquillage, les photographes et les couturiers sont maintenant assez nombreux à être sensibles à notre cause.

— Tu disais qu'ils vont se remplacer afin qu'il y ait sans cesse des professionnels pour aider les amateurs ? interroge Magali.

— Oui, c'est ce qui est intéressant, les gens ont bien répondu à mes suggestions et je pense que nous pourrons avoir un aboutissement solide.

— Je te trouve chanceuse, tout coule facilement pour toi…

L'expression d'envie qui apparaît sur la physionomie de Julie n'échappe pas à Christiane, qui réagit au quart de tour :

— Je ne suis pas « chanceuse » ! s'exclame-t-elle sèchement. J'ai travaillé longtemps et très fort pour mettre sur pied un projet immense! J'ai dû avancer lentement en respectant les exigences d'un tas de gens. Ce que j'ai accompli ne s'est pas fait sans effort! Tu devrais peut-être réfléchir avant de laisser tomber des observations aussi... inconsidérées!

Christiane est un peu en colère. Ses mâchoires crispées et ses yeux sévères disent ce que sa bouche a retenu. Immobile, Julie ne comprend pas l'emportement de son hôtesse. Elle interprète son bouillonnement soudain comme une impatience injustifiée à son endroit:

— Désolée, crache-t-elle du bout des lèvres.

Et, tournant sur elle-même, elle sort de la pièce.

Christiane la suit des yeux et se laisse ensuite tomber sur une chaise. Sans un mot, elle prend sa tête entre ses mains et cherche à reprendre son calme. Son cœur bat la chamade alors que sa conscience implacable lui ramène sa réalité actuelle en face.

Compatissante, Magali s'approche d'elle. Elle regrette d'avoir invité Julie. Elle ne l'a fait que dans l'espoir d'aider la jeune mère à reprendre le fil de son quotidien. Christiane se doute bien de tout cela au fond. Sa main entoure le bras de l'hygiéniste avec affection.

Du boudoir, Pascal a repris sa comptine dans l'espoir d'endormir son ami malade:

— Si un rêve passe en pantoufles bleues, j'éteins mon étoile et je ferme les yeux.

Julie est sortie en furie de chez Christiane. Plusieurs minutes après avoir marché rapidement dans les rues avoisinantes, elle n'arrive toujours pas à s'expliquer l'éclat d'impatience de la designer à son endroit. Sa réflexion la porte à croire que le succès professionnel d'une artiste de la trempe de la styliste gonflait peut-être son orgueil tout en l'amenant à se croire au-dessus des autres. Julie respire avec humeur. Elle en a un peu marre des gens qui se croient supérieurs!

Heureusement, songe la jeune femme, Magali restait fidèle à sa promesse et la libérait ainsi de sa responsabilité de maman. Non qu'elle ne voulait pas s'occuper elle-même de son fils. Il était parfois si turbulent qu'un repos n'était pas un luxe pour elle...

Tout en se demandant si elle s'offrait une période de magasinage, son esprit revient à cette envie qui la tenaille. Elle ressent depuis plusieurs semaines une inclinaison à se dénicher un autre soupirant. Elle ne doit plus espérer le retour d'Alexandre ; son dernier esclandre durant la célébration n'a vraiment pas été bien vu... même par elle.

Ces derniers jours, elle appelle de tous ses vœux un autre soupirant, quelqu'un de mieux qu'Alexandre, de plus stable. Bien sûr, elle l'avait tendrement aimé. Néanmoins, elle devait se rendre à l'évidence : si elle lui téléphonait, elle n'était pas certaine qu'il lui reviendrait. Toutes les fois où elle était allée sonner à sa porte, il ne lui avait pas ouvert. Elle est convaincue qu'il était toujours là, enfin pratiquement toujours là, au moins les huit dernières fois...

En face de la jeune femme, le Carrefour Angrignon bordé par le canal Lachine et le fleuve Saint-Laurent, lui apparait assez invitant. Elle a justement un besoin urgent d'un nouveau pantalon, d'un sac assorti à ses nouvelles bottes et de quelques foulards. Alors qu'elle s'apprête à traverser le boulevard Newman, elle a l'agréable surprise de reconnaître un visage très familier. Enfin, une physionomie qu'elle a vue au moins deux fois :

— Josip ! Josip ! hèle-t-elle gaiement, ne me dis pas que tu ne te souviens pas de moi !

Cher Dieu, Emmaüs est un récit dans lequel je me retrouve. Je me sens bien dans cette histoire humaine du Second Testament. Deux personnes sur la route. L'un d'eux se nomme Cléophas, mais on ne connaît pas l'identité de l'autre. Peut-être un camarade, un condisciple qui a, lui aussi, suivi Jésus ? Possiblement sa femme ? Une fidèle compagne de ce groupe éprouvé, découragé par les événements récents ? Un exemple de plus de l'existence réelle des « disciples égaux » comme amis de Jésus et surtout comme fidèles, qui continuent le mieux possible son œuvre inter-rompue par le mal ?

J'aime bien m'imaginer que je suis en route, marchant du même pas que Cléophas. Si je le suis véritablement, je porte sans doute en moi le découragement de mon confrère. Mes yeux sont aveuglés de tristesse. Je suis si démoralisée que je ne vois que ma propre douleur. Je me souviens d'un temps où je me suis sentie véritablement déses-pérée ; à deux ou trois époques de ma vie. La première est arrivée après le décès de ma mère, lorsque j'ai été placée dans un couvent. Magali et Dyela trouvent terrible cette circonstance où j'étais iden-tifiée comme une jeune fille de mauvaise vie, mais les autres écolières près de moi, considérées comme moi, m'incitaient à garder la tête haute. Ce que je trouvais le plus désespérant était ce Dieu cruel au-dessus de moi. Cette image vengeresse m'a véritablement révoltée. Il m'a fallu apprendre Ton Amour infini à petites doses.

Les disciples d'Emmaüs, eux, connaissent très bien Jésus. Ils ont vécu à ses côtés, l'ont accompagné dans ses pérégrinations ; ils ont partagé ses espoirs, enseigné ses préceptes, ils ont pleuré et ri avec lui. Ils ont espéré jusqu'à son dernier souffle et regretté leur couar-dise jusqu'à en être obsédés.

À différentes étapes de l'existence, l'être humain se retrouve dans l'état de ces deux personnes, accablé, exténué, brisé.

Leur ami qu'on venait de torturer et de faire mourir avait vécu avec eux. Cet homme, Jésus, qui n'était pas riche, avait un jour délibérément choisi de vivre avec les indigents par souci des plus petits et par opposition à ceux qui les subordonnaient. Comme si nous préférions un jour vivre avec les itinérants pour attirer la sympathie face au non-sens de leur situation.

En allant vers eux, Jésus confirme que le règne de Dieu n'a rien à voir avec le contrôle, la richesse et le pouvoir, mais recherche le bien des petits contraints par l'injustice à un quotidien misérable.

À la deuxième saison noire que j'ai connue, je me suis sentie presque aussi écartelée que les disciples d'Emmaüs. Cette fois, il m'a fallu du temps pour me reprendre et je chemine toujours comme Cléophas et sa compagne, à la différence que, pour moi, la compas-sion et l'amour de Dieu sont présents sur ma route.

∿

Comme octobre est bien installé, les journées raccourcissent. Mais celle de Josip a été particulièrement longue. L'Hôpital de Montréal pour enfants est toujours débordé et sa vie d'interne, prise entre le courage des petits, leurs blessures et leurs traitements, a du mal à maintenir une empathie protectrice de ses propres émotions. Si sa volonté de devenir médecin remonte à son enfance, sa vulnérabilité, elle, demeure une constante de sa personnalité que ses expériences antérieures n'ont fait qu'accroître.

Respirant à pleins poumons l'air frisquet de l'automne, le jeune homme est descendu un peu plus tôt de l'autobus qui le ramenait du travail, afin de marcher un peu. Autour de lui, sur le trottoir, des familles ou des individus isolés se hâtent vers le Carrefour Angrignon. Absorbé par ses pensées, Josip n'apprécie que la nature environnante.

Aussi, demeure-t-il interdit lorsqu'il entend son nom.

— Bien sûr, je me souviens de toi, sourit-il en attendant que Julie le rejoigne.

Un peu désolé d'être brusquement coupé de ses réflexions personnelles, il lui emboîte poliment le pas. Il l'écoute à demi alors qu'elle pavoise joyeusement, sautant d'un sujet à l'autre et se mettant sans cesse à l'honneur. Elle a oublié sa mauvaise humeur reliée à sa visite chez Christiane, et veut briller de tous ses feux.

Elle ressent sa présence de toutes les fibres de sa peau. Josip… Ses épaules amples, ses cheveux de jais repoussés vers l'arrière et retombant joliment sur son large front, ses grands yeux foncés, son maintien linéaire et le rien de vulnérabilité toujours présent comme un effluve autour de lui, Julie le perçoit encore plus fortement alors que leurs pas deviennent réguliers, prenant un rythme commun.

Avant qu'elle n'ait le temps de réfléchir et de prévoir ses actes influencés d'une spontanéité inopportune, soudainement elle lui coupe le chemin et se place en face de lui :

— Viens souper chez moi ce soir, murmure-t-elle d'une voix rauque, je n'ai pas le petit.

Un moment déséquilibré, l'homme pose sa main sur l'épaule de la jeune femme.

∾

Dans la partie du stationnement du Carrefour Angrignon qui jouxte le boulevard Newman, la vitre avant d'une auto est lentement remontée. Le dispositif ne permet pas d'accélérer le mouvement d'aucune façon. La main qui en active le mécanisme est agitée de petites impulsions involontaires. Une vapeur créée par un long souffle rejeté rageusement par les narines embue lentement la vitre.

Serrant les mâchoires, l'homme met le moteur en marche et se dirige vers la sortie la plus proche. Au moment où le feu de circulation tourne au vert, il remarque l'énorme flaque d'eau dans la rue et... le couple plus loin. Sans réfléchir, il se permet une bêtise et en goûte toute la saveur, comme s'il perpétrait un véritable méfait. Il sent le léger coup vers le bas lorsque sa roue épouse étroitement la dénivellation. Son sourire satisfait ne le comble pas longtemps.

Il se rue sur le chemin aussi vite que la route le lui permet. Agressivement, il fait vrombir le moteur, tourne les coins sèchement et ne freine que lorsqu'il y est obligé, à la dernière minute.

Tout son corps lui fait mal. La souffrance s'insinue comme une compagne sournoise et glisse le long des fibres nerveuses, semblant prendre un malin plaisir à répandre lentement son supplice au fil de son parcours.

Agrippé au volant comme à une bouée, le conducteur arrête son auto dans une rue qui lui est familière. La nuit y règne déjà en maître. Il n'en a cure puisqu'il connaît les alentours.

Fermant brièvement les yeux, il revoit des bribes de son passé.

L'institution étouffante mais rassurante camouflant les incapacités, la solitude, l'idéal brisé devenu fardeau, la solitude, le marasme, la solitude, la solitude dont on ne se départ finalement jamais.

À cette heure de la soirée, le bordel est encore peu achalandé. Alexandre y entre et est accueilli comme un habitué.

Il est long
le chemin

Mon regard se retourne vers l'Unique qui sait le sens quand je ne sais la route[30].

— J'ignorais comment m'en sortir. Surtout après que j'eus instinctivement mis ma main sur son épaule pour m'empêcher de lui tomber dans les bras. Quand ensuite nous avons été éclaboussés par une auto, j'ai trouvé la diversion tout à fait à propos.

Le décor chaleureux et intime de la pizzeria du boulevard Newman offre aux clients une atmosphère parfaite pour un repas en tête à tête. Le service discret et efficace favorise peut-être les confidences, puisque Magali et Josip n'en finissent plus de parler. Ils se racontent un peu, guidés par leurs années communes et par leur intérêt évident l'un pour l'autre.

En écoutant ce que lui relate Josip, l'hygiéniste dentaire se désole pour Pascal. Le comportement erratique de sa mère l'inquiète et elle se demande comment prémunir l'enfant contre les frasques de l'adulte.

Ils en discutent un moment avant que la conversation ne glisse aux petits malades vus par Josip dans le cadre de son stage d'interne, puis aux enfants en général, à leur situation dans le monde, enfin à ceux de Bosnie. La jeune femme sait que son compagnon est demeuré en contact avec des gens de son pays d'origine qui le tiennent au courant de la condition des plus petits. Peut-être un peu à cause de son influence, Magali s'est informée auprès de l'organisme Dentistes sans frontières[31], regroupant des professionnels en dentisterie dans un projet commun destiné à offrir bénévolement des soins à des populations démunies. Se disant qu'un jour elle aurait peut-être l'occasion de travailler de concert avec son frère adoptif, elle s'est renseignée sur les étapes à suivre pour œuvrer à l'étranger. Lorsqu'elle en glisse un mot à Josip, elle est surprise de remarquer à quel point il en est touché.

Elle le regarde et note pour la cent millionième fois, depuis qu'elle le connaît, à quel point son cœur est intimement lié à son pays d'origine, aux difficultés qu'il ne finit plus de traverser, et aux personnes à jamais victimes des conflits passés. Elle l'examine comme elle ne se permet généralement pas de le faire, notant ses grands yeux rêveurs, ses cheveux en bataille et sa carrure, inscrivant au cœur d'elle-même cette vulnérabilité en lui, faisant de Josip un être à part.

Elle se rappelle combien il était chétif le jour où elle l'a vu pour la première fois ; combien elle s'était promis de lui faire oublier ce grand chagrin dont ses parents lui avaient parlé ; et combien, jour après jour, elle avait réalisé que sa tâche était trop lourde pour l'enfant qu'elle était, pour l'adolescente qu'elle était ; combien cette affliction imprégnée en lui, comme une mauvaise odeur, est toujours trop immense pour que l'adulte qu'elle est désormais puisse en venir à bout...

Elle l'étudie sans retenue et se rend soudainement compte du fil conducteur dans sa vie, partant de ce lointain jour d'arrivée de Josip jusqu'à maintenant, jusqu'à ce moment incroyable où elle devient consciente d'une fibre vibrant en elle de toute son âme, comme elle l'a toujours fait.

Alors qu'elle ne l'a jamais réalisé.

Puisqu'elle n'a jamais voulu y être sensibilisée.

Sa main posée à plat sur la table est soudain recouverte par celle de son compagnon, lui insufflant sa chaleur. Cela la ramène d'un seul coup à la réalité.

Celle de l'amour qu'elle lui porte. Depuis toujours.

— Je peux entrer?

Jean-Sébastien m'accueille avec un sourire qui me réchauffe le cœur. Christiane travaille toute la soirée et, le sachant, je me suis invitée chez eux pour passer un moment avec son époux. Je lui ai apporté une assiette remplie de mes fameux carrés au sirop d'érable et je suis satisfaite de voir que la dent sucrée de mon ami est revenue.

Il m'invite à m'asseoir au salon et m'entretient des dernières nouvelles de son école, reçues par ses collègues qui sont venus le visiter dernièrement. Il laisse ensuite le silence s'installer entre nous. Je ne m'en sens aucunement mal à l'aise, puisque je considère Jean-Sébastien comme quelqu'un de proche de moi. En plus, cher Dieu, tu es là!

J'attends seulement qu'il redirige la conversation.

— J'avais hâte de te parler de quelque chose, commence-t-il au bout d'un certain temps.

Tiens, mon intuition ne m'a pas trompée. Je lève mon regard vers lui et je reçois ses confidences comme un cadeau.

Il m'avoue le plus naturellement du monde que, dernièrement, il s'est mis à marcher avec les disciples d'Emmaüs.

— Je ferme mes yeux, je régularise ma respiration et j'avance doucement. Je m'imagine faisant route avec eux. Au début, je disais ma souffrance physique et mon inquiétude. Ensuite, j'ai présumé ce que les deux marcheurs devaient avoir à dire, eux aussi, alors qu'ils narraient leur désespoir à cause des événements dramatiques vécus par quelqu'un en qui ils avaient mis tous leurs espoirs.

Je tente d'encourager un peu son récit:

— «De quoi causiez-vous donc?» avait demandé Jésus. Une question imprévue vient modifier un contexte affligeant. Elle défait les dénouements imaginés par les marcheurs en les poussant à regarder plus loin.

— C'est un peu cela que j'essaie d'expliquer. Si je tente de penser à cette maladie sans voir la présence de Dieu, le «sens» de Dieu, je deviens accablé. Le fait de réfléchir sur des données objectives, sur les vrais événements, m'ouvre la porte à une espérance que je n'avais pas.

— C'est cela. Ta méditation n'a rien de magique. Elle te permet de faire le vide en toi. Le fait de réfléchir sur des données objectives de ta maladie, sur les vrais événements de ta propre vie, ouvre la porte à l'espérance, lui donne toute la place.

— Je me dis que je ne chemine pas seul. Première étape de toute rencontre, je ressens un accueil, un partage mutuel pour mieux se découvrir.

— Tu vois, on dit des disciples d'Emmaüs qu'ils avaient tout quitté pour suivre Jésus, ils avaient écouté sa Parole et même prêché avec lui. Ils espéraient que Jésus serait accueilli avec enthousiasme et dans la gloire. Néanmoins, au lieu de tout cela, les choses ont tourné au cauchemar ! Ils reviennent donc à leur ancienne vie avec douleur et désespoir. Leur rêve brisé, ils n'arrivent pas à comprendre ce qui s'est passé. Ils ont mal. Ils ont également peur de subir le même sort que leur maître. Ils ont vaguement espéré que quelque chose se produise mais, alors que les jours passent, ils désespèrent.

— Je me sentais ainsi par moments…

— Tu sais, les disciples ont fait l'expérience d'une présence de Jésus différente de celle qu'ils attendaient au premier abord, mais elle n'était pas moins réelle et vraie.

— C'est comme s'il fallait laisser de l'espace ; couper les préoccupations et les activités de toutes sortes et calmer notre pensée pour qu'une présence arrive en nous, comblant le vide.

Jean-Sébastien étend ses longues jambes sur la petite table du centre de la pièce. Parfaitement détendu, il ressemble à ce qu'il était avant sa maladie. Malgré cela, je sais que les lignes de pensée se sont modifiées à l'intérieur de lui. La maladie l'a forcé à une réflexion qu'il n'avait pas prévu faire.

— J'avais laissé la pratique religieuse de mon enfance avec l'intuition un peu floue que l'Institution ne me laissait pas la chance d'aimer. Ce qui me passe par le cœur dernièrement est encore difficilement exprimable. J'ai l'impression que la route que j'ai prise sans trop m'en douter me mène vers une lueur agréable que j'ai bien l'intention d'explorer.

Selon moi, il n'y a rien à ajouter à ce qu'il vient de dire. Mon ami n'attend pas une guérison miracle et irréelle. À la place, il se sent accompagné de l'intérieur... Il a compris que Tu l'accompagnes...

Je me permets alors de croquer à pleines dents dans un de mes carrés au sirop d'érable!

❧

À la fin de l'après-midi, Zakaria a quitté le journal pour aller rencontrer les membres d'une association d'étudiants d'origine marocaine socialisant avec les universitaires de diverses provenances par des activités variées. Comme à son habitude, le journaliste avait l'intention avouée de mettre les jeunes à l'honneur tout en valorisant leur travail de mise en commun des similitudes des gens de leur âge, quelle que soit leur nationalité.

Charmée par l'idée générale de l'article, Dyela a assisté son camarade dans l'élaboration de l'entrevue. Ensemble, ils ont imaginé des questions judicieuses et réservé l'espace nécessaire pour le reportage, en tenant compte des obligations hebdomadaires de la publication. Comme tout cela lui a fait prendre un peu de retard sur son travail quotidien, elle est demeurée à son bureau après les heures habituelles, croquant tout simplement un sandwich pour son souper.

Alors que la brunante est déjà tombée, la future maman, satisfaite, quitte les bureaux du *Journal Maroc*. Elle vient à peine de mettre la clé dans sa poche lorsqu'une présence inopinée la fait tressaillir.

Il est longiligne. L'ovale de son visage est accentué par une lourde chevelure noire descendant au bas de son dos. Son manteau sans forme, boutonné jusqu'au cou, ne semble pas avoir été nettoyé avec acharnement. Sa couleur hésite entre le gris et le vert, donnant à l'apparence de l'individu un aspect singulier.

Dyela tente d'évaluer la dangerosité de la situation. L'inconnu ne semble pas menaçant. Ses mains vides pendent le long de son corps. Son regard brun pâle accentue la blancheur de son long visage.

La jeune femme vérifie discrètement si la clé est bien dans la poche de son imperméable. Elle s'assure que son bras replié retient bien le sac à main dont la courroie est parfaitement en place sur son épaule. Elle s'éloigne de la porte extérieure de son bureau et se dirige le plus calmement possible vers la station de métro.

Elle ressent fortement la fébrilité causée par l'étrange situation, mais n'en laisse rien paraître.

— Je peux t'appeler, Dyela? demande-t-il finalement, le plus normalement du monde.

La question lui coupe le souffle. Elle s'immobilise. La peur surgit instantanément. Une impression d'avoir été épiée, observée en secret, lui monte immédiatement au cœur.

— Comment sais-tu mon nom?

Dyela a la nausée.

Sa main libre enveloppe son ventre, protégeant instinctivement l'enfant à naître.

— Je le sais, répond-il en haussant les épaules.

Il la regarde, s'aperçoit de son trouble et proteste:

— N'aie pas peur.

Il s'empresse d'ouvrir la porte du métro Viau et la laisse poliment passer devant lui. À l'intérieur du wagon, il s'assoit près d'elle.

— Je te connais. Enfin, pas beaucoup. Cela ne signifie pas que je sois dangereux, explique-t-il calmement.

— Que veux-tu?

— Rien de grave, rétorque-t-il en haussant les épaules une seconde fois. J'aimerais seulement te raccompagner chez toi lorsque Zakaria ne t'accompagne pas.

De nouveau, la frayeur en elle:

— Et s'il est là?

— Je le saluerai volontiers, lance-t-il en souriant.

— Que veux-tu? répète-t-elle, crispée.

— S'il te plaît, soupire-t-il, apprivoise-moi.

Abasourdie, Dyela ne sait que penser devant cette riposte qui est exactement celle que le renard avait faite au Petit Prince[32].

«Il n'est pas moins naturel de vivre dans l'intériorité que dans l'extériorité.» Christiane pense à cette phrase de Pierre Vadeboncœur[33] en retournant chez elle. Elle se questionne sur sa vision de l'art, qu'il disait considérer comme une griffe de l'au-delà dans un quotidien prosaïque.

Elle aimerait savoir si les robes et les ensembles de sa fameuse collection Seb auraient véritablement fait partie à ses yeux des objets qui aident l'être humain à s'éloigner de la terre, pour chercher la liberté et échapper ainsi à la mort. Depuis qu'elle a étudié l'œuvre de l'écrivain à l'université, elle se demande si les formes de ses vêtements sont aussi des fragments d'éternité menant à un autre lieu que celui de la réalité humaine, un lieu plus loin que le monde concret.

Parce qu'elle a conçu cette portion de sa collection en pensant à la situation de Jean-Sébastien, elle se permet de croire en la beauté des formes. Elle sait que la qualité même du beau peut être considérée du point de vue d'une profondeur inépuisable.

Tandis qu'elle a inventé chaque morceau par amour pour son conjoint affaibli; tandis qu'elle a pensé chaque tenue en espérant soutenir ses efforts de guérison; tandis qu'elle a aspiré à un mieux-être pour son homme; tandis qu'elle a senti un jour le soutien de chaque femme et de chaque homme craignant comme elle pour son aimé; tandis qu'elle a imaginé le courage des autres malades attendant un mieux-être lors de leurs jours noirs; tandis qu'elle a conjugué sur tous les temps les mots *solidarité, force* et *courage*, ses mains ont cousu, ses lèvres ont expliqué le projet, sa tête a élaboré les étapes et son cœur a crié, hurlé, supplié Dieu de lui accorder la grâce… d'accepter ce qui ne peut être changé.

Artiste à sa façon, la nuit a déjà étendu sa voilure la plus sombre, disséminant les étoiles comme des confettis les jours de mariage. Les astres scintillent, perçant la noirceur des nuages, leur brillance se reflète sur les joues de la femme, formant avec ses larmes des diamants nocturnes.

Elle arrive chez elle et stationne soigneusement l'auto. Elle n'a pas encore éteint le moteur qu'un bref coup à sa vitre la ramène à la réalité. Ayant reconnu Zakaria, elle se force à baisser la glace, consciente que l'émotion se voit toujours à son visage. Alerté, Zakaria fronce les sourcils.

— Christiane, tu ne vas pas bien ?

Elle l'assure du contraire et ajoute qu'il ne doit pas se sentir préoccupé. Il la regarde et l'invite à marcher un peu avec lui. Lorsqu'elle sort de l'auto, il lui prend simplement le bras en un geste tout à fait naturel et elle en est réconfortée.

Ils avancent, dessinant la nuit de leurs deux corps et inventant un coude à coude rempli de présence. Ils n'échangent que quelques mots. Zakaria se contente d'être là au moment où Christiane ressent la solitude par tous les pores de sa peau.

Les minutes s'écoulent, le cœur de l'une se desserre et celui de l'autre, compatissant, bat au rythme du premier. Lorsqu'ils se retrouvent une seconde fois près de leur condominium, il lui dit :

— Chaque fois que tu en sentiras le besoin…

— Je sais, confirme-t-elle, merci, Zakaria.

Puis, l'instant de calme s'efface d'un coup.

— Aïe ! Je ne vous avais pas vus !

Julie sort de l'immeuble et se hâte vers eux.

— Qu'est-ce que vous faites à cette heure… Oh, excusez-moi, je n'en parlerai pas…

— Mais non, Julie, rétorque Zakaria avec impatience, il n'y a rien à dire.

— Bonne nuit, tranche Christiane en se hâtant vers sa porte d'entrée.

En une seconde, la jeune mère se tourne vers l'homme tout en clignant des yeux :

— J'aurais bien aimé être à sa place, susurre-t-elle, soudainement mielleuse.

Zakaria ne comprend pas immédiatement ce que Julie insinue, mais elle le fixe sans vergogne et il finit par rougir.

— Pense à ce que tu dis, lui reproche-t-il. Christiane vit une période très difficile !

— En contrepartie, elle a de belles gratifications, tu ne trouves pas ?

Julie s'est approchée du journaliste et a lu le mépris dans ses yeux sans broncher. Il la regarde des pieds à la tête et, sans un mot de plus, lui tourne le dos.

∼

Il a été près d'elle tout le long du voyage en métro. Il est demeuré à ses côtés pour attendre l'autobus et marche maintenant au rythme de son pas alors que Dyela se dirige vers le condominium. La peur de la future maman s'est calmée, ne laissant dans son sillage qu'une sensation étrange : alors qu'elle aimerait bien en être débarrassée, un intérêt fortuit pour son nouveau compagnon non désiré a remplacé l'appréhension. Elle a beaucoup réfléchi avant de prendre véritablement le chemin de sa maison. Or, comme il lui a dit qu'il connaissait l'immeuble où elle demeure, elle a finalement décidé d'aller directement chez elle.

Du coin de l'œil, elle l'étudie et remarque le soupçon de vulnérabilité qui l'enveloppe. Il semble avoir environ vingt-cinq ans. Sa minceur le fait paraître chétif. Un examen plus attentif lui révèle de larges mains et de fortes épaules. Sa mâchoire bien dessinée fait deviner une personnalité affirmée, son port de tête droit démontre une fierté naturelle. Qui est-il, se demande Dyela encore une fois.

— Quel est ton nom ?

— Philippe, dit-il, mais garde-le pour toi.

— Qu'est-ce que tu veux dire ?

Il pouffe de rire comme si elle lui avait fait une blague et explique :

— Je suis convaincu que tu parleras de moi. Au moins à Zakaria et à Marguerite. Ce que je te demande est de ne pas révéler mon prénom.

— À quoi rime tout cela ?

L'incompréhension dans sa voix démontre également son ambivalence devant une situation invraisemblable dont le protagoniste la captive néanmoins.

Avec un demi-sourire, il récite :

— «Tu t'assoiras d'abord un peu loin de moi, comme ça, dans l'herbe. Je te regarderai du coin de l'œil et tu ne diras rien. Le langage est source de malentendus. Mais, chaque jour, tu pourras t'asseoir un peu plus près... [...] Si tu viens, par exemple, à quatre heures de l'après-midi, dès trois heures je commencerai d'être heureux[34].»

— Je sais que le Petit Prince est tombé du ciel, commence Dyela. Selon moi, il représente la partie en nous qui cherche plus que la matérialité des jours. Cette histoire me ramène au cœur de moi-même, dans cette partie intangible qui recherche le ciel. Que t'efforces-tu de me dire, Philippe ?

Ils sont descendus de l'autobus et cheminent lentement vers le condominium. La lune tente de percer la nuit brumeuse et fraîche où l'automne règne en maître, achevant de froisser les feuilles et de les recolorer dans la discrétion de l'obscurité.

— Avant, il y avait dans ma vie quelqu'un que j'admirais de tout mon cœur. Sans le savoir, cette personne me guidait constamment vers le meilleur de moi-même. Les années ont fait en sorte que j'en sois séparé...

Dyela attend la fin des explications. Elles ne viennent pas. Ils sont maintenant à quelques pas de l'immeuble. Philippe prend la main de Dyela et la baise galamment.

— Je reviendrai, dit-il.

Et il est reparti.

Alexandre a parlé à sa thérapeute.

Il sait que, dès le début de son âge adulte, il a été pris en charge, encadré dans un monde à part. Il n'a pas eu à réfléchir sur les préceptes et les dogmes qu'il a appris et élevés autour de lui comme un immense beffroi qui d'abord le protégeait et qui, plus tard, l'enterra vivant durant de longues années.

La spécialiste a insisté pour qu'il se laisse interner dans un centre de crise où des hommes et des femmes semblables à lui traînent leur mal de vivre dans un temps au ralenti mimant l'éternité.

La praticienne lui a même patiemment expliqué son mal, mettant en évidence à quel point la pornographie tue l'érotisme, annihile totalement la beauté de la sexualité ; énonçant que les compulsions sexuelles qu'il expérimente portent à la déviance et à la perversion, qu'elles sont l'envers du respect humain et de la liberté.

Alexandre a écouté et remercié.

Le bordel dans lequel il s'engouffre est de loin son préféré. La fille qui l'aborde est sa préférée. Elle a ce petit rien qui le ramène sans cesse à cette docteure qui veut tant l'aider. Elle lui raconte que son patron le considère comme un client de marque, à cause de son assiduité.

Magali l'a laissé entrer chez elle comme il l'a fait plusieurs fois depuis son retour. Alors qu'elle prépare une tisane, il furète à droite et à gauche autour d'elle. Consciente de sa présence dans son intimité, elle s'admoneste : n'ont-ils pas été maintes fois ensemble au cours de leur enfance et de leur adolescence ?

Elle sait pertinemment que depuis, quelque chose d'infime s'est modifié.

Il s'approche d'elle comme s'il ne pouvait plus attendre. Il repousse l'eau, les tasses et la boîte de feuilles séchées.

Posément, il affirme :

— Tout a changé entre nous.

Et il l'embrasse sans attendre.

Magali le repousse un instant. Une peur étrange lui serre le ventre. Un changement peut-il devenir une perte si la substitution est mal acceptée de l'un ou l'autre ?

Il la regarde avec tendresse, attendant que le temps soit propice pour chacun d'eux. Il sait que le moment est là, que la magie a opéré patiemment au cours des longues années, renouvelant le sentiment de base en embrasement sur le point de se déclencher. Il connaît parfaitement son cœur depuis le début.

— Je t'ai toujours aimée, dit-il.

Elle imagine que le sol se dérobe sous ses pieds.

Je chemine vers toi

C'est peut-être précisément parce qu'elles étaient en fait des opprimées qu'on voit Jésus traiter les femmes avec beaucoup d'égards et de douceur. C'est peut-être aussi pour cela [...] qu'elles ont su mieux que les disciples hommes accueillir et reconnaître, depuis sa naissance jusqu'à sa mort, celui qui apportait cette libération[35].

Novembre 2010

— Il est temps qu'on se parle !

Hébété, Alexandre tient sa porte d'entrée à demi ouverte. Un spectateur attentif comprendrait facilement que l'idée d'élargir l'embrasure pour faire entrer sa visiteuse ne lui vient pas. En t-shirt et pantalon de pyjama, les cheveux en bataille et une barbe de la veille, tout sur sa personne indique que la nuit a été courte. À dire vrai, le bordel n'étant pas un endroit que l'on quitte tôt et à jeun, sa brève nuit a été agitée et son sommeil perturbé.

Son immobilité semble faire perdre patience à sa visiteuse alors que lui, frappé de léthargie, n'arrive pas à saisir par quel tour d'adresse cette personne se retrouve chez lui.

— Il est temps que l'on se parle, répète Marguerite en poussant légèrement la porte, laisse-moi entrer.

Il obtempère mécaniquement et l'octogénaire se retrouve dans un large boudoir mal aéré. Après un regard circulaire, elle se dirige vers la première fenêtre qu'elle aperçoit et en ouvre le store d'un geste décidé. La lumière matinale s'infiltre aussitôt, faisant grimacer l'hôte improvisé.

Marguerite fait fi de l'odeur de renfermé et du désordre. Elle ignore délibérément l'air interdit de celui qui n'a pas encore assimilé sa dernière griserie. Ce qu'elle a finalement décidé de mettre au jour lui parait si important que bien peu de manèges arriveraient à la faire déroger à sa démarche.

Elle se dirige calmement vers la première chaise qu'elle voit, s'assoit et présente de la main le fauteuil sur sa droite. Docile, Alexandre s'y installe.

— Au moment où je t'ai vu pour la première fois dans le hall d'entrée du condominium, commence-t-elle d'une voix douce, je me suis rappelé. L'âge change les physionomies et ces dernières se sculptent des expériences découlant de nos choix de vie.

— Marguerite, proteste Alexandre, cherchant à dissuader sa visiteuse de continuer son discours.

De la main, cette dernière repousse les protestations et poursuit :

— Il y a bien sûr le fait que, parfois, nous ne voulons pas voir la réalité en face. C'est ce que je me reproche le plus.

Marguerite sent ses yeux se mouiller et elle respire profondément. Ce qu'elle s'est donné comme tâche doit être fait et elle ne souhaite pas s'éloigner de son plan.

— L'homme que je voyais était extrêmement jeune, beaucoup plus que moi. Je l'apercevais de loin puisqu'il s'occupait des jeunes du quartier.

Inopinément, Alexandre décide de quitter son siège. Dans sa hâte, il accroche la lampe sur pied qui se renverse avec fracas devant Marguerite. Cette dernière sursaute violemment mais se serre vigoureusement les lèvres dans sa volonté de ne pas crier ou de ne pas se laisser détourner de son objectif.

Connaître et reconnaître…

Les verbes s'alignent devant les yeux de Jean-Sébastien. Ils reviennent chaque fois qu'il est seul, ils réintègrent le centre de sa pensée et accompagnent sa réflexion.

Christiane dort plus tard ce matin. Lui a quitté le lit et s'est installé tout près, sur le fauteuil de leur chambre. Chaque fois qu'il regarde vers la droite, il peut voir sa bien-aimée étendue, nimbée de ce sommeil matinal lui donnant une attitude d'abandon et de fragilité. Dans cette posture, l'homme reconnaît la force et la volonté qui le soutiennent à chaque étape de sa maladie.

Lorsqu'il se tourne vers la gauche, le professeur voit une portion de ciel s'exhibant par hasard entre le rideau et le rebord de la fenêtre. Dans cet interstice, il s'imagine en train de marcher en compagnie de deux autres personnes...

« Reconnaître celui qui marche avec moi alors que le désespoir m'enserre ; le connaître à nouveau parce qu'il rejoint mon expérience personnelle ; lui parler de ce « je » intime qui a peur et qui souffre ; connaître avec ma foi... Dieu choisit parfois un chemin qui m'est inconnu et alors, l'espoir brisé, je souhaiterais retourner à mon ancienne vie à jamais transformée. Entre ce récit et l'histoire de ma maladie, il n'y a pas un surhomme qui peut changer ma situation d'un coup de baguette magique ; il y a un homme qui souffre, agonise, meurt et est ressuscité par Dieu, un homme solidaire de ma souffrance et de mon angoisse, qui fait route avec moi... »

Les minutes s'alignent en ce matin de calme. Jean-Sébastien réfléchit.

Puis, après un dernier coup d'œil dans l'entrebâillement d'où entre le soleil, Jean-Sébastien repousse sa chaise et considère le rayon ténu qui s'étire jusque sur les traits du visage de sa Christiane endormie. Contemplant la lumière douce sur la peau veloutée, il retient un instant ses dernières considérations. Ensuite, ayant fait provision de ce recueillement méditatif qui lui donnait la sensation d'être accompagné sur la route, il s'invente ces phrases, juste pour lui-même :

Christiane et Jean-Sébastien, deux disciples, faisaient route vers Ville-Émard, un quartier de l'Ouest de Montréal, et ils parlaient ensemble de tout ce qui s'était passé dans leur vie

212 • MARGUERITE, PROPHÈTE

récemment. Or, tandis qu'ils parlaient et discutaient, Jésus lui-même s'approcha, et il marchait avec eux. Mais leurs yeux étaient aveuglés, et ils ne le reconnaissaient pas. Jésus leur dit: De quoi causiez-vous donc, tout en marchant? Alors ils s'arrêtèrent.

∽

Les genoux bien pliés, étendu sur le dos sur le parquet de la cuisine de Marguerite, Pascal fait avancer ses pieds tour à tour. Sa bouche fait un son saugrenu, utilisant la même note sans pause. Conciliante, Dyela ne veut pas exiger qu'il arrête. Toutefois ses oreilles frémissent de plus en plus de façon atroce et elle perçoit que sa tolérance commence à diminuer.

À cette heure matinale, son esprit se sent déjà aux prises avec les énigmes du Petit Prince, une vague inquiétude au sujet de la sortie aux aurores de Marguerite, le septième mois de sa grossesse et les doux sentiments qu'elle discerne en elle au sujet de Zakaria. Elle aurait envie d'un bol de lait chaud et de rêves d'avenir comportant un nouveau-né et un adulte d'origine marocaine. Son monde concret la pousse plutôt à placer du pain dans le grille-pain et à attendre qu'il se dore pour l'offrir au petit.

— Dyela…

Appréciant qu'il ait arrêté le bruit qu'il faisait, la jeune femme se tourne vers l'enfant qui l'appelle tout en continuant son manège.

— Quand la lumière s'éteint dehors, as-tu peur lorsque tu es seule ici?

Étonnée de la question, Dyela se penche vers Pascal, attendant qu'il explique sa pensée. Elle s'interroge sur la perception de l'enfant sur une situation quotidienne à laquelle peu d'adultes portent attention. Elle le caresse, le chatouille un peu et finit par s'enquérir du véritable sens de sa demande.

— Hier, répond le petit innocemment, dans ma maison, j'ai mangé le sandwich que maman m'avait préparé. Il faisait noir dehors. J'avais peur. Maman m'avait dit de ne pas venir vous retrouver ici.

Il faisait si noir quand elle est rentrée que je pleurais. Elle n'était pas contente…

Sentant sa gorge se serrer, la colocataire de Marguerite attrape un petit pied, puis remet l'enfant debout. Elle entoure le garçon de ses bras durant de longues secondes.

— Tu es un grand, un très grand, affirme-t-elle avant d'ajouter très vite : Viens voir le nouveau casse-tête que j'ai trouvé.

Son esprit, ce matin, est particulièrement envahi par les grands problèmes d'un tout-petit.

Debout, les jambes légèrement écartées, les mains sur les hanches et les mâchoires serrées, Alexandre considère le gâchis : des morceaux de lampe en verre, en cristal et en chrome répandus devant son invitée non désirée.

Il se penche ensuite et prend les fragments dans ses mains les uns après les autres. Il les classe : les petits segments de verre, les plus grands, et ainsi de suite.

Je relâche lentement les muscles de tout mon corps un à un. Je respire et essaie de reprendre mon calme le mieux possible. Mon cœur bat la chamade et l'envie me prend de m'enfuir à la vitesse de mes jambes de… vingt ans.

Un instant, je me repose la question : était-ce vraiment la chose à faire ? Confronter celui qui semble ne s'être jamais vraiment regardé en face. Affronter un fuyard, un fugueur, un déserteur. C'est plus fort que moi, je reprends :

— L'homme que je voyais de loin avait ma confiance. Par d'autres, je savais déjà qu'il avait le « moment présent blessé ». Cela se voyait également dans l'inflexibilité de sa pensée et de son attitude qui m'était rapportée par mon petit-fils. Je me disais que son intransigeance avait certainement sa source quelque part dans son passé et qu'elle finirait par déborder sur son futur d'une façon ou d'une autre. Ô combien j'ai ensuite regretté de ne pas avoir essayé de prévenir la tempête qui un jour est sortie de lui, expulsée avec force, crachée comme un mal-être gangrené… Ô combien !

Je marque un temps d'arrêt et je l'examine. Il a vieilli, grossi. Il n'est plus celui qui débordait de vie et d'enthousiasme devant la foi... Pas étonnant que je ne l'aie pas reconnu au premier abord.

— Malheureusement, comme les années s'écoulaient, ton corset s'est mis à se resserrer et plus tu y trouvais du sens, plus tu perdais LE sens, le sens de toi-même et le sens de ta foi, le sens des autres et de Dieu... Ce que j'entendais de tes propos aux autres m'apparaissait d'une lourdeur intenable.

— Tu n'en reviens donc pas ! s'exclame-t-il avec colère, cessant le classement pour m'affronter, tu te scandalises encore de la perte de mon aura de sainteté !

— Pas du tout. Ton choix de vie est ta décision personnelle. Je connais des gens qui ont, eux aussi, quitté le sacerdoce par souci d'intégrité après avoir fait un retour sur eux-mêmes... Non, ce que je te reproche, c'est ta malhonnêteté. Tu as oublié les blessures que tu as faites.

Il ordonne les petits segments de verre, de cristal, de chrome. Je recommence ma diatribe :

— Ce que je te reproche est d'avoir brisé des vitres autour de toi et de marcher complaisamment sur les morceaux sans te soucier de ceux qui en sont blessés. Ce que je te reproche est ton manque de rigueur et ton absence de probité. Tu prêchais des obligations, des commandements, des exigences. Tu disais aux jeunes qu'il valait mieux écouter les consignes de l'Église, même sans les comprendre, qu'elles étaient un prérequis pour le ciel. Tu avais la bouche pleine de formules magiques, de phrases qui devaient être dites comme des prières, sans changer un mot, comme des incantations...

Il s'arrête pour me regarder, l'expression d'exaspération sur son visage déforme sa physionomie. Je continue :

— Tu oublies aujourd'hui encore le sens de l'humain alors qu'il devait être important pour toi au début de ton ministère ! Qu'est-ce qui a fait que les repères de ta vie ont un jour basculé ?

Je me suis levée aussi. Je veux être à son niveau et non au-dessous. J'ai le souffle court et l'émotion dans la gorge. Ô mon Dieu...

— As-tu déjà eu l'aplomb de réfléchir sur ta situation et de te remettre en question ? Tu as d'abord accepté d'être pris en charge par une institution puissante qui te gardait sur un piédestal. Tu as subi ta prise en charge plutôt que de participer, sans enrichir ta foi par ta propre réflexion personnelle. Lorsque le tout a éclaté, tu n'as pas respecté les gens à qui tu avais fait la morale durant de longues années. Tu as simplement tout quitté en laissant derrière toi des vitres brisées.

J'ai utilisé l'image qui se laisse voir devant moi : lui, ordonnant sans cesse les parties cassées. Ses gestes sont plus raides et son regard tourmenté. Il halète, il classe, il pantelle, s'étouffe, suffoque et répartit, répartit, répartit.

— Te souviens-tu quelles idioties sont un jour sorties de ta bouche alors que tu étais en situation d'autorité ?

Brusquement, Alexandre cesse son manège. Il s'agrippe à deux mains à un morceau de verre brisé. Il est devenu rouge, ses yeux sont maintenant exorbités.

Il semble furibond.

Il tourne son visage vers moi, se lève et s'approche lentement.

Je suis cristallisée.

Dans ses mains, il tient fermement le tesson, bien plus grand que son soulier.

La pluie a débuté depuis un bon moment. Assombri par les nuages s'amoncelant depuis l'aube dans un ciel de plus en plus gris, l'appartement de Magali est loin de refléter l'égaiement présent dans le cœur de cette dernière. Penchée devant son miroir, elle dessine avec plus ou moins d'application le trait noir sur ses yeux. Bien sûr, ces derniers bougent sans arrêt pour suivre Josip, qui verse le café dans des tasses, son activité n'en finit plus.

Abandonnant brusquement sa tâche, le jeune homme se rapproche. Jetant un bref regard sur sa paupière à demi maquillée, l'hygiéniste dentaire lui fait face. Ils s'embrassent un long moment, chacun ayant à l'âme les souvenirs de leur solitude passée. Lorsqu'enfin ils repensent à s'installer à table devant leur café refroidi, l'interne partage ses inquiétudes au sujet de certains des enfants qu'il soigne.

— Une petite fille nous a bien inquiétés la nuit dernière, j'ai cru qu'elle était à la toute dernière extrémité…

Magali sait à quel point les enfants malades du Québec ramènent son amoureux à ceux de son pays, souvent en mauvaise santé à cause de la pauvreté et du manque d'effectifs. Elle est consciente qu'il leur faudra planifier leur vie selon la mission qu'ils se donnent. En effet, la jeune femme a bien l'intention de soutenir les efforts de Josip pour améliorer le sort des petits Bosniaques.

— J'ai repensé à Emmaüs, tu sais…

Attentive, elle l'écoute lui expliquer sa version du récit des disciples en marche. Connaissant la foi de l'homme marqué par son passé dans un pays en guerre, elle découvre avec bonheur, chaque fois qu'il lui en parle, l'attachement qu'il a pour Dieu, concret, prenant sa source non pas dans un idéal exaltant, seulement dans la réflexion et la souffrance expérimentée. Il lui raconte, comme s'il l'avait vécue en même temps qu'eux, la désillusion des deux disciples…

— Le couple d'Emmaüs avait eu l'impression de vivre quelque chose d'important, comme les autres disciples de Jésus. Ils avaient vécu au diapason de ses idées, de son acclamation, de sa popularité. Le triomphe de leur ami salué comme un roi, le commandement de l'amour, la valeur de service avec le lavement des pieds, ils avaient tout expérimenté en même temps que lui. Alors qu'ils espéraient une victoire éclatante, Jésus, leur mentor, avait été arrêté, avait supporté la trahison et le déni, avait été jugé, condamné à mort, cloué à la croix, inhumé…

— En quelques jours, ce qu'ils avaient mis des années à construire s'écroulait…, approuve Magali.

— Ils avaient peur de mourir eux aussi de cette façon, comprends-tu, parce que souvent, on éliminait en plus les autres membres du groupe, pour empêcher toute rébellion.

Tout en se demandant avec un peu d'ironie combien de couples au monde discutent des disciples d'Emmaüs au lever du jour, Magali se recroqueville sur sa chaise et visualise le duo de marcheurs.

— Ils retournent chez eux, à leur ancien style de vie, l'espoir détruit et la mort dans l'âme. Noyés dans leur douleur, ils échangent des paroles sans le sens de Dieu. Ils sont tellement préoccupés par leurs propres blessures qu'ils ne reconnaissent pas celui qui marche à côté d'eux. Pourtant, un souhait prend forme en eux : « Reste avec nous. »

— Parce qu'ils savent intuitivement que leur nouvel ami leur fait du bien…

— Et aussi parce qu'ils ont eu le temps de cheminer.

— C'est ainsi que tu vois ton parcours ? demande Magali, que le départ éventuel de Josip inquiète.

Le Bosniaque ne répond pas immédiatement. Il sonde les années passées près de la jeune femme au Canada et les autres, si différentes, en Bosnie, où il se languissait d'elle sans se l'avouer, où également il vivait dans l'inquiétude, au cœur d'un pays à jamais désarticulé.

Encore actuellement, musulmans et chrétiens de sa contrée se marquent tour à tour un territoire où les ethnies veulent prendre une place prépondérante, chacun armé du bouclier de sa religion. Regardant Dieu par une lorgnette différente, l'être humain tente de le retransmettre par un satellite artificiel fait de ses propres limites, où aucun ne gagne puisque les dés sont pipés.

— Je vois mon parcours avec toi, répond-il. Nous voulons déjà travailler ensemble à améliorer le sort des enfants. Veux-tu également m'épouser ?

Il la reçoit dans ses bras comme un trésor. Le bonheur est à sa portée.

Julie se sent mal. Pour une fois, elle ne se trouve pas d'excuse. Elle était allée faire quelques commissions sans Pascal. Elle réalise que, ces dernières semaines, elle s'est souvent absentée en le laissant seul.

Cette fois, cela n'a pas été une très bonne idée. Il est monté sur le comptoir pour atteindre une boîte de biscuits qu'elle avait placée sur une étagère de l'armoire supérieure. Il est tombé sur la chaise et s'est blessé l'épaule, le bras et le torse. Il s'est aussi abîmé la joue.

Elle devrait l'amener à l'urgence, mais elle ne sait pas combien de temps il est resté par terre après sa chute.

∾

Absorbé… On pourrait qualifier ainsi l'état d'âme présent de Christiane… Confiée dès son réveil, la prière de Jean-Sébastien la déstabilise totalement. Élucubrations de malade ? Ergotage ? Non, ce n'était nullement le genre de son époux de divaguer sur des impossibilités. Elle se remémore les lignes sur l'écran de son ordinateur :

> *Christiane et Jean-Sébastien, deux disciples, faisaient route vers Ville-Émard… ils parlaient ensemble… et discutaient, Jésus lui-même s'approcha… ils ne le reconnaissaient pas… De quoi causiez-vous donc ?*

Actualiser un récit biblique… Marguerite lui en avait souvent parlé. Néanmoins, lorsque cela s'appliquait à elle-même… Et quand cette démarche lui venait de celui pour lequel elle suppliait le ciel…

Faisaient route vers Ville-Émard… Leur quotidien : faire route chaque jour en portant leur lot d'inquiétudes, de joies, d'appréhensions, d'amour. Faire route avec l'alarme tapie au cœur mais avec l'espérance aussi… À cause de Jean-Sébastien, Emmaüs vient prendre forme dans l'esprit de la designer. Son travail ne lui demandait-il pas de créer, d'imaginer… d'actualiser ?

De quoi causiez-vous donc ? Chaque instant qui passe, son cœur cause, discute avec lui-même de ce mal dont souffre l'homme qu'elle aime. De quoi pouvait-elle parler d'autre ?

Jean-Sébastien se sent accompagné, soutenu, appuyé par ce récit de l'Évangile, se redit Christiane pour la millième fois.

En dépit du froid de novembre, elle s'immobilise un instant devant son auto. Comment se terminait ce récit, se demande-t-elle, impatiente. Après que les disciples eurent imploré leur visiteur de demeurer avec eux ? Agacée, la femme se rend compte qu'elle n'arrive pas à se remémorer la fin qu'elle a relue avant de quitter son condo… Relue en diagonale…

— Christiane?

Sortie de sa rêverie imagée et reconnaissant la voix de son ami, Christiane se tourne vers Zakaria. Ce dernier se hâte vers elle tout en achevant de boutonner son coupe-vent:

— Dyela m'a téléphoné pour me dire qu'elle croit que Marguerite est chez Alexandre. Elle s'en inquiète passablement, peux-tu me laisser là-bas en passant?

— Que fait donc Marguerite chez ce curieux individu à cette heure matinale? s'enquiert la femme, étonnée.

— Il semble qu'elle ait rendez-vous avec son passé.

— Son passé?

La vieille dame sympathique, dont le cœur paraissait sans cesse ancré dans la réalité du quotidien de son entourage, pouvait-elle avoir une histoire antérieure justifiant une rencontre aussi étrange?

Partie précipitamment de chez son dernier amant, Julie est plutôt de mauvaise humeur. Le froid de la mi-novembre ajoute à son état d'esprit morose et son petit manteau de cuir jaunâtre n'arrive pas à la réchauffer. Elle se dit en maugréant intérieurement qu'elle aurait été bien inspirée de suivre sa première idée, qui était de mettre son chandail de laine angora noir sous le vêtement qu'elle avait si hâte de porter.

Bien sûr, le fait qu'elle ait oublié son foulard de soie assorti au manteau ajoute à son vilain tempérament matinal. Il n'est pas question pour elle de retourner chercher son bien. Le triste sire lui a presque fait peur.

La jeune femme se dirige vers le métro. Elle ne prend jamais son véhicule lors de ses visites inconnues et préfère de loin marcher et utiliser le transport en commun. Cette fois-ci, elle n'a pas trop à se hâter, puisque Dyela garde son fils. Bien entendu, elle préfère le savoir avec la jeune femme ou avec Marguerite. Toutefois, elle a décidé de ne pas se laisser arrêter par un manque de gardienne pour son fils lorsque l'envie lui prend de sortir. Elle est convaincue que, même à quatre ans, l'enfant doit apprendre à se responsabiliser.

Elle a besoin de ces sorties, besoin de cette liberté, besoin de…

Besoin de se permettre une incartade ! Julie décide abruptement de ne pas prendre le métro. Hélant un taxi qui passe, elle lui donne l'adresse d'Alexandre.

Pourquoi pas un amoureux du matin ? La surprise rendra peut-être la réponse moins rébarbative qu'elle ne l'a été ces derniers mois.

Elle sentait que cette fois, il serait heureux de l'accueillir ! Et puis, qui ne risque rien…

J'ai soudain une envie irrépressible de me mettre à rire. Oh mon Dieu, je me vois tremblante de peur devant cet homme que mon petit-fils avait admiré. Il me menace avec son énorme morceau de verre brisé. Mais moi, je viens de décider de ne pas reculer pour autant. Je recommence à parler, j'ai même fait un pas vers lui :

— Tu t'es permis de dire les pires bêtises, sans penser au mal que tu laissais dans ton sillage alors que tes auditeurs croyaient dur comme fer que tu parlais au nom de Dieu.

Je prends une pause et me souviens : après son départ, quelqu'un avait parlé de sa propension à l'agressivité. Sous son vernis de contemplatif, on disait qu'il lui arrivait de se rebeller.

Au moment où Christiane stationne son auto, le taxi de Julie s'immobilise. Contrarié, Zakaria fait face à Julie, qui s'avance sur le trottoir.

— Que viens-tu faire ici ? questionne Christiane en refermant la portière.

— Et vous deux ? lance la maman de Pascal, fâchée de la présence des deux autres, sabotant ses projets chimériques.

— Venez toutes les deux, tranche Zakaria, pressé d'en finir avec les incertitudes concernant la sécurité de leur amie.

Cher Dieu, dans cet appartement inconnu, je me revois écoutant mon petit-fils m'assurer de l'importance absolue d'une expression pour une oraison particulière... Accablé, il me racontait comment une phrase absente changeait à jamais l'efficacité d'une prière... Comme si de tels détails avaient une importance devant toi...

Une magie, des incantations...

Je me rappelle surtout ce que ces paroles étroites ont détruit à l'intérieur du jeune que je lui avais confié. En cet enfant et en d'autres...

Je considère sa menace actuelle d'une autre façon :

— Je n'ai pas peur de toi, tu me fais pitié.

Ma voix est délibérément douce. Le rictus de sa bouche, inimaginable.

Je saurai faire front, quoi qu'il arrive. Je me le promets.

Atteignant la porte de l'appartement d'Alexandre, Zakaria tourne résolument la poignée tandis que Christiane sonne avec énergie. Julie, hésitante, fourrage dans son sac et trouve la clé après beaucoup d'efforts.

Le bruit de l'entrée nous parvient soudainement. Je vois le corps d'Alexandre se raidir tout entier. Ma propre personne se sent complètement envahie d'un sentiment d'urgence. Un tourbillon s'élève en moi.

En venant ici, j'avais la volonté de dire à cet homme que je savais qui il était. J'avais probablement aussi l'espoir de tenter de le secouer suffisamment pour le faire réfléchir sur les conséquences de certaines de ses paroles.

Ton amour, Dieu, se situe au-delà de l'étroitesse et des formules magiques.

— L'amour de Dieu n'a pas de limite.

J'ai murmuré cette phrase malgré moi. La réponse abrupte me fait frémir.

— Je n'en ai plus besoin.

— Je te pardonne, en mon nom et en celui de mon petit-fils.

Les larmes coulent sur mes joues lorsque le trio silencieux nous rejoint. Zakaria et Christiane m'entourent et je leur prends la main. Je veux à la fois les savoir près de moi et les garder à distance.

Mes larmes, sur mon visage.

Je laisse mes amis me guider à l'extérieur. Je suis épuisée.

~

Je les ai mis à la porte. Tous.

Elle n'a pas raison : je suis toujours ce que j'étais. Je ne changerai pas, je n'en ai aucune envie.

Ce jeune m'importe peu, je m'en fous.

Vieille folle.

J'aurais dû garder Julie. J'irai au bordel. Au moins, on m'y traite avec déférence.

Vieille folle, j'aurais pu la tuer.

Je chemine,
me vois-tu ?

L'Évangéliste Luc a probablement perçu l'Esprit comme étant à la fois Puissance et Personne : une Puissance à l'œuvre dans les hommes et les femmes, et une Personne agissant sur eux[36].

Elle sent que quelqu'un déambule près d'elle et ne se retourne pas. Consciente de son maintien plus cambré, de ses rondeurs, de sa facilité à être essoufflée facilement, Dyela s'efforce de continuer à marcher chaque matin. Ses problèmes de santé semblent en partie résolus et l'équipe médicale qui la suit a opté pour attendre le commencement naturel du travail. Sa trente-deuxième semaine de grossesse se passe tranquillement.

En ce début de semaine, Zakaria est parti plus tôt au bureau. Dyela espérait presque rencontrer le Petit Prince. Elle n'a pas besoin de tourner la tête, elle l'a reconnu.

— Est-ce parce que tu m'as apprivoisée ?

Son ton à mi-chemin entre la blague et la perplexité semble amuser Philippe. Cela ne dure pas.

— Qu'est-il arrivé à Marguerite ?

Elle note l'appréhension dans sa voix et plisse les yeux, incapable de comprendre. Elle ralentit et lui fait face.

— Qu'est-ce que tu veux dire ? interroge-t-elle.

— Alexandre est un détraqué, crache-t-il aussitôt.

Devant l'affirmation radicale, la future maman hausse les sourcils. Elle se retrouve confrontée une autre fois au dilemme du Petit

Prince et s'interroge. Après avoir tout raconté à Zakaria, ils ont décidé d'attendre avant de questionner Marguerite, et les événements de la veille leur donnent raison. Passablement secouée par sa visite à Alexandre, leur amie leur a demandé un répit de quelques jours avant de leur expliquer les derniers incidents.

Dyela a recommencé à marcher. Philippe lui emboîte le pas.

— «Les hommes de chez toi [...] cultivent cinq mille roses dans un même jardin... et ils n'y trouvent pas ce qu'ils cherchent. [...] Et cependant, ce qu'ils cherchent pourrait être trouvé dans une seule rose ou un peu d'eau... [...] Mais les yeux sont aveugles. Il faut chercher avec le cœur[37].» Marguerite le sait. Elle sait chercher avec le cœur.

— Qu'est-ce que je suis censée comprendre de tout cela! proteste Dyela, désireuse de ne plus rester impassible devant l'énigme de son nouvel ami.

Philippe prend doucement son bras, l'invitant silencieusement à se remettre en marche. Ils avancent tous les deux en silence pendant de longues secondes. Puis, le jeune homme dit doucement:

— Crois-tu que Zakaria et toi pourriez me recevoir quelques minutes au bureau aujourd'hui? J'aimerais vous demander quelque chose, mais je pense que vous devrez réfléchir ensemble à votre réponse.

Dyela n'est pas rassurée, elle a un peu peur pour Marguerite. Elle sait bien que... on risque de pleurer un peu si l'on s'est laissé apprivoiser[38]...

Debout devant l'armoire à pharmacie, Alexandre avale le contenu des trois ou quatre premières fioles qu'il trouve.

Je les ai vidées en même temps que mon verre de vin. J'ai peur sans bien savoir d'où me provient ce sentiment intime de danger imminent. J'ai peur. Je suis épouvanté. Mon cœur bat à tout rompre.

Je ne peux rien faire pour me protéger de quoi que ce soit.

Le péril me vient de l'intérieur de moi-même, du trou béant qu'a laissé ma foi quand elle s'est arrachée de mes viscères, de tous les pores de ma peau.

Tous.

Assis sur le rebord du bain, il boit à grandes goulées le liquide rouge. Une partie de la boisson vermeille lui coule sur le menton, le cou, la poitrine. Il ressent les palpitations semblables à une invasion autour de lui. Il tremble et éprouve une sensation de nausée qui lui vient comme un ressac, de plus en plus fort.

La sueur sur mon visage me donne froid à l'intérieur, au plus profond de moi.

J'ai brisé mon corps au cours de la nuit dernière, usant mes dernières forces dans la maison close où je me sens chez moi. J'ai laissé la fille épuisée, vidée, tarie. Je ne m'en suis pas senti mieux. À des lunes d'une amélioration minime de ces sensations étranges qui me saisissent de plus en plus fréquemment ; qui vivent en moi, zombies spirituels qui ont pris mon âme et ne la lâchent plus. Je tremble tellement que le vin dont je veux remplir mon verre s'écoule sur la table : tache de sang venant des plaies qui me font de plus en plus souffrir. Non, non, elles ne viennent pas de mon imagination...

La vieille n'y est pour rien, je ne le lui dirai pas.

Le sang se répand, j'en suis envahi...

Le sang, mon cœur qui tape fort, si fort...

Je suis épuisé... j'ai mal, tout est noir... noir... tout est noir...

Il a juste le temps de se laisser glisser sur le sol et de vomir, avant de perdre conscience.

Christiane se sent fière au bras de son époux, en ce midi de novembre. Fidèle à ses habitudes automnales, le ciel hésite entre rayons et nuages, seul son cœur à elle s'ensoleille.

Comme ils reviennent d'une visite chez le dentiste, Magali en profite pour prendre sa pause du midi avec eux. Jean-Sébastien a pris du mieux. Piqué par le vent froid, son teint se colore légèrement.

Tout en se dirigeant vers un petit café, le trio échange sur les événements de la veille. Au matin, Magali a visité Marguerite avant d'aller au travail :

— Dyela m'avait téléphoné tout de suite après avoir avisé Zakaria. J'avais donc hâte de voir son état ce matin. Elle m'a semblé encore fatiguée et amorphe...

— Hier, elle m'apparaissait passablement secouée, même lorsque Zakaria et moi l'avons installée dans sa chambre, où elle voulait absolument se retrouver, explique Christiane.

Tandis qu'ils trouvent une table, Jean-Sébastien revoit la vieille dame enjouée arrivant chez lui avec ses carrés au sirop d'érable !

— Marguerite est quelqu'un de fort, elle saura se reprendre assez vite, j'en suis convaincu. Tu devrais l'impliquer un peu dans ton projet Seb, suggère-t-il.

— Ah, s'exclame Magali, c'est une bonne idée ! Où en es-tu ?

La designer commence ses explications avec enthousiasme. Les préparatifs vont bien et les commanditaires sont nombreux et intéressés. Les dernières semaines, l'instigatrice a multiplié les rencontres et les explications, et obtenu une réponse majoritairement favorable. Jean-Sébastien a apporté son aide chaque fois que sa santé le lui a permis. Il se sent maintenant impliqué et l'entrain de sa compagne a déteint sur lui.

— À ce stade, je suis persuadée que ce sera un succès, affirme Christiane. Je voulais justement t'en parler.

— À moi ? s'étonne Magali, pour quelle raison ?

Le couple se regarde avec une connivence manifeste.

— Dis-le-lui, toi, invite Christiane.

— Christiane et moi avons pensé partager une partie des profits avec les enfants de la Bosnie-Herzégovine, qu'en dis-tu ?

Cher Dieu, je ne sais pas pourquoi j'ai laissé entrer chez moi le visiteur que probablement Tu m'envoies. Il m'est arrivé au milieu de la matinée. Depuis la porte intérieure de mon condominium, il m'a crié :

— Marguerite, c'est Josip, laisse-moi entrer, juste quelques minutes !

Au début, je ne voulais même pas lui répondre. Je m'étais dit qu'il finirait par croire que j'étais sortie. Il a insisté et je n'ai pas eu la patience d'attendre qu'il se fatigue et reparte. Je lui ai ouvert, même si, aujourd'hui, pour une fois, je ne me suis pas habillée ni maquillée. Certaine de demeurer seule comme je l'avais souhaité et fait savoir autour de moi, j'ai négligé ma coquetterie habituelle lorsque je me suis levée.

Je ne suis pas dépressive, seulement lasse. Ce que j'ai vécu hier chez Alexandre m'a ramenée aux attentes que j'avais lorsque je respectais à la lettre chaque doctrine, chaque précepte, chaque loi d'une institution hiérarchique qui n'était que cela : une structure.

Je soupire. Tu n'as rien à voir avec le pouvoir et le contrôle. « Si tu savais le don de Dieu[39] », le don de Dieu. Le Tien.

Légèrement détournée de ma réflexion intime, j'observe mon invité qui se comporte comme s'il était chez lui. Il a mis la bouilloire à chauffer et nous prépare un thé. Je le suis des yeux alors qu'il cherche des tasses, du sucre, du lait.

Il apporte ses trésors à la table où je suis déjà assise.

— Je le prends noir, dis-je.

Il s'installe face à moi.

Il boit lentement le liquide chaud tandis que j'effleure la tasse de mes doigts. Il a eu la capacité de me distraire de mes introspections.

Au bout d'un certain temps, il se cale dans sa chaise et commence à parler naturellement, comme s'il n'y avait rien d'étonnant à notre tête-à-tête, alors qu'il vient de débarquer chez moi à l'improviste.

— Je me rappelle la foi de ma mère, simple, adaptée à notre quotidien. Nos dévotions se faisaient en cachette, nous apprenions nos prières comme d'autres mémorisent des théories coupables.

Même petit, je savais que je ne devais pas laisser libre cours à ma foi, en ce sens qu'elle ne devait pas se propager. Nous la savions précieuse, si précieuse qu'on pouvait nous tuer à cause d'elle... Lorsqu'à dix ans je suis arrivé ici, j'ai été très étonné de constater que cette même foi n'avait pas de valeur aux yeux de plusieurs personnes de mon entourage. On se disait étouffé par elle, dérangé par son étroitesse... En fait d'exiguïté, c'était plutôt la lorgnette par laquelle on la regardait qui avait un aspect restreint... Il m'a fallu longtemps avant de comprendre que le moule, dans lequel elle avait été mise, avait fait en sorte de la modeler jusqu'à la rigidifier. Chez nous, elle se collait à notre peau et cette dernière ne valait pas cher, trop souvent recouverte des sueurs froides qui annonçaient l'emprisonnement, la torture et la mort. Nous étions si appliqués à la sauver qu'il nous importait peu de la partager avec les laissés-pour-compte que nous rencontrions et qui nous ressemblaient, affublés que nous étions de l'effroi et de la misère qui nous collaient à la peau comme un uniforme de guerre dans lequel nous étions confinés malgré nous...

J'entends le bruit de la petite horloge du salon. Je ne sais pas combien de coups elle vient de sonner. Elle a le mérite de me ramener partiellement à la réalité présente. Mon condominium, ma cuisine, mon thé et ce sympathique jeune homme qui me fait vivre un moment surréaliste par ses souvenirs et leur interprétation.

Je lève les yeux vers lui et, encouragé, il continue :

— Nous connaissions les mêmes règlements que vous. Cependant, dans cette époque onirique, ils ne faisaient plus le poids et demeuraient inutiles, puérils. Qui aurait donc eu l'idée saugrenue de dépouiller les victimes que nous étions d'une foi qui leur permettait de survivre, devenant l'oxygène pur du condamné ? Les manquements aux règles devaient se faire autant que partout ailleurs. Pourtant, nous étions convaincus que Dieu était présent. Devant l'urgence, il ne pouvait pas nous abandonner !

Je l'écoute, sentant une énergie nouvelle monter en moi. Je n'ai cependant pas changé en si peu de temps et ne peux m'empêcher de questionner :

— Dieu était tout-puissant ?

Josip me jette un œil et hoche la tête en grimaçant:

— Il vivait avec nous, tremblait et souffrait en même temps que nous, en dépit ou au-delà des écarts de conduite. Comprends-tu, pour nous, il était évident que Dieu priorise la vie et ce qui la suscite. Cela n'avait rien à voir avec la puissance! Dans ce monde où la mort se profilait à chaque tournant, il ne pouvait pas en être autrement!

Je respire profondément. À l'écouter, je redeviens moi-même. Mais oui, l'épisode avec Alexandre avait remué en moi de vieilles blessures et ramené à mon souvenir une personne chère que j'avais perdue. Néanmoins, on ne construit pas sur des regrets.

— Et les enfants?

Ma demande n'a rien de saugrenu, je connais le dévouement de Josip pour les tout-petits. Il sourit presque timidement:

— Nous irons probablement à Mostar, en Bosnie-Herzégovine…

∽

À la fin de l'après-midi, il l'a attendue devant les bureaux du *Journal Maroc*. Cette fois, sa lourde chevelure noire brille sur son manteau informe. Il semble très à l'aise, bien qu'il ne se soit pas départi de cette allure éthérée, selon ce que pense Dyela lorsqu'elle l'aperçoit à la fenêtre située devant son pupitre. Avant de lui faire signe, elle se remémore avec un peu d'humour sa conversation avec Zakaria.

Le journaliste, dépassé par l'étrange demande, avait essayé de trouver une raison logique à ce qu'il appelait leur éventuelle rencontre avec un «personnage de livre». Bien entendu, ni lui ni Dyela n'avait rien pu élaborer et leur curiosité était grande.

La jeune femme s'approche du rideau et invite le Petit Prince à entrer. Tandis qu'elle le guide vers le bureau où Zakaria les attend, elle lui demande:

— Est-ce que je peux savoir maintenant la raison de ta visite ici?

— «Je n'ai rien su comprendre! J'aurais dû la juger sur les actes et non sur les mots. Elle m'embaumait et m'éclairait. Je n'aurais jamais dû m'enfuir! J'aurais dû deviner sa tendresse derrière ses pauvres ruses. Les fleurs sont si contradictoires! Mais j'étais trop jeune pour savoir l'aimer[40].»

— Tu parles de la rose du Petit Prince! s'exclame Dyela, intriguée.

— Oui, lui répond-il, je viens vous demander, à Zakaria et à toi, de me permettre de la revoir!

Un policier a téléphoné à Julie. Il lui a dit que les responsables de la garderie les avaient avisés des nombreuses ecchymoses remarquées sur l'épaule, le bras et le torse de Pascal et de la balafre sur sa joue.

Il lui a expliqué que le Directeur de la protection de la jeunesse réévaluerait le dossier et qu'une personne visiterait la mère et l'enfant dès le milieu de la soirée.

Julie a tenté de feindre l'incompréhension, mais, négligeant toute remarque à ce sujet, le policier a décidé d'une heure de visite.

Ce mur, ce mur en moi. Tout est devenu noir. Mon sang, noir.
Ma vie d'avant me protégeait de la vie.

Dans la salle de bain où il reprend conscience, le miroir lui renvoie une image épouvantable. Autour de lui, son intérieur négligé ressemble à ce qu'il est devenu lui-même au cours des années, alors que sa recherche de bonheur s'est vue de plus en plus restreinte et limitée.

Mon existence frappée d'interdit moral.
Je suis seul dans ce marasme de vitre brisée, d'existence
saccagée, de sang.

Il regarde d'abord sans la voir la courroie qui traîne sur le sofa du salon. Elle avait servi plusieurs jours auparavant. Il avait rassemblé des boîtes… les avait liées…

J'imagine mon cou dans cette corde, écueil sans fin qui enserre, enserre à l'infini.
     L'institution étouffante, rassurante, camouflant les incapacités, la solitude. L'idéal brisé devenu fardeau, la solitude. Le marasme, la solitude. La solitude dont on ne se départ finalement jamais.

Son destin lui apparaît d'un coup. En l'espace d'une seconde, il se voit faire les gestes, briser la roue d'une existence douloureuse et non dite. Fracasser enfin la névrose sans cesse recommencée, terminer à jamais l'élan qui le pousse à chercher un ailleurs, au plus profond de lui-même, à l'endroit que nul plaisir charnel ne peut compenser, s'efforcer de trouver une réponse au souffle qui revient nuit et jour, quérir un instant de grâce innommable et authentique et se retrouver ailleurs…
     Un mur m'enserre à l'infini.
     Je n'ai jamais été capable d'autre chose que d'affronter un mur.

Ses mains forment les nœuds alors que son âme délie les siens. Comme animé d'une volonté propre, son cou se place dans l'entrave. Son pied pousse la chaise sur laquelle il est monté.
     Mon Dieu. Mon Dieu ?

Il n'avait pas prévu qu'il ne serait plus jamais seul.

Ils étaient deux finalement à sonner au condominium de Julie. Elle les a fait entrer au salon et Pascal est venu les retrouver.
     — Comment vas-tu ? a demandé la première dame.
     L'enfant n'a pas répondu.
     — Sais-tu pourquoi on te visite ?
     La seconde dame est très grande. Pascal doit lever très haut la tête pour la regarder.

— Vous ne voulez pas que j'habite avec maman mais, lorsqu'elle est fatiguée, je sors avec Magali ou je me fais garder par Dyela et Marguerite. Ce n'est pas grave, elles sont contentes.

Zakaria se considère comme un homme terre à terre. Pragmatique, il a quand même une bonne connaissance en littérature. Comme la majorité des gens du globe, il a lu *Le Petit Prince* au cours de son enfance, ou de son adolescence, il ne saurait le préciser...

Le jeune homme devant lui semble effectivement venir tout droit d'une planète lointaine. Son accoutrement n'approche aucunement la mode actuelle... ni même celle d'antan...

Le journaliste se dit qu'il a peut-être été influencé par les récits que lui a faits Dyela des rencontres qu'elle a eues avec le jeune Philippe. En écoutant ses narrations, le Marocain ne peut ignorer le parti pris évident de la jeune femme pour sa nouvelle connaissance et pour le rien de romantisme qui l'accompagne. Zakaria ne se sent pas particulièrement impressionnable. Il est peut-être même sur ses gardes devant un gamin irréaliste qui parle en citant Saint-Exupéry.

— Que pouvons-nous faire pour toi?

Sa demande directe se veut un message: il ne compte pas accorder beaucoup de temps à l'hurluberlu qui se tient devant lui. Cependant, alors qu'il croise son regard, un rien d'authenticité lui fait marquer un temps avant de détourner les yeux.

Près de lui, Dyela semble un peu mal à l'aise. Elle comprend l'attitude de Zakaria et ressent pourtant une tendresse inexplicable pour ce qu'elle considère comme une quête venant d'un jeune homme qui, de toute évidence, n'a pas toujours eu la vie facile.

Philippe se tient sur ses gardes. Poli, il a mis ses phrases poétiques de côté et s'exprime normalement.

— Je vous remercie de me recevoir, commence-t-il. J'aimerais vous demander un service et j'estime qu'il sera peut-être opportun de vous consulter au sujet de ma demande.

— Nous t'écoutons, Philippe, l'encourage Dyela.

Le jeune homme baisse la tête et, pour quelques instants, examine ses bottes. Le couple ne le presse pas et Zakaria en profite pour étudier la scène.

Devant lui, le nouveau venu laisse transparaître une vulnérabilité qui le touche malgré lui. Toutefois, il est plus encore remué lorsqu'il contemple la future maman…

Il n'a pas eu l'occasion de la regarder ainsi depuis plusieurs semaines et se surprend de l'élan imprévu qui le fait tressaillir. Son cœur s'épanche en la regardant et il a une envie soudaine de lui dire…

— D'aussi loin que je me souvienne, coupe Philippe, Marguerite fait partie de ma vie. Il y a quelques années, un incident désagréable et peut-être même dramatique a fait en sorte que nous avons été séparés. Durant des années, la drogue et le genre d'existence qui y est associé m'ont gardé loin de toute capacité de reprendre contact avec elle. Maintenant, je suis sobre et j'aimerais lui en faire part…

— Pourquoi as-tu besoin de nous?

— J'ai peur que la surprise que lui cause ma venue ne la perturbe.

Philippe n'a pas hésité avant de répondre. L'action qu'il désire poser et qu'il confie au couple a été mûrement réfléchie, elle n'est pas spontanée.

— Cet été, j'ai pris le temps de l'observer et de connaître tout son entourage. J'ai fait le choix de vous contacter tous les deux parce que Dyela vit avec elle depuis que vous attendez un enfant.

La jeune femme s'est subitement tournée vers le journaliste. Aucun doute, le *vous* désigne le couple Zakaria manque de s'étouffer.

— Tu as bien fait, affirme-t-il, reviens demain. Nous te donnerons alors notre avis.

Le Petit Prince les remercie et quitte la pièce. Après une brève hésitation, Dyela le raccompagne.

« L'invité devient l'invitant… »

Assise devant mon miroir, j'ai décidé de me maquiller, même si nous en sommes à la fin de l'après-midi. La visite de Josip m'a fait beaucoup de bien. Son amour inconditionnel des enfants de son pays me ramène à ma propre réalité…

Il était chez moi et a pris l'initiative de me recevoir en me faisant du thé. Il a pris soin de moi. Je ne peux m'empêcher de faire la relation avec le récit des disciples d'Emmaüs : Jésus est invité à entrer avec eux et il dirige ensuite les événements : il prend le pain, dit la bénédiction, le rompt et le leur donna… Accompagner l'autre humainement devient parfois divin… C'est souvent dans le quotidien ordinaire de partage autour de la table que l'on se rend compte de notre humanité… Comme tout le monde, je suis faite pour aimer et être aimée, en ayant à cœur les blessures, les espoirs et la destinée des autres…

J'espère que ma démarche auprès d'Alexandre le fera réfléchir : on ne peut pas dire à quelqu'un qu'il est à jamais coupé de Dieu… C'est ce qu'a fait Alexandre il y a tellement d'années. Suite à cela, il y a eu des conséquences difficiles. J'avais eu très mal à l'époque… À vrai dire, pourquoi Dieu serait-il la propriété exclusive des universitaires et du clergé alors que Jésus en a parlé avec des mots simples disant la vie pour chacun ?

Lorsque j'entends Julie m'appeler depuis notre corridor, je me dis que, décidément, les visites imprévues sont de mise aujourd'hui. Je ne crois pas si bien dire : Julie m'amène une dame inconnue qui demande à me rencontrer.

— Ma compagne et moi venons de rencontrer le jeune Pascal. Pouvons-nous vous questionner à son sujet ? me dit-elle d'emblée.

Je sais que cette personne est une représentante de la DPJ.

Je chemine
mais je n'y vois rien !

Par la bouche des femmes, Dieu parle avec les mots de tous les jours, se préoccupe de l'humeur des enfants, discute du coût de la vie, se préoccupe du vieillard qui s'ennuie et du couple en difficulté. Par elles, Dieu se fait proche, incarné, interpellant, de l'intérieur même des situations, de l'intérieur même des milieux de vie[41].

Ils sont allés ensemble chercher le billet d'avion qui ramènera Josip dans son pays d'origine au début de décembre. Le cœur gros à l'idée de cet imminent départ, Magali se sent quand même contente de leur amour avoué, de leur projet de vie qui fera en sorte qu'elle le rejoindra à la fin de janvier 2011, pour travailler à ses côtés à la cause des enfants. D'ici là, elle devra laisser son emploi, vendre ses meubles, se départir de ses effets personnels. Elle sait que le plus difficile reste son départ à lui…

Elle lui avait promis une surprise pour que cet achat ressemble au commencement d'une nouvelle période pour eux, plutôt qu'à une imminente séparation. Aussi, en pleine matinée, prennent-ils le chemin de la Place des Arts, où se produira l'Orchestre symphonique de Montréal. Avant d'entrer dans la salle de concert, ils prennent un verre de vin dans le hall. Il lui parle de sa Bosnie, où les forêts, les grottes, les canyons et les rivières aux eaux émeraude ne peuvent totalement chasser le souvenir de la guerre. Il l'assure en dernier lieu qu'elle sera certainement émerveillée du multiculturalisme qui fait la richesse du pays depuis des siècles.

— Mais les mines antipersonnel? s'inquiète-t-elle pour la première fois.

— J'avais hâte de t'en parler, réplique-t-il. J'ai accepté de travailler à temps partiel pour une association caritative du Royaume-Uni qui a un centre dans la région de Mostar, justement. Ils y fabriquent et placent des membres artificiels pour les victimes de mines antipersonnel.

— Reste-t-il des mines? insiste-t-elle.

En portant l'attention sur la présence de ce fléau, la jeune femme ne pense pas à son arrivée prochaine mais à celle de Josip, œuvrant dans le milieu.

— Une tâche énorme a été faite au niveau du déminage. Bien sûr, on ne peut jamais être tout à fait certain que le terrain est totalement nettoyé[42]…

Les portes de la salle s'ouvrent et, comme les autres spectateurs, ils rejoignent leurs sièges. Consciente de la main de Josip autour de son cou, Magali décide de profiter du temps qui lui reste avant que leur éloignement ne soit une réalité, aussi appuie-t-elle la tête sur sa joue.

∿

Alertés par le propriétaire, les préposés de la morgue sont venus chercher le corps. L'enquête suivra son cours. L'homme qui les attendait, qui leur a ouvert la porte, les a également assurés que le défunt n'avait aucune famille.

∿

Cher Dieu, ce matin, alors qu'on frappe à ma porte, je suis d'abord certaine que ce n'est pas pour moi. En effet, maintenant, Zakaria vient très souvent chercher Dyela le matin. Ma belle colocataire approche de son terme et la lassitude se voit sur son visage. Sa démarche plus laborieuse et son essoufflement la fatiguent visiblement.

D'un autre côté, j'ai remarqué que le lien s'est approfondi entre les deux. Il n'est pas trop difficile de constater que cette paire d'amis s'entend comme larrons en foire, et qu'il y a même quelque chose de plus. Je me réjouis pour mes deux compagnons, mais en silence, puisqu'ils ne m'ont rien confié. Le savent-ils eux-mêmes?

— Marguerite, es-tu occupée?

La voix de Zakaria me ramène au présent. Je me prépare à abandonner mon beurre d'arachide matinal et, souriante, me tourne vers lui. Dyela le suit et le malaise dans leurs yeux me surprend.

— Quelqu'un veut te rencontrer, Margot...

Elle ne m'appelle pas souvent Margot. Je pense qu'elle ne l'a pas fait plus de deux ou trois fois. À chaque moment, elle était émue, qu'est-ce qu'il y a aujourd'hui?

Je n'ai pas le temps de penser à ma question plus avant. Zakaria prend une chaise près de moi et la rapproche avant de s'y asseoir. Ses yeux me fixent avec attention. Trop. Que veulent-ils? J'examine et me tais, ils seront bien obligés de me dire...

— Dernièrement, j'ai rencontré quelqu'un qui te connaît.

— Ah?

Cette interjection ne m'implique pas trop. Au fond, j'ai jeté une perche. Attendons.

— Cette personne aimerait te revoir...

Bon, qu'est-ce qu'on me prépare encore, pour l'amour du ciel!

— Si vous me disiez franchement ce que vous voulez me révéler?

Ma suggestion n'est pas agressive, elle propose seulement de cracher le morceau.

Pas si fort...

Il envahit ma cuisine et la remplit totalement. Oh... J'ai chaud. Je me sens affaiblie, cela ne me ressemble pas. Oh... mon Dieu.

Mon couteau rempli de beurre d'arachide a glissé de mon assiette; de la table, il est tombé par terre en faisant un boucan terrible. Laissant sa trace aussi. Oh...

— Grand-mère...

— Mon Dieu! Ah, Philippe, mon tout-petit!

Debout, je pense que je vais vomir. Mais non, laissez-moi le prendre dans mes bras!

— Laissez-moi le prendre dans mes bras !

J'ai hurlé. Mes deux amis se sont figés.

Ils n'avaient aucune intention d'empêcher mon petit-fils de se blottir contre moi.

Enfin.

Après quinze ans de séparation.

Debout depuis l'aurore, échevelée et en pyjama, Christiane regarde ses listes d'invités, celle des commanditaires, celle de ses adjoints, spécialistes de la dernière heure et amis disponibles pour un coup de main de l'ultime minute, ou pour les journées entières séparant le grand soir de maintenant.

Dans le bureau de travail de sa maison, son désordre n'est qu'apparent. Ses nombreux papiers jouxtent les échantillons de tissus éparpillés sur la table et par terre. Le porte-manteau de la pièce renferme certaines tenues qu'il lui faudra apporter le jour même. Sa parade proprement dite est déjà bien planifiée. Il lui reste à faire quelques rencontres et quelques téléphones ; revisiter les lieux où se tiendra le défilé et celui où le happening se fera plus tard dans la soirée, alors que les personnes en autorité et quelques malades s'exprimeront. Elle a eu certains problèmes avec la planification du buffet. Les choses semblent maintenant se tasser et, si elle se sent fatiguée, l'enthousiasme des derniers moments attise sa résolution à faire un succès de cet événement qui semble tellement encourager tant les groupes d'aide aux malades que ceux qui combattent eux-mêmes un cancer.

Pour ce qui est de Jean-Sébastien, la lumière dans ses yeux, lorsqu'il la regarde ces derniers temps, lui fait l'effet d'un stimulant extraordinaire. Sa santé continue à s'améliorer lentement. Les journées sont plus longues pour lui puisqu'il dort moins, mais ne peut encore s'occuper énormément. Il a pris l'habitude de la rejoindre dans cette pièce, de profiter des odeurs des tissus et de l'aspect vivifiant de l'endroit où se passe la plus grande partie de la préparation du défilé. Il prend avec lui un livre ou une revue et la laisse travailler à son aise tandis qu'il lit. Christiane, pour sa part, apprécie ces instants où elle se sent utile dans son accompagnement de la maladie. Seb aura bientôt le vent dans les voiles et ils en seront tous deux grandis, puisqu'ils auront fait une association particulière pour se battre ensemble et tenter de faire reculer le monstre.

— Je t'invite à dîner ce midi ?

Elle suspend son geste pour lui répondre, laissant au tissu qu'elle avait dans la main la possibilité de faire une élégante courbe imprécise dans l'air.

— Oui, mon amour, rétorque-t-elle, une pause nous fera le plus grand bien.

Il lui semble être levé depuis très, très longtemps. Assis dans le plus long fauteuil de la salle familiale, Pascal paraît perdu. Il n'écoute pas son émission et les personnages s'agitent pour rien sur l'écran.

Il a placé son pouce et son index réunis dans le coin de sa bouche comme il le faisait lorsqu'il était très petit. À la garderie, on lui avait dit qu'il était trop vieux pour continuer cette habitude et il avait cessé durant plusieurs mois. Il a recommencé maintenant. Ces derniers jours, lorsque personne ne le voit, il en profite pour reprendre cet automatisme rassurant. Il se sent pratiquement calmé ainsi, et son cœur tape moins fort sous son chandail…

Il s'approche de la porte de chambre de sa mère et il écoute sa respiration. Régulièrement depuis qu'il est éveillé, Pascal s'y rend sur la pointe des pieds. Il regarde Julie dormir. Alors qu'il est assez près du lit pour le toucher, il s'aperçoit que cela ne lui fait plus autant de bien. Il a besoin de lui parler. Après tout, cette adulte est celle qu'il aime le plus au monde, plus que Magali, Dyela et Marguerite. Il a besoin de toutes ces personnes autour de lui… Il ne veut pas en être éloigné…

— Maman, dit-il d'une toute petite voix, ne les laisse pas m'emmener! Dis-leur que tu veux me garder avec toi! Dis-leur, maman, je ne veux pas m'en aller loin de toi!

Il se passe alors une chose étrange : Julie s'assoit dans le lit. L'enfant se rend compte qu'elle ne dormait pas. Ses yeux sont brillants et mouillés, et elle tremble. Elle le prend aux épaules et l'approche d'elle d'un geste possessif. Il sent une force dans ces mains qui ne le tiennent jamais d'habitude. Elle le saisit, mais ne lui fait pas mal. Au contraire, d'une certaine façon, elle l'apaise, bien plus que lorsqu'il place ses doigts réunis dans sa bouche.

Pascal sent son cœur battre la chamade tandis que le cognement qu'il fait est bien plus léger qu'à son habitude, et l'enfant, ne sachant pas reconnaître l'attente confiante en lui, n'en reconnaît pas le rythme et s'en trouve étourdi.

Les mots prononcés par Julie parviennent à son oreille et le laissent frémissant :

— Je ne veux pas que tu partes ! Je ferai tout ce que je peux pour les en empêcher ! Pardonne-moi, Pascal, pardonne-moi !

Autour de la table de Marguerite, les visiteurs n'osent parler. Dyela et Zakaria ont voulu se retirer pour laisser la grand-maman et le petit-fils seuls, mais Marguerite a insisté pour qu'ils restent. Voulant s'occuper, la future maman a refait du café et elle place soigneusement les tasses sur la table, ralentissant ses gestes pour que son occupation perdure. Désœuvré, Zakaria se tord nerveusement les doigts, désolé que Dyela ait refusé son aide. Son regard retourne sans cesse aux deux mains réunies sur la table. Celle veinée de sa vieille amie tenant fermement la jeune, grande et forte à la peau douce.

— Grand-mère…, appelle doucement le Petit Prince. J'ai cessé totalement de consommer.

La respiration de Marguerite est tremblante et le souffle d'une longue inspiration se laisse entendre bruyamment. Philippe lève la main et caresse ses cheveux en un geste rempli d'affection, semblant avoir été une habitude dans le passé.

— Je suis désolé de m'être éloigné de toi si longtemps, s'excuse-t-il, cela ne se reproduira plus jamais.

— Ce n'était pas ta faute, proteste Marguerite, tu étais très jeune. Il aurait fallu…

— Tu ne pouvais pas deviner, proteste-t-il.

Aux prises avec des souvenirs inconnus de Dyela et Zakaria, Marguerite secoue la tête. Son désarroi paraît intense, se répandant sur les sillons de son visage et sur son expression entière.

— Grand-mère, appelle Philippe une seconde fois. À présent, j'ai fait la paix avec ce que je suis, personne ne peut plus me faire souffrir à ce propos.

— Les exclusions officielles n'ont pas changé pour autant, réplique Marguerite âprement.

— Toi et moi savons que nous pouvons les dépasser, coupe Philippe.

Philippe lève les yeux et regarde les deux personnes qui l'ont accueilli et assisté dans son projet de reprendre contact avec sa merveilleuse grand-mère. Il comprend leur malaise : ils ne pouvaient pas deviner leur lien de parenté. Il veut les inclure dans le duo d'affection qui se vit devant eux. Il décide de les mettre au courant du drame qui a marqué sa vie et blessé Marguerite. Il les fixe jusqu'à ce qu'ils lui rendent son regard :

— Je suis homosexuel, avoue-t-il simplement. Ma grand-mère l'a toujours su. J'ai eu quelques problèmes à m'accepter comme je suis.

— Et je m'en suis sentie responsable, murmure Marguerite.

Immobile, le couple médusé lit sur les lèvres du jeune homme :

— Tu ne pouvais pas t'attendre à ce qui est arrivé…

∾

— Je t'aime, dit Magali, bien que les applaudissements enterrent sa voix.

Moment de grâce, ils se sentent isolés au centre de la salle de concert. Ils sont prêts à tout affronter, même la séparation imminente. La force de leur amour est immense puisqu'elle a pris naissance bien avant qu'ils ne le sachent eux-mêmes, dans cette enfance où, très tôt, elle l'a admiré, imité et suivi, alors qu'il croyait de toute son âme respirer par elle, par cette naïveté en elle et ce regard qu'il ne savait interpréter.

— Mon amour pour toi est assez grand pour te laisser partir et me savoir présente au cœur de toi, continue-t-elle tout près de son oreille; assez grand pour attendre de partir vers toi et espérer que tu apparaisses dans tous mes rêves; mon amour pour toi...

Depuis des jours, elle rêvait de lui chuchoter ces mots qui lui reviennent en tête comme des oisillons attendant impatiemment d'être poussés du nid. Magali ne comprend pas l'étourdissement soudain qui la prend au ventre et serre violemment ses entrailles, la laissant pantelante et étourdie. Une peur horrible lui broie le ventre et elle se colle désespérément sur lui dans la salle obscure, cherchant une sécurité dans ses bras.

Heureux de ce qu'il vient d'entendre, Josip, inconscient des frayeurs de sa belle, profite du moment présent en fermant les yeux.

Autour d'eux, les applaudissements leur font un écran indéfinissable, les gardant unis au milieu de la foule gavée de musique.

Les portes d'entrée de chez Christiane, Marguerite et la sienne sont ouvertes pour permettre une répétition du défilé. Un peu pâle, mais très satisfait de son importance, Pascal s'est docilement laissé habiller. Étant le seul enfant du groupe, il est conscient que Christiane a besoin de lui pour présenter les petits ensembles de garçon. Ceux des petites filles seront exposés en décoration sur des cintres. Il avance dans le corridor du condominium et se sent également très beau. Dans sa mémoire, il subsiste encore un peu de ses dernières frayeurs, aussi jette-t-il des coups d'œil fréquents au trio d'adultes formé de Christiane, Jean-Sébastien et Julie. Autour de lui, d'autres grandes personnes sont vêtues des créations de Christiane. Elles marchent comme lui pour présenter les vêtements. Ils devront tous être prêts pour le lendemain soir, mais maman a dit qu'il était le plus beau.

Sa maman n'est plus vraiment comme avant. Elle reçoit de fréquents appels téléphoniques des dames qui lui ont posé des questions. Elle s'inquiète de lui et lui demande souvent s'il va bien. Elle l'embrasse plus d'une fois par jour et lui caresse même la tête lorsqu'il passe près d'elle.

La porte de leur condominium étant ouverte, il a entendu la sonnerie du téléphone et vu Julie courir pour répondre. En passant près de lui, elle lève le doigt pour qu'il comprenne qu'elle ne part qu'une minute. Ses lèvres font un peu la moue tant il craint que les choses ne redeviennent comme avant.

Son attention est retenue par une jeune fille qui désire changer son parcours, puis une autre qui a perdu un bouton; un jeune homme cherche sa veste, et inopinément, maman revient en courant.

∽

Non, c'est vrai, mon Dieu, je ne pouvais pas m'attendre aux incidents qui ont découlé du *coming-out* de Philippe... Durant un moment, ils me reviennent en tête. Je les chasse, préoccupée par la grimace prolongée de Dyela. Je sais que ses contractions ont débuté depuis quelques jours. À la regarder, je me rends compte qu'elles ont augmenté d'intensité tandis qu'elle est avec nous.

— Ça va, me rassure-t-elle avec un signe de la main.

Inconscient de la réalité de ma colocataire, Philippe semble prendre le geste pour une invitation à se raconter et me jette un bref coup d'œil avant de commencer:

— D'aussi loin que je me souvienne, ma mère et moi vivions avec mes grands-parents maternels. Un banal accident d'automobile nous a privés au même instant de ma mère et de mon grand-père alors que j'avais onze ans. Dans les années qui ont suivi, j'ai pris conscience que j'étais différent de mes camarades d'école. On dit de l'homophobie qu'elle est un stigmate invisible, par opposition, par exemple, à celui visible de la race. J'ai trouvé extrêmement dures les réactions autour de moi face à une prise de conscience qui tenait plus de la stupéfaction pour moi-même. J'ai été gauche dans mes rapports quotidiens avec les autres durant cette période-là. Je n'avais aucune stabilité dans ma vie, à part Marguerite, je négligeais mes travaux scolaires, et même mon assiduité aux cours a fini par flancher… Je n'étais plus moi-même…

Je soupire et ajoute :

— J'étais consternée de le voir malheureux. Ma connaissance de l'homosexualité étant limitée, puisque nous n'en parlions jamais dans mon temps, je ne savais plus quoi faire pour l'aider. Philippe refusait catégoriquement de voir un psychologue afin de parler de la mort de ma fille et de mon mari, et je me sentais de plus en plus démunie…

— Je n'étais pas facile à vivre…

— Lorsqu'à ma paroisse j'ai entendu dire qu'un nouveau prêtre était arrivé, je me suis sentie encouragée. Parce qu'il était un homme, plus jeune, j'ai naïvement pensé qu'il saurait mieux que moi entrer en contact avec mon petit-fils. J'ai poussé Philippe à aller vers lui. Il avait créé un groupe de jeunes qui se réunissaient sur une base hebdomadaire.

Dyela se lève et, comme mue par un élan hors de son contrôle, Zakaria l'imite aussitôt. Le dos appuyé sur mon mur de cuisine, la jeune femme devient attentive à sa respiration. Tous les trois, nous la regardons en silence et Zakaria lui prend la main. De longues minutes se passent en silence.

— Continuez tous les deux, nous encourage-t-elle enfin, je veux entendre la suite.

— J'ai attendu plus d'un an, reprend enfin Philippe, avant de confier à Alexandre ma nouvelle réalité, non pas parce que je l'avais assimilée, plutôt parce que quelque chose en lui m'empêchait de me sentir totalement accepté. J'avais la vague impression…

— Alexandre ?

Jaillie avec quelques secondes de retard, l'exclamation vient de Zakaria. Je n'avais pas prévu dévoiler l'identité du prêtre aussi brutalement.

Notre ami marocain n'a pas d'idée préconçue sur les ministres d'une religion qui n'est pas la sienne ; par contre, Dyela écarquille les yeux :

— Alexandre? répète-t-elle, éberluée. Alexandre que l'on connaît? Non, non, ne réponds pas, continue plutôt...

Sans comprendre, Philippe acquiesce et reprend:

— Il était plus vieux que moi et un représentant de Dieu. J'avais une faible estime de moi-même et j'étais déjà déprimé. Il a eu des mots très durs, il s'est fâché... Je me suis senti anéanti, mauvais, odieux, pervers.

— Philippe ne m'en parlait pas et Alexandre semblait se sentir investi d'un pouvoir de persuasion comme pour le démolir... Il n'avait rien contre Philippe lui-même, mais défendait des lois codifiées, rigidifiées et insurpassables, à son avis.

— Tout cela a duré jusqu'à ce que je n'en puisse plus et que je disparaisse dans un milieu capable de me cacher ma propre identité, puisque la drogue...

Pascal arrive en courant de toutes ses petites jambes. Son visage est terrifié et il tremble. Dans ma cuisine, le temps s'est arrêté.

Avant que l'un de nous ne réagisse, il se place devant moi et crie de toutes ses forces:

— Marguerite, Marguerite, les dames sont venues me parler. Je ne veux pas laisser ma maman pour une autre famille! Aidez-moi, tout le monde!

J'ai l'esprit vif. Pourtant, sur le coup, je n'arrive pas à comprendre. Je me plie en deux et ouvre mes bras pour recevoir l'enfant terrorisé.

Je chemine,
enfin tu es là !

Ceci est mon corps signifie : ceci symbolise et rend présent ce que je suis, impliquant tout ce que j'ai fait, tout ce que j'ai enseigné, tout ce que j'ai espéré, tout ce pour quoi j'ai vécu. Et quand il dit : Prenez et mangez, il n'invite certes pas à consommer sa chair mais bien à communier à sa personne ; à reconnaître ce qu'il a été et ce qu'il est et à s'associer à lui. Quand il dit : Ceci est mon sang, il présente le vin comme le symbole de sa vie. Prenez et buvez peut être ainsi paraphrasé : Abreuvez-vous de mon sang afin que nous vivions de la même vie ; communiez à ma vie afin qu'elle coule dans vos veines. On sait pertinemment aussi le sens du boire à la même coupe qui signifie souscrire à une même cause. Ainsi, si les disciples acceptent de manger le pain et de boire le vin, ils scellent leur engagement avec Jésus. Or, c'est exactement ce que Jésus attend d'eux[43]…

Au bras de Philippe, à qui Christiane a ajusté à la hâte un ensemble à sa taille, Marguerite marche fièrement. Un léger fond de teint sur sa peau parcheminée a pu cacher les ridules et les cernes causés par sa nuit d'insomnie. En effet, comme, en peu de temps, elle est redevenue la grand-maman qu'elle n'avait jamais cessé d'être, et qu'elle devait également faire face à la mort brutale d'une personne pour qui elle avait eu une réelle aversion, dans la nuit, son cerveau lui avait carrément refusé le sommeil auquel elle aspirait.

Alors que Pascal arrive sur scène, portant le troisième ensemble qui lui est destiné, Marguerite pense que le sort de l'enfant a également été une de ses préoccupations…

En se déhanchant avec application comme Christiane le lui a demandé, Pascal se crée innocemment son petit succès. À chacune de ses entrées, l'assistance réagit par des rires et des applaudissements, comme si elle était consciente que ses encouragements compensaient les difficultés vécues durant sa jeune vie jusqu'à maintenant.

Portant des toilettes s'apparentant l'une à l'autre, l'entrée de Magali et Josip a un grand succès. Tout juste avant son arrivée sur scène, le jeune homme a déposé sur une chaise son portefeuille dans lequel est placé son billet d'avion. Aussitôt que le défilé sera terminé, le couple partira vers l'aéroport Montréal-Trudeau, puisque Josip compte parvenir à sa destination dans un peu plus de vingt-quatre heures.

Malgré l'imminence de sa fin de grossesse, Dyela a insisté pour porter deux robes de maternité différentes. Ainsi, sa seconde entrée semble plus laborieuse et lui vaut une salve d'applaudissements. Son visage rayonne, bien qu'elle sente la prochaine contraction apparaître et que, conséquemment, sa présentation du vêtement soit volontairement écourtée.

Assis auprès de Jean-Sébastien, Zakaria ne la quitte pas des yeux. Il a longuement réfléchi et se promet de parler avec la jeune femme, aussitôt que bébé sera né.

Tout à la fois exaltée et attentive, Christiane est présente pour chacun. Déjà, son carnet de commandes déborde et elle se réjouit de cette période de sa vie qui marque un accomplissement majeur dans sa carrière. Ce qu'elle considérait au départ comme un encouragement à son mari devient un soutien à la cause du combat contre le cancer, et appuiera pareillement le travail de Josip et Magali. L'épouse de Jean-Sébastien jette un bref regard à Marguerite ; les voisins du condominium du boulevard De La Vérendrye avaient vraiment travaillé dans la solidarité et cette soirée spéciale en était un peu le paroxysme...

Tandis qu'ayant achevé ses présentations Marguerite rejoint Jean-Sébastien pour s'asseoir près de lui, Christiane sait très bien ce que son conjoint lui murmurera à l'oreille. Elle le voit se pencher vers leur vieille amie :

— J'aimerais bien que notre prochaine célébration ait lieu demain, explique-t-il, nous serons encore habités par cette soirée unique.

Marguerite acquiesce et Christiane s'empresse de repartir vers sa tâche : le défilé n'est pas encore terminé !

En retrait au fond de la salle, Julie regarde le défilé. Ses yeux papillotent fortement. Cette fois, elle ne joue aucun rôle. Observant chacun des gestes de Pascal, la jeune femme reste aux aguets de chaque personne de qui il s'approche. Elle se surprend de la spontanéité de son fils, se questionnant sur son allure générale. Le petit semble tellement à l'aise sur scène qu'elle en ressent l'ombre d'un rabrouement de sa propre personne, de son amour pour lui, de son titre de mère. Il sourit et fait discrètement des mines. Ces dernières, sympathiques, font réagir et la maman ressent fortement la brûlure de la jalousie. Elle entend encore et encore le verdict des deux représentantes de la DPJ après qu'elles se furent entretenues avec Marguerite la veille. Ce défilé marquerait la fin d'un temps pour la jeune mère et elle n'en finissait plus de regretter de n'avoir pas été plus mature depuis qu'Édouard était décédé.

À demi étendue sur la banquette arrière de l'automobile de Zakaria, Dyela compte ses temps de respiration avec application. Les contractions se font plus longues et de plus en plus rapprochées. Des nausées lui viennent par longs intervalles et repartent ensuite, la laissant faible et étourdie.

L'homme stationne le véhicule et s'empresse d'aller chercher un fauteuil roulant. Il aide ensuite sa compagne à s'y installer et se dirige avec diligence vers l'entrée de l'établissement médical.

Lorsqu'elle est sortie de scène, presqu'une heure auparavant, elle a eu besoin de l'assistance de Christiane et de Magali pour se défaire de sa toilette et remettre ses propres vêtements. Elle est ensuite demeurée courbée sur sa chaise durant de longues minutes, laissant passer le temps et augmenter le rythme des contractions.

Plusieurs semaines plus tôt, sans y être invité, Zakaria avait promis à la jeune femme qu'il l'accompagnerait à l'hôpital le moment venu. Aujourd'hui, il avait semblé naturel à Dyela de se tourner vers son ami pour s'y rendre. Elle se sentait rassurée de s'en remettre à lui, et savait qu'elle pouvait s'appuyer sur lui avec confiance.

Alors qu'ils attendent dans la petite chambre des naissances où ils ont été installés, il lui a pris la main pour lui montrer sa sympathie et elle, attendrie de ne plus être seule, en a eu les larmes aux yeux.

— Tu n'aimes pas mieux partir maintenant? a-t-elle demandé, ne trouvant rien de mieux à lui dire pour ne pas l'obliger à demeurer près d'elle jusqu'à la naissance de son enfant.

Il balaie son offre d'un geste de la main.

— Quand ce sera le temps, j'irai m'asseoir tout près, dans le petit salon de l'étage.

Les espaces immenses de l'aéroport gardent les lieux froids et impersonnels. L'éclairage brutal et intense ne favorise pas l'intimité nécessaire aux adieux. Ces derniers ont été faits et refaits à l'envi.

Ils s'étaient dit que de participer au défilé, tout juste avant le temps du départ, diminuerait l'angoisse de la séparation, la maquillant d'une action altruiste. À quelques instants de son décollage, Josip se demande s'il n'aurait pas mieux fait de la prendre dans ses bras la veille pour ne s'en détacher que maintenant. Qu'importait! Ils auraient toute la vie ensuite!

Tandis que Magali se répète qu'ils ne seront séparés que quelques semaines, la nervosité prend forme à l'intérieur d'elle, et s'élève en maître comme une entité propre envahissant son corps et son âme, devenant plus grande qu'elle-même. Durant un moment, de façon inattendue, cette frayeur la prend au ventre et la secoue entièrement, la laissant décontenancée, désespérée et haletante. Une violence insoupçonnée s'élève en elle, la faisant trembler. Touchés, le cœur de son être, son moment présent créent des ondes d'épouvante qui se répandent en masse sans qu'elle puisse rien y faire.

— Le temps passera très vite, tu verras, assure Josip, dont les yeux démentent la promesse.

— Je sais, répond Magali d'une voix blanche, je sais.

Le baiser qu'ils se donnent, avant de s'arracher l'un à l'autre, a le goût de l'infini ou de l'irréparable.

Inconsolable, Magali ne comprend pas l'intensité de sa réaction.

∾

S'étant placée en retrait durant la dernière partie de sa soirée qu'elle peut déjà qualifier d'inoubliable, Christiane examine encore et encore. Dans la salle, les collègues du *Journal Maroc*, les professeurs amis de Jean-Sébastien, les travailleurs en dentisterie, certains stylistes, plusieurs amis et un public nombreux ont permis aux mannequins d'un jour de présenter ce travail fait d'entraide et d'espoir. La designer ne peut deviner les expressions de ses amis du condominium, mais elle sait déjà qu'ils seront heureux du résultat de cette entreprise à laquelle ils ont tous collaboré.

Le dernier modèle ayant fait son tour de piste, l'assistance applaudit à tout rompre. L'initiatrice du projet se prépare à aller saluer en même temps que ses collaborateurs. Au passage, elle prend dans ses bras un Pascal épuisé, toujours vêtu de son dernier ensemble matelot. Elle n'a pas conscience du tableau que forme son équipe l'entourant alors qu'elle tient l'enfant, mais aperçoit, chavirée, Jean-Sébastien debout avec les autres spectateurs, le visage couvert de larmes.

Elle reçoit avec bonheur le bouquet de fleurs des mains de Marguerite, l'échangeant contre l'enfant. Assistée de Philippe, la vieille dame porte comme un trésor le petit jusqu'à sa mère. Cette dernière le serre fougueusement dans ses bras. On ne l'a pas encore mise au courant de la conclusion de la conversation que les responsables de la DPJ ont eue avec Marguerite, puisqu'il fallait consulter le directeur. Julie sait déjà que de nouvelles avenues seront explorées afin d'assurer un mieux-être à Pascal. Pour Julie, la culpabilité est devenue une compagne assidue.

Délaissant la scène, Christiane se dirige vers Jean-Sébastien. Malgré le peu de distance à parcourir, elle n'arrive pas à rejoindre son compagnon de vie, étant sans cesse arrêtée par les spectateurs voulant la féliciter, lui poser des questions ou lui commander certains modèles. Professionnelle, l'artiste peut diriger ces derniers aux assistants formés à cet effet.

❧

Dans son appartement désert, Magali est entrée en silence. Les effluves du parfum de Josip l'enveloppent. Incapable de se mettre au lit, la jeune femme s'assoit dans le fauteuil du salon. Elle se garde d'allumer sa lampe et se contente de la lueur diffusée par le lampadaire de sa rue.

Épuisée de peine, elle laisse sa pensée lui ramener le voyageur qu'elle vient juste de quitter. Glissant sur ses souvenirs d'enfance, elle sculpte longuement l'unicité de celui qu'elle veut rejoindre au plus vite. Plus grand que nature, l'idéal de Josip accompagne son quotidien depuis sa tendre enfance. Dans ce cœur immense, une place majeure l'attend, elle, et lui donne envie d'amarrer ses propres rêves de femme au cœur de son compagnon.

Elle est consciente qu'une partie de lui est à jamais blessée, consciente que la tâche à laquelle ils s'attellent est immense et que les enfants meurtris ne peuvent être guéris d'un revers de la main. Toutefois, elle se sent investie d'une mission démesurée qui la porte à se savoir un être humain comme tous les autres êtres de la planète, une personne égale à toutes celles qui tentent, sur leur coin de terre, de vivre ce qui ressemble le plus au bonheur. Maillon d'une chaîne, isolée dans cette pièce obscure embaumant l'arôme de cet homme d'exception, elle pressent le don de soi qui la rend solidaire de ses frères et sœurs humains, plus particulièrement des plus petits sans défense.

Ainsi, sans l'avoir anticipé, elle se fait la promesse de toujours collaborer à améliorer le sort des enfants.

Quoi qu'il advienne.

Elle s'endort ainsi, rêvant des bras de son amour.

Dans la chambre, Jean-Sébastien, allongé sur le lit, regarde Christiane qui se prépare à le rejoindre. Ils ont accompagné tous les invités, saluant, écoutant les éloges, embrassant chacun et remerciant sans fin. L'allégresse de la soirée a fait place à un enthousiasme grisant qu'ils n'ont manifestement pas eu l'occasion de vivre depuis le début de la maladie du professeur. Épuisé, Jean-Sébastien se sent sur le point de tomber dans un sommeil profond, mais il a tellement attendu de se retrouver seul avec la femme de sa vie qu'il combat l'assoupissement.

— Je suis prête, mon amour, murmure Christiane, craignant de le réveiller en s'installant.

— J'attendais que tu te couches près de moi, répond-il en s'approchant d'elle. Je voulais te dire…

Elle perçoit le sourire dans sa voix, et certaine que son bien-être est lié à leur soirée, elle se blottit sur contre en écoutant d'une oreille.

— Mon médecin est formel. Mes dernières analyses de sang indiquent que je suis stabilisé. Nous avons un répit, termine-t-il dans un souffle.

Christiane ouvre des yeux bien ronds. Le sommeil s'est enfui.

— Je n'arrive pas à croire que tu es avec moi, Philippe…

Je sors de ma salle de bain dans ma longue robe de chambre rose. Je me suis arrêtée au salon avant de gagner ma chambre.

Comme pour pallier l'absence de Dyela, Philippe demeure avec moi et se prépare également pour la nuit. Étrange retour des choses, la fatigue aidant, j'ai l'impression d'être retournée au temps où il vivait avec moi…

Je m'approche de lui et pose mes mains sur le haut de ses bras. Malgré la fatigue de cette fin de soirée, mes yeux étudient son visage. Ce dernier n'a plus la candeur de l'enfance. Des sillons autour de ses yeux me disent qu'il est un homme. Qu'a-t-il vécu, au-delà de mon amour et de ma protection ?

— J'aurais voulu que tu ne sois jamais rejeté par quiconque…

Je sais que je parle comme une grand-maman. Pourtant, c'est tout ce qui me vient au cœur. Je connais les qualités de Philippe, je reconnais aussi ses grandes capacités, son talent, sa richesse de caractère, son aptitude à la compassion… Il est si facile de juger de l'extérieur, d'affirmer que l'homosexualité est rejetée par Dieu alors qu'elle n'est en fait qu'une orientation sexuelle parmi les autres…

— Nous le sommes tous un jour, d'une façon ou d'une autre, rétorque Philippe. Toi-même, tu as eu des périodes assez pénibles. Regardons l'avenir, grand-maman, ce que j'ai vécu fait partie de moi et m'a certainement façonné et enrichi.

Je ne dis pas les mots qui me viennent spontanément au cœur, espérant qu'il l'apprenne par lui-même :

« J'aimerais que tu reconnaisses un jour ta dignité inhérente de fils de Dieu puisqu'il t'a créé. »

C'est cela le plus important ! Je le prends dans mes bras avec tout mon amour. Mon Philippe, sur la route d'Emmaüs, tu as souvent dû être bouleversé…

Je sens maintenant mon cœur brûlant.

— On dirait qu'il vous ressemble déjà ! s'exclame la jeune femme à l'intention de Zakaria, alors qu'elle installe le nouveau-né dans les bras de sa mère, avant de sortir de la chambre.

Dyela bénit la spécificité de sa peau dont la teinte ne laisse pas deviner le malaise. Dans ses bras, le nourrisson prend toute la place; dès lors, il est présent à son quotidien à venir.

Quittant à peine le petit salon de l'étage où il a attendu, Zakaria, déjà attendri par le duo mère-enfant qu'il n'en finit plus de contempler, s'empresse de répondre un peu sans réfléchir:

— J'en suis tellement honoré.

La préposée n'a rien entendu mais le couple, lui, se mire en silence dans la profondeur d'une réplique spontanée.

J'ai réinstallé ma nappe de lin gris, mes chandelles et mon assiette à pain. Philippe est parti acheter une miche, des fleurs et du vin. J'ai soigneusement plié mes serviettes de table, ressorti les coupes à vin, et lavé plusieurs grappes de raisin. Assise au coin de ma table, ma Bible sur les genoux, je relis les disciples d'Emmaüs. Mon Dieu, tout en priant, je réfléchis sur ce récit qui m'habite depuis plusieurs semaines. Pour les deux promeneurs, leur situation démontre un échec sur toute la ligne. Ils sont tellement préoccupés qu'ils tournent le dos à leurs amis, à leur ville. Lorsque Dieu prend l'initiative de la rencontre, ils ne le reconnaissent pas.

J'entends Julie qui gratte à la porte et je me lève pour lui répondre. Le visage interrogatif, elle me salue et m'informe que Pascal a été invité chez Christiane pour nous permettre de demeurer seules quelques instants. Je me sens prête à lui parler et lui explique qu'il a été décidé que Pascal dormirait auprès de Dyela chaque soir durant les deux prochains mois. Après, il y aurait une seconde évaluation.

Malgré le nouveau-né, j'accueillerais l'enfant chez moi afin de permettre à Julie de devenir plus mature et plus fiable dans son rôle de maman. Dyela devenait la première responsable, pour m'épargner la fatigue de la fonction, mais je me sentais capable de l'assister, tant pour Pascal que pour le nouveau-né. Et puis, il y aurait Zakaria, j'en étais certaine!

Reconnaissant qu'elle ne serait pas séparée de son fils, la jeune femme me remercie. Elle aurait préféré que la DPJ n'ait pas à intervenir. Je l'encourage en lui disant que nous désirons vraiment le mieux pour elle et pour son fils.

Coupant notre conversation, Philippe, Magali, Pascal, Jean-Sébastien et Christiane apparaissent tous à la fois. Tout en installant les denrées apportées par mon petit-fils, nous revenons avec enthousiasme sur les détails entourant le défilé de mode de l'avant-veille. Aussi heureux qu'épuisés, Christiane et Jean-Sébastien nous annoncent la bonne nouvelle de la rémission de la maladie, tandis que Pascal profite du changement positif de sa maman et se précipite dans ses bras.

— Aussitôt qu'il arrive à Mostar, Josip me téléphonera, est-ce que vous êtes d'accord pour que je garde mon cellulaire près de moi durant la célébration ? nous demande Magali.

Nous répondons oui à l'unisson, l'appel de Josip fera partie de la prière.

Assis tout au fond du fauteuil de la chambre de Dyela, Zakaria se tient droit, les jambes sagement collées l'une contre l'autre et le cœur sur le point de manquer un battement, tellement il sent l'instant solennel. Il ne sait trop comment il a reçu le rôle. Il ne l'avait pas demandé, se contentant d'être présent pour la nouvelle maman. Le personnel le lui avait décerné en un accord tacite que le silence de la mère avait encouragé.

Les deux bras placés en coupe, Zakaria reçoit le poupon encore pâle. Mystère de la vie, l'instinct que l'on dit « maternel » s'élève en lui, prenant un espace immense. Ses yeux vont de la mère à l'enfant, de l'enfant à la mère. Dans un moment de grâce exceptionnel, il se sent soudainement à sa place, dans cette chambre avec cette femme et son tout-petit. Il sait qu'avec leur foi différente, leurs vécus distincts et parfois épineux, ils auront la possibilité d'un avenir appréciable et d'un travail commun pour la promotion de la dignité des personnes.

— Merci, Dyela, dit-il, merci.

∾

— Comme les disciples d'Emmaüs, nous avons fait route avec Christiane et Jean-Sébastien, commence Marguerite après que le groupe eut fini de lire le récit. Nous avons fait route avec Dyela, que nous incluons dans notre prière...

— Et vous faites route avec Pascal et moi.

La voix de Julie ne se fait pas entendre souvent et surprend un peu. Personne n'a le temps de reprendre la parole puisque le cellulaire de Magali vibre. Elle se lève et s'éloigne pour répondre. Nous l'entendons parler :

— Tu es pratiquement arrivé... Un chemin différent? Pourquoi l'autre est-il fermé? Je t'entends mal, Josip... À cause de l'orage? Oui, oui, rappelle-moi plus tard... Je t'...

Déçue, elle retourne à sa chaise et murmure :

— Vous faites également route avec Josip, jusqu'à Mostar...

— Et avec toi, termine Jean-Sébastien.

— Les disciples, continue Marguerite, font l'expérience d'une présence différente de Jésus.

— Tu me disais, coupe Jean-Sébastien, qu'au cours de notre vie, nous entrevoyons un Jésus teinté de notre progression humaine, de nos apprentissages. Ce n'est pas lui qui change mais nous qui évoluons... et notre relation à lui...

— Notre foi évolue..., acquiesce Christiane en réfléchissant à son propre parcours intérieur au cours de la maladie de son compagnon de vie.

En position de recueillement, Magali porte immédiatement son cellulaire à son oreille lorsque survient une seconde vibration. Elle n'aime pas le savoir sous la pluie dans un coin du pays qui ne lui est pas familier... Rapprochés les uns des autres autour de la table, Philippe, Marguerite, Jean-Sébastien, Christiane et Julie entendent en même temps que Magali la voix feutrée de Josip :

— Le chemin est interminable… nous prenons maintenant un raccourci… Le guide nous assure que ce champ est sans danger… Nous avons froid… Je ne voulais pas que tu t'inquiètes…

— Josip, je t'entends mal…

— Je t'aime, *moj mali sestra*… mon amour…

Le sourire de Magali est sur le point de se former. Chacun des célébrants peut le voir sur le point de s'épanouir, et même Pascal qui joue près d'eux le remarque :

— Tu ris dans tes yeux, s'exclame-t-il.

Personne n'a le temps de lui répondre. Une fulgurante explosion retentit au cellulaire que Magali, sous le choc, déplace automatiquement de son oreille vers son œil. Constatant que le téléphone n'a pas changé, elle demeure immobile, perplexe, livide.

Jean-Sébastien s'est levé et a lentement pris l'appareil.

Marguerite s'est approchée. Puis Christiane, et Julie et Philippe.

— Il n'y a plus de tonalité, explique Jean-Sébastien d'une voix blanche.

— Il est brisé, réplique Magali. Il est brisé ? répète-t-elle d'un son aigu.

— Ton téléphone n'a rien.

Alors qu'il fait cette affirmation, l'homme saisit le sens de ses propres mots. Il a entendu Josip dire qu'il traversait un champ… Une nausée lui vient comme au temps de ses pires réactions au traitement.

— Magali, insiste-t-il après un long moment, l'explosion venait de là-bas.

Sans un bruit, la jeune femme s'est affaissée.

Le bébé est né la veille. Zakaria avait pris sa décision bien avant l'accouchement, en ce jour de soleil où il avait reçu un Petit Prince à son bureau.

Cette nuit, il était resté près d'elle et avait dormi dans le fauteuil du coin de la chambre, s'assurant qu'il se faisait le cadeau de veiller sur eux deux. Comme il la ramènera chez Marguerite sous peu, il veut profiter de leur temps ensemble.

— J'ai quelque chose à te lire, Dyela, a-t-il prononcé timidement au moment où le petit s'est endormi.

Encore fatiguée, Dyela est reconnaissante de la présence de Zakaria près d'elle.

— Je t'écoute…

Il n'attend pas et débute, refusant de se préoccuper de la gêne dans sa voix :

— Au nom de Dieu, Bienfaiteur et Miséricordieux. Au moment où, devant Dieu, je m'engage dans les liens du mariage, je déclare que je suis musulman. Au jour de mon mariage, devant tous, je veux en pleine liberté créer avec Dyela une véritable communauté de vie et d'amour. Je veux, par cet engagement, établir entre nous un lien sacré que rien, durant notre vie, ne pourra détruire. Je souhaite que Dyela s'engage, selon sa foi chrétienne, dans un mariage monogame et durable. En retour, je lui promets, tout au long de notre vie, une fidélité totale ainsi qu'un véritable soutien et elle sera mon unique épouse. J'accueillerai comme le mien son nouveau-né et ensuite les enfants qui naîtront de notre union. Nous les éduquerons dans le respect de Dieu et de tous les hommes, avec le meilleur de nous-mêmes. Bien que n'adhérant pas à la foi chrétienne, je reconnais comme miens certains principes de vie qui sont aussi ceux des chrétiens, comme la fidélité à Dieu, la bonté, la générosité, le respect de la parole donnée, le partage avec les plus démunis. Je m'engage à respecter la foi et la pratique religieuse de ma future épouse. Dans cette perspective, je chercherai aussi à mieux connaître l'esprit du christianisme qu'elle professe et j'encouragerai mes enfants à le faire également. Je pense enfin que notre amour nous appelle à travailler avec les autres pour plus d'amour, de justice et de paix[44].

Zakaria replie soigneusement le papier qu'il avait sorti de sa poche. Ses yeux ne quittent pas le document.

— Zakaria, appelle Dyela d'une toute petite voix, je n'ai jamais entendu un texte aussi touchant.

Épilogue

« Il y a des millions d'années que les fleurs fabriquent des épines. Il y a des millions d'années que les moutons mangent quand même les fleurs. Et ce n'est pas sérieux de chercher à comprendre pourquoi elles se donnent tant de mal pour se fabriquer des épines qui ne servent jamais à rien[45] ? »

Philippe referme son petit livre et regarde Magali, qui avait insisté pour qu'il lise ce passage. La jeune femme revient de la Bosnie-Herzégovine, où rien n'a été conclu. Les autorités de Mostar n'ont retrouvé qu'un seul des cinq corps des membres de l'équipe de Josip. Ils ne peuvent dire avec certitude ce qui est arrivé aux autres. Ce qu'ils savent cependant, c'est qu'une mine antipersonnel s'est déclenchée, détruisant l'emplacement où ils étaient alors qu'ils marchaient vers le Centre.

Compatissante, la responsable de l'association caritative qu'allait rejoindre Josip, considérant que ces événements déplorables n'arrivaient pratiquement plus, s'est dite profondément navrée. Magali a confié à ses amis venus chez Marguerite qu'elle avait finalement promis à cette même personne qu'elle retournerait sous peu à Mostar pour remplacer Josip auprès des petites fleurs qui avaient perdu leurs bras ou leurs jambes et devaient s'adapter aux membres artificiels…

Dyela se lève et place le bébé dans les bras de son amie affligée.

— Zakaria et moi avons pris la décision de le nommer Josip-Mehdi, annonce-t-elle.

Le nom arabe du nouveau-né dévoile l'attachement que la jeune femme porte à son futur époux. Il signifie « guide éclairé par Dieu », tandis que le nom de Josip, donc Joseph, le reliait à son amie Magali et à ce groupe au sein duquel elle se sentait si bien.

Marguerite considère tous ses amis avec émotion. Ces derniers mois avaient été riches en rebondissements plus différents les uns que les autres. Sur le chemin d'Emmaüs, ils avaient tous croisé l'Autre d'une certaine façon. L'Autre, « unique au monde » pour celui qui prenait le risque de la rencontre, le risque de sortir de soi et d'aller jusqu'au bout. En plus de Pascal et du petit Josip, il y a Philippe, Jean-Sébastien, Christiane, Julie, Magali, Dyela et Zakaria. Elle se permet de dire tout haut ce qui lui vient :

— Dieu s'engouffre par la porte de nos désespérances et de nos tristesses pour nous rejoindre.

— Par votre accueil, vous me donnez un visage de Dieu que j'avais oublié.

Reconnaissant la voix de son petit-fils, Marguerite fait l'effort de ne pas réagir. Elle n'avait pas imaginé qu'il parlerait, mais encouragé par le jeune homme, Julie se risque à voix basse :

— Par votre soutien, je me sens plus apte à devenir une meilleure mère, ce qui donnera un avenir meilleur à mon fils.

Marguerite demeure interdite. Elle avait prévu offrir à boire et laisser à ses invités le temps de parler et d'encourager Magali. Au lieu de cela, une prière spontanée débutait...

Pascal interrompt le fil des pensées d'adultes et pose sur la table le dessin d'un cercle qu'il vient de former. Près du gros cerceau fait de craie rouge, un gribouillis qu'il dit être une fleur. Il la pointe du doigt :

— La fleur, c'est les enfants, affirme-t-il. Le rond, c'est nous chez Marguerite. Il y a beaucoup d'amour en dedans.

— Il va bien falloir que le cerceau protège la fleur, soupire Magali.

Bien sûr, pense Marguerite, un cercle sur le chemin d'Emmaüs peut rouler à l'infini et, en route, reconnaître l'Ami qui vient rompre le pain.

Notes

1. MYRE, André. *Voir Dieu de dos*, Montréal, Éditions Paulines, 2000, p. 17.

2. DES AULNIERS, Luce. *Questions de vie ou de mort?* Revue Profil – vol. 22, n° 1, 2010 www.fcfq.qc.ca/revueprofil/22_1_1.htm.

3. BESSIÈRE, Gérard. *À Dieu, Église?* in www.culture-et-foi.com/critique/gerard_bessiere.htm.

4. SOCRATE (470-399 av. J.-C.) *Génération Y, au-delà de l'âge*, www.generationy20.com/definition-generation-y.

5. La *Fatiha* est la sourate d'ouverture du Coran, le livre sacré des musulmans.

6. Prière musulmane du milieu de l'après-midi.

7. BOFF, Leonardo. *Plaidoyer pour la paix, une nouvelle lecture de la prière de saint François*, Montréal, Fides, 1999, p. 107.

8. GPS.

9. VADEBONCŒUR, Pierre. *L'humanité improvisée*, Montréal, Bellarmin, 2000, p. 92.

10. Le *kairos* est le temps de l'occasion opportune.

11. BERGERON, Richard, *Les Pros de Dieu*, Montréal, Médiaspaul, 2000, p. 178.

12. Fatiha (sourate de l'ouverture). www.islam-fr.com/coran/arabe/sourate-1-al-fatiha-1-ouverture.html, consulté le 9 février 2011.

13. CYRULNIK, Boris. *Le Monde des Religions*, novembre-décembre 2006, p. 79.

14. Fiche pastorale n° 14, «Documents Épiscopat» n° 6-7, France, 1999.

15. NOUWEN, Henri J. M. *Le retour de l'enfant prodigue*, Montréal, Bellarmin, 1995, p. 76.

16. NOUWEN, Henri J. M. *Le retour de l'enfant prodigue*, Montréal, Bellarmin, 1995, p. 174.

17. Romains 1, 26-27. Selon Paul de Tarse, le péché fondamental dont les autres découlent est l'idolâtrie, l'adoration de ce qui est créé plutôt que du Créateur.

18. RAMADAN, Tariq. *L'autre en nous. Pour une philosophie du pluralisme*, www.tariqramadan.com/L-autre-en-nous-Pour-une.html.

19. 1 Jean 4, 7-8.

20. www.redcross.int/FR/mag/magazine2003_3/4-9.html.

21. Sourate 3, « La Famille d'Imrân », verset 190.

22. Isaïe 43, 4a.

23. SCHÜSSLER FIORENZA, E. *A Feminist Theological Reconstruction of Christian Origins in Memory of Her*, New York, The Crossroad Publishing Company, 2004.

24. SCHÜSSLER FIORENZA, E., *Discipleship of equals*.

25. TUNC, Suzanne. *Brève histoire des femmes chrétiennes*, Paris, Éditions du Cerf, 1989, p. 13.

26. On appelle « célébrants » les personnes qui prennent part à la célébration. Celle ou celui qui l'anime est un(e) président(e).

27. PAGOLA, José Antonio. *Jesus, An Historical Approximation*, Miami, Convivium Press, 2009, p. 134.

28. Interreligieux : qui reconnaît le différent mais également la capacité d'être unis.

29. 1 Jean 4, 20-21.

30. RAMADAN, Tariq, *La fille de son père*, lundi 20 juin 2011, www.tariqramadan.com/La-fille-de-son-pere.html.

31. www.dentistessansfrontieres.ca/.

32. SAINT-EXUPÉRY, Antoine de. *Le Petit Prince*, Paris, Gallimard, 1946.

33. Pierre Vadeboncœur, 1920-2010, avocat, syndicaliste et écrivain québécois.

34. SAINT-EXUPÉRY, Antoine de. *Le Petit Prince*, Paris, Gallimard, 1946.

35. TUNC, Suzanne. *Brève histoire des femmes chrétiennes*, Paris, Éditions du Cerf, 1989, p. 25.

36. HULL, J.H.E. *The Holy Spirit in the Acts of the Apostles*, New York, The World Publishing Company, 1967, p. 156.

37. SAINT-EXUPÉRY, Antoine de. *Le Petit Prince*, New York, Harbrace Paperbound Library, 1971, p. 96-97.

38. *Idem*, p. 99.

39. Jean 4, 10.

40. SAINT-EXUPÉRY, Antoine de. *Le Petit Prince*, Paris, Gallimard, 1946.

41. BARONI, Lise. « L'émergence créatrice des femmes engagées en pastorale », *Communauté chrétienne 14*, 1985, p. 236.

42. Seize ans après la signature des accords de paix de Dayton, la Bosnie-Herzégovine reste l'un des territoires les plus minés du monde. En 2011, on estime que 3 % du sol serait encore miné. Malgré les efforts des différents acteurs, les mines antipersonnel sont encore aujourd'hui présentes sur la quasi-totalité du territoire et n'ont pas encore pu faire l'objet d'une localisation précise. Le risque reste donc réel pour l'ensemble de la population. L'impact socio-économique est important pour ces populations agricoles qui doivent par exemple cultiver des terres non sécurisées. www.europarl.europa.eu/sides/getDoc.do?pubRef=-//EP// TEXT+WQ+E-2011-008498+0+DOC+XML+V0//FR.

43. MAINVILLE, Odette. « Reconstituer la scène – pour comprendre la Cène », dans CONVERT, Georges. *Le repas aujourd'hui... en mémoire de Lui*, Montréal, Fides-Médiaspaul, 2003, 155 pages.

44. Adaptation de « Texte de déclaration d'intention pour un conjoint musulman croyant », foyer-isl-chre.chez-alice.fr/fiche1.htm.

45. SAINT-EXUPÉRY, Antoine de. *Le Petit Prince*, New York, Harbrace Paperbound Library, 1971, p. 29.

Bibliographie

BAUM, Gregory, *L'amour homosexuel: une réflexion théologique, Culture et foi*, www.culture-et-foi.com.

BELLET, Maurice, *La rage de la perfection*, Revue Relations, n° 744, novembre 2010.

BERGERON, Richard, *Et pourquoi pas Jésus?*, Montréal, Novalis, 2009, 310 p.

BERGERON, Richard, *Les Pros de Dieu*, Montréal, Médiaspaul, 2000, 215 p.

BESSIÈRE, Gérard, *À Dieu, Église?*, in www.culture-et-foi.com.

BOFF, Leonardo, *Où se situe la véritable crise dans l'Église?* in www.culture-et-foi.com.

BOFF, Leonardo, *Plaidoyer pour la paix, une nouvelle lecture de la prière de saint François*, Fides, 1999, 123 p.

BOFF, Leonardo, *Une autre manière d'être Église*, in www.culture-et-foi.com.

BOUCHARD, Claude, www.saintantoine.be.

CARPIER, Rosita, cplittoralouest.catholique.fr.

COMBLIN, Joseph, *L'Église: crise et espérance*, in www.culture-et-foi.com.

Conférence des évêques de France, *Catholiques et Musulmans: un chemin de dialogue*, Lourdes, 4 au 10 novembre 1998, www.le-sri.com/Lourdes.htm.

CONVERT, Georges, www.repasdefraternite.org.

CÔTÉ, Guy, *Espérance et mobilisation*, Le Groupe de théologie contextuelle québécoise, in www.culture-et-foi.com.

DAGONET, Philippe, *Une femme de Samarie*, Paris, Cerf, coll. «Foi vivante» n° 351, 1995.

DELISLE, Jean, *La spiritualité athée existe*, www.ledevoir.com.

Des hommes et des dieux, 2010, long métrage réalisé par Xavier Beauvois.

Dossier «Violence et religion», in www.culture-et-foi.com.

HÉTU, Jean-Luc, *L'approche scientifique de l'expérience intérieure*, in agora.qc.ca.

HÉTU, Jean-Luc, *Psychologie de l'expérience intérieure*, Montréal, Éditions du Méridien, 1983, 198 p.

BESSET, Jean, Les disciples d'Emmaüs, in jeanbesset.unblog.fr.

JOSSE, Evelyne, *Déceler les violences sexuelles faites aux enfants*, www. resilience-psy.com.

KÜBLER-ROSS, Elisabeth, *La mort, dernière étape de la croissance*, Éditions Québec-Amérique Inc. Montréal, 1980, 220 p.

LAPOINTE, Guy, www.culture-et-foi.com.

LAPORTE, Stéphane, *Le crucifix*, La Presse, 19 février 2011.

LESAGE, Philippe, *Homosexualité... La théologie du placard vide!*, Equilibres Bibliques, equilibres-bibliques.centerblog.net.

MAALOUF, Amine, *Les identités meurtrières*, Paris, Éditions Grasset, 1998, 189 pages.

MAGGI, Lidia, *L'èvangelo delle donne Figure femminile nel Nuovo Testamento*, Torino, Claudiana, 2010, 136 p.

MAIN, John, www.meditationchretienne.ca.

Mais où se cache Oussama Ben Laden, Canal D, 2008, Morgan Spurlock, réalisateur.

MALONE, Mary, T. *Women & Christianity*, Volume II: From 1000 to the Reformation, Montreal, Novalis, 2001, 298 p.

Manifeste des théologiens allemands Église 2011: un renouveau indispensable in, www.culture-et-foi.com.

MICHAUD, Claude, *Lettre à mes neveux : La religion chrétienne un choix toujours valable*, in www.culture-et-foi.com.

MOINGT, Joseph, *Les laïcs dans l'Église*, in www.culture-et-foi.com.

MONPETIT, Jonathan, *Un an après le séisme, les Haïtiens de Montréal souffrent toujours*, La Presse, 12 janvier 2011.

MYRE, André, *Pour l'avenir du monde, La résurrection revisitée*, Montréal, Fides, 2007, 263 p.

MYRE, André, *Voir Dieu de dos*, Montréal, Éditions Paulines, 2000, 87 p.

NADEAU, Jean-Guy, *La gestion sociale et pastorale de la prostitution : une étude praxéologique*, classiques.uqac.ca.

NOUWEN, Henri J. M. *Le retour de l'enfant prodigue*, Montréal, Bellarmin, 1995, 194 p.

NOYER, Jacques, *Croire en Dieu dans les ruines d'Haïti*, in www.culture-et-foi. com.

PAGOLA, José Antonio, *Jesus An Historical Approximation*, Convivium Press, États-Unis, 2009, 506 p.

PARENT, Ghislain et Denis Rhéaume, *La prévention du suicide à l'école*, Presses de l'Université du Québec, Collection Prévention-Intervention, 2004, page 97.

RAMADAN, Tariq, *L'Autre en nous*, Paris, Éditions Presses du Chatelet, 2009, 278 pages.

RAMADAN, Tariq, *Manifeste pour un nouveau « Nous », Appel aux occidentaux musulmans, et à leurs concitoyens*, www.tariqramadan.com.

RAYMOND, Marie-Claire, *Un cri d'indignation!*, in www.culture-et-foi.com.

Revue Scriptura, Nouvelle Série, Vol. 5, n° 1 (2003) *La prostitution une différence inacceptable?*

REYMOND, Daphné, *Dieu de dos*, Prédication du 9 novembre 2008.

REYMOND, Daphné, *L'amour, voie à suivre, don à rechercher*, Prédication du 14 février 2010.

RICCI, Carla, *Il maschile nel cristianismo*, Associazione Emiliano Romagnola Centri Autonomi, 2003, 238 pages.

SAINT-EXUPÉRY, Antoine de, *Le Petit Prince*, New York, Harbrace Paperbound Library, 1971, 113 pages

SCHÜSSLER FIORENZA, Elisabeth, *A feminist Theological Reconstruction of christian origins In Memory Of Her*, The Crossroad Publishing Company, New York, 2004, 360 p.

PARMENTIER, Elisabeth, *Les filles prodigues. Défis des théologies féministes*, Labor et Fides, Genève, 1998, 280 p.

SOUPA, Anne, Article extrait des Dossiers de la Bible n° 83 (2000), p. 10-11.

TASSIN, Claude et ss. *Les Évangiles textes et commentaires*, Bayard compact, 2001, 1109 p.

TUNC, Suzanne, *Brève histoire des femmes chrétiennes*, Paris, Éditions du Cerf, 1989, 296 p.

VADEBONCŒUR, Pierre, agora.qc.ca.

VADEBONCŒUR, Pierre, www.aufildemeslectures.net.

VADEBONCŒUR, Pierre, www.ledevoir.com.

Remerciements

Merci à Benoit Rivet et à nos enfants Eve, Vincent et Raphaël ; à la véritable Marguerite Rivet ; à mon amie Micheline Choquet ainsi qu'à tous ceux qui m'ont aidée Jean-Sébastien Marsan, Magali Loiselle, Michelle Richert, Ginette Laverdure, André Boileau, Jessie de Jessie's blog, Zakaria Saddiki, Abdelhak Saddiki, André Rouillier.

Et toute ma reconnaissance à Mireille Bertrand et Normand De Bellefeuille.

Table des matières

TROISIÈME PARTIE

MARQUIS

Québec, Canada

RECYCLÉ
Papier fait à partir
de matériaux recyclés
FSC® C103567

FSC
www.fsc.org